田村和大

修羅の国の子供たち

双葉社

修羅の国の子供たち

装幀　國枝達也
装画　大野博美

一　断指　昭和六十二年

正範《まさのり》は、寝床の押入れの中から襖を少し開け、外の様子を窺った。

タオルケットを腹にかけた明美《あけみ》が、布団で気持ちよさそうにいびきをかいている。もう一組の布団は畳まれたままで種雄《たねお》の姿はない。父親の布団を敷きもせずに母親が寝ているということは、種雄は昨夜帰ってこなかったのだ。

それはつまり、いつ帰ってきてもおかしくはないということでもある。

日曜日は、正範にとって厄日《やくび》だ。

平日ならば種雄が起きる前に登校し、下校するころには種雄はどこかしらに出かけている。帰宅するのは正範が押入れの中で寝た後で、よほど虫の居所が悪くなければ襖を開けてまで正範を殴ることはない。しかし学校のない日曜日、小学三年生の正範が時間を潰すことのできる場所は、家の近くの河原しかなかった。

正範は襖を大きく開けた。カーテンの隙間から差しこむ曙光《しょこう》のお零れが押入れの奥に届く。

曰佐《おさ》正範が両親と暮らす家は、市営住宅の小さな平屋だ。ほぼ正方形の建物で、玄関を入ると申し訳程度の沓脱《くつぬぎ》があり、すぐ右にトイレと風呂、左には台所と小さな食卓がある。奥は和室が二間並んでいて、部屋の間の襖は取り払われ、どこにいようが家全体を見渡せる。

正範は、子供用布団の足元にあるプラスチックケースからTシャツと半ズボンを取りだし、急いで着替えた。しかし靴下を履いているところで、玄関の外から聞き覚えのある声が聞こえた。間に合わなかった。正範は暗い気持ちになる。それでも押入れから出て、六畳間の掃き出し窓へと走った。

カーテンを開けて、しまったと唇を噛む。いつもなら窓の下にあるサンダルが、ない。靴を取ろうと沓脱へと走り、爪先の破れた運動靴を掴んだ瞬間、玄関の扉が開いた。

正範は判断の誤りを悔いた。靴なんか取らず、裸足で窓から外に出ればよかった。

種雄の平手が左頬に飛んできた。まともに喰らい、中腰の姿勢のまま床を転がる。痺れるような痛みに体を丸めると、「邪魔や！」という怒声が降ってきた。頬を押さえ、台所へと逃げる。

種雄は赤いアロハシャツを着ていた。発達した大胸筋《だいきょうきん》に押され、シャツのボタンが弾け飛びそうだ。襟ぐりから首の周りにまで筋肉が盛り上がっている。アロハシャツの袖からは刺青《いれずみ》が見えていた。

「マサ、氷水だ。ボウルがいっぱいになるくらい作れ」

軽く右足を振って靴を脱いだ種雄は、左手で誰かの襟を掴んでいた。手の指は四本しかない。小指の付け根から申し訳程度に突き出た、丸みのある突起がひょこひょこと宙で遊んでいる。

襟を掴まれているのは、サブという男だった。正範は、種雄をアニキと呼ぶこの男をあまり好きではない。種雄に殴られる正範をまるで犬か何かのように見て笑うからだ。

しかし今、家に上がったサブの顔色は正範にも分かるほど蒼白い。種雄は大股で居間に入り、左手を払って靴を履いたままのサブを卓袱《ちゃぶ》台の前に転がした。

寝ている明美を見て、「起きろ！」と怒鳴る。だがいびきは止まらない。

種雄は大きく一歩を踏みだし、右足の甲で母親の腰あたりを蹴り上げた。明美が布団の上で跳ねる。遅れてくぐもった悲鳴が漏れた。

「いつまで寝とうか！」

背中を丸めた明美を、種雄がまた蹴った。

「こっちは朝まで駆けずり回っとったのに、いい身分やな！」

種雄が左足で明美の後頭部を踏みつける。

「……ごめん」

「ったく、このメス豚が」

明美の頭から足を下ろした種雄の目が、ボウルを持って固まっている正範に向けられた。

「なんばしょっか、さっさとせんか！」

正範は急いで冷蔵庫へ向かった。冷凍室の扉を開け、母親が焼酎を割るために作り貯めている氷を取りだし、ばらばらとボウルに落とす。水を入れ、種雄のもとへ持っていった。

礼は、「遅か！」のひと言とともに繰り出された平手打ちだった。

ボウルから水が零れる。頬の痛みを無視し、それ以上の水が零れないよう気をつけながら正範はボウルを卓袱台に置いた。種雄を迂回し、押入れの前に避難する。

「アケミ、大石《おおいし》先生のところに行って、指の骨を削ってもらう準備しとけ」

額を布団に押し当てて蹲《うずくま》っていた母親が顔を上げた。

「……サブ、指つめるの？」

「博奕《ばくち》の客が飛んだ。サブが連れてきた奴だ」

「客が飛んだだけで？」

「掛けにしとった三百万がパアだ」

「三百万……」

「函南《かんなみ》のアニキから、娘を風呂に沈めて回収しろと言われとった。なのにサブが仏心を出して、この様《ザマ》だ」

「だってアニキ、娘はまだ中学生です」

卓袱台の前で両膝をついていたサブが、震える声で言った。

種雄の拳骨《げんこつ》がサブの横面に飛んだ。

種雄の目は血走っている。

「穴がありゃいいったい！　お前がつまらんこと言っとるけん、俺までしばかれようが！」

「アニキは朝一でサブの指を持ってこいって言いよう。時間がなかけん、やるぞ」

種雄が台所に行き、シンク下の包丁差しから出刃《でば》包丁を抜いた。木製のまな板を手に取る。

「ちょっと、うちの使うの？」

「アニキ、それ、使ってるやつでしょ」

明美とサブが同時に抗議の声を上げる。

種雄は二人の声を無視し、まな板と包丁を卓袱台に載せる。居間の片隅にあった焼酎の一升瓶を開け、中身を出刃包丁にかけた。液体が包丁からまな板、卓袱台、そして畳へと流れ、芋焼酎の強烈な臭いが部屋中に漂う。

「アケミ、はよ行け！　アニキのところに寄ってからやけん、大石先生には一時間後くらいって言うとけ」

　明美は体を起こして立ちあがると、サブがいるにもかかわらずスウェットの上下を脱いでショーツ一枚になった。押入れからブラジャーとTシャツ、ジーンズを出して身に着け、正範に目で合図して玄関へ向かう。正範は、すくむ足を必死に動かして母親の後を追った。

「マサ、どこ行きよんか」

　種雄に呼び止められた。

「おまえはここで手伝え」

「ちょっとあんた」明美が振り向く。「マサに見せるとね」

　種雄は面倒臭そうに「おまえは、はよ行け」と顎をしゃくる。

　正範は、すがるように母親を見た。右手で明美のジーンズの太ももを摑もうとしたが、硬い生地に弾かれる。それでも必死に膝の裏の皺を指先で摘まんだ。

　明美が困ったように正範を見下ろした。

「まだ小学生よ。何もそんなところ見せんでも」

「おったほうが、サブがしゃんとする。ガキの前じゃ泣いたり喚いたりできんやろ」

　種雄が薄く口を開けて笑う。

弟分に指を落とさせるために子供さえ利用する。そのことに嫌悪を感じたのか「あんまりやろ」と明美が顔をしかめ、正範はジーンズを摘まんだ指に力を入れた。

「せからしか。さっさと行かんか！」

種雄が顔を赤くして明美に向けて一歩踏みだす。明美はサンダルを引っかけ逃げるように出ていった。振り払われた正範の手が宙に残される。

「マサ、タコ糸とタオルや。タオルは捨ててもいいボロイやつな」

種雄はボウルを畳に置き、サブの左手を突っこんだ。正範が玄関から動けないでいると、正範を睨み口を開きかけた。

怒声が飛ぶ前に、正範は小さな脱衣場に駆けこんだ。目についたタオルを取って部屋に戻り、押入れに走って凧揚げに使う黄色いプラスチック芯のタコ糸を取りだし、種雄の横に置いた。

そんな正範の頭を、種雄が拳骨で殴る。

「ハサミもたい。気の利かんガキや」

正範は涙をこらえ、ペン立てからハサミを取り、種雄へ渡す。種雄はタコ糸を五十センチほど繰りだし、ハサミで切った。

「おい、指だせ」

サブは蒼褪めた顔で左手をボウルから出し、指切りをするかのように小指を立てて差しだした。その指の付け根に、種雄はぐるぐるとタコ糸を巻いていく。巻き終わってきつく両端を結ぶと、またボウルに突っこんだ。

「いいか、ためらったらいかん。ひと思いにやるとぞ。骨で止まるのが一番痛い」

「無理です、アニキ」

左手をボウルに入れたまま卓袱台にしだれかかり、サブは脅えた目で出刃包丁を見つめる。

「しゃんとせんか。自分でやらんといかんとぞ」

だらしなく座るサブを、種雄が叱りつけた。

「アニキ……」サブが弱々しく声を上げる。

「マサを見ろ、サブ」

種雄がサブの頭を右手で鷲掴みにし、捻《ひね》るように正範のほうを向かせる。サブの視線を正面から受けて、正範は、自分がサブを見つめていたことに気づいた。

「あげなガキの前で泣きごと言うたらいかん。気合入れてやれ。なあに大丈夫、俺がすぐに踏んで落としてやるけん」

サブが唾を飲み、喉仏がごくりと動く。

焼酎の匂いが部屋に漂う。セミの鳴き声が喧しい。残暑の陽射しが容赦なく平屋の建物を灼き、部屋はすでに汗が噴きだす暑さだ。正範のTシャツも、いつの間にか肌に貼りついている。そんな中でサブの顔だけが蒼白く、汗ひとつかいていない。

種雄がアロハシャツを脱いで、つい今しがたまで明美が寝ていた布団の上に放った。続けて汗の染みた白いタンクトップを脱ぎ、アロハシャツの上に投げる。

炎に包まれた極彩色の不動明王《ふどうみようおう》が、種雄の背中に立ちあがった。腰を軽く捻って羂索《けんさく》をもつ左手を軽く突きだし、右手に剣を掲げ、牙を上下に剝き両目を見開いて、正範を見下ろしている。

正範は目を逸らした。荒々しく恐ろしげな明王が嫌いだった。

半裸になった種雄が出刃包丁を載せたまな板を畳に下ろし、卓袱台を壁に立てかけた。体を硬直させたサブの正面に、まな板を置く。

「マサ、こっち来い」

声をかけられるとは思っておらず反応が遅れた。種雄が首を回して正範を睨む。半身になった背中の明王も自分を睨んだように正範には思えた。

「はい」と声を出したが、体が動かない。サブの恐怖が伝染し、まな板に載った出刃包丁が正範から体の自由を奪っていた。

種雄が素早く動き、正範の首根っこを摑むと、力任せに投げ飛ばす。正範はボールのように飛び、掃き出し窓の横の壁にぶつかった。口の中が切れ、血の味が広がる。

「こんガキ、お前の指ば落としちゃろか！」

正範は急いで正座し、「ごめんなさい、ごめんなさい」と何度も畳に額を擦りつける。

「言われたらすぐ来んか、ああ！」

種雄が怒鳴り、土下座する正範を足の裏で突き飛ばした。正範は転がった場所で、またすぐに土下座する。

「布巾《ふきん》ば持ってこい！」

正範は台所に走り、シンク横の引出しから布巾を摑んで居間に戻る。「まな板の横に広げろ」

との指示で布巾を広げ、続く「どけ！」の言葉で壁に立てかけられた卓袱台の横に立つ。種雄とサブがまな板を挟んで向かい合った。

「手ぇ出せ、サブ」

サブが震えながら左手をボウルから出した。中腰になった種雄が、その手首を摑んで小指をじっと見つめる。他の指に比べて明らかに白い。タコ糸で縛られ、血流が止まっている。

「よかやろ」種雄がまな板から包丁を取り上げた。「置け」

体を小刻みに震わせながら、サブは左手を広げ、まな板の上に置く。

「バカか貴様《きさん》、鑿《のみ》じゃなく出刃やぞ。他の指は曲げとかんか」

種雄がサブの頰を張る。サブは左手で拳を作り、小指だけを伸ばしてまな板に置いた。種雄が柄を向けて差しだした包丁を、右手で受けとる。

包丁を握るサブの手を種雄が摑み、小指の第一関節あたりに刃を乗せた。

「ここでいいやろ。できるだけ残しておいたほうが、次にやるとき楽やけん」

「次って」

「おまえのヘマがこれで済むとは思えん。次はもうちょい下を切れば、指を節約できるやろ」

切られた指は、生えてこない。

正範はそんな当たり前のことを思い、指を切り落とそうとしている目の前の二人が、得体のしれない生き物のように感じられた。無意識に後ずさり、背中が壁にぶつかる。

「よかか、骨が硬かけん一人じゃなかなか落とせん。やけん、さっき言うたごと、最後は俺が出刃を踏んで落としちゃる」

　種雄がサブの顔を見据えて言った。

「イチ、ニのサン！　と声を出せ。サン、のタイミングで俺が踏んじゃるけん。よかな」

　サブがうなずく。種雄はサブの右手を放して立ちあがり、右足を軽く上げた。

「さ、やれ」

　しかしサブは包丁を小指に当てたまま固まって動かない。

　へっぴり腰、と正範が思い、その声が聞こえたかのようにサブが正範に顔を向けた。

　涙の浮かんだ目の中で、瞳がやけに黒い。そこにある絶望と諦《あきら》めに、引き込まれるように正範は息を止めた。

　サブが視線をまな板に戻し、正範は息を吐く。

　サブが右膝を立てまな板の上に身を乗りだした。二度、三度と肩で呼吸する。痺《しび》れを切らしたように種雄が右足をさらに上げた。その動きに触発されたのか、「やります」とサブが宣言した。

「一、二の」
　三、の前に種雄が右足を落とした。
　ゴリッという音を正範は聞いたが、本当に聞こえたのか、それとも目の前の光景が聞かせた音なのか、後から考えても分からなかった。

　一拍遅れて、サブの口から悲鳴が上がる。声はすぐに小さくなったが、サブは包丁を持ったまま背中を丸め、まな板に転がる小指の先を見つめながら、喉を絞るように細く声を上げ続けた。

種雄が包丁を踏むタイミングは、明らかに早かった。ワザとだと正範は思った。種雄は、自分が右足を構えた後、すぐにサブが包丁を下ろさなかったので頭にきたのだ。

正範の股間に、生温かい感触が広がる。

細い声を上げ続けるサブを無視して種雄は身を屈め、まな板から小指の先を摘まみ上げた。

驚くほど出血は少ない。正範は、断面に白い骨を見たような気がした。

種雄は、布巾で小指を包んだ。布団の上のアロハシャツを取り、肌の上に直接着る。

切り離された小指と恐ろしい明王が視界から消え、正範はそっと息を吐いた。

布巾をズボンの尻ポケットに突っこみ、種雄は床に落ちていたタオルをサブに放る。

「それで指をくるんどけ。先っぽだけじゃなく、指もアニキに見せないかん。医者に行くのはその後や」

サブはようやく細い声を上げるのを止めた。ことんと包丁をまな板に落とし、左手を腹の前に抱えてタオルで覆う。

「函南のアニキが待っとる。はよ行くぞ」

サブが立ちあがる。表情のない顔に一房の髪がかかっていた。目が赤い。まるで幽霊のようだと正範は思った。小学校の図書室で借りた本に載っていた、墨で描かれた不思議な透明感のある幽霊。その幽霊が、音を立てず静かに玄関へと移動する。

「マサ、片づけとけ」

種雄の言葉に、正範は返事に詰まる。指を切った包丁やまな板に触りたくはなかった。

外へ出る種雄の後を、幽霊がついていく。二人が正範を振り返ることはなかった。

股間の不快な感触が太ももにまで広がってきた。

正範はのろのろと脱衣所に行き、ズボンとパンツを脱いで濡らしたタオルで股を拭く。情けなさを感じたが、濡れたタオルは気持ちがよかった。棚から新しい下着を出す。風呂の残り湯で脱いだ服を洗い、押入れから出したズボンを穿くとようやく落ちついた。

畳の上のまな板を見る。量は少ないとはいえ血が落ちている。包丁の刃にもそれと分かるものが付着していた。「片づけておけ」という種雄の言葉がよみがえる。

正範は、出刃包丁を落とさぬよう気をつけながらまな板をシンクへと運んだ。放置しておけば母親が嫌がるだろうし、サブの血で包丁に錆《さび》が浮けば、それを落とすのは自分の仕事になる。

出刃包丁を濡れたまま放置すれば、あっという間に錆びることを正範は知っていた。母親がただ同然の魚の粗《あら》をよく買ってくるので、臼佐家にとって出刃包丁は生活必需品の一つであり、正範は日ごろから洗ったり研いだりしていた。

口の中に痛みを感じ、ペッと唾《つば》を吐く。血が混じっている。舌で口の中を探ると、先ほど投げ飛ばされたときの傷からまだ血が出ていた。サブの小指から出た血と、自分の口から出る血の量、どちらが多いのだろうと考える。

包丁とまな板を洗い終え、正範の中で張り詰めていた緊張の糸が切れた。自然と体が玄関へと向かう。

靴を履き、駆けだした。

二　寅　昭和六十二年

玄関に鍵はかけない。見知らぬ人間が近づけばそれだけで目立つ、そんな地域である。加えて辺りの人間は、平屋が軒《のき》を連ねる一角の、川べりに近い家がヤクザの家だと知っていた。

正範は、コンクリートの土手を駆けあがる。

夏の名残の白い雲が幾つか浮いていて、あとは抜けるような青空だ。その空に飛び出さんばかりの勢いで頂に出ると、左手に川を見ながら上流に向けて走り続ける。河川敷は広いが、川幅自体は狭い。

川に並走していた右手の道路が離れていき、それにつれて土手の脇に生える雑草も、密度が濃く、背丈が高くなっていく。ところどころにあった、近くの住民が勝手に作った小さな畑も姿を消し、河原は背高泡立草《せいたかあわだちそう》と葦《あし》に覆われた野原へと姿を変えた。

息が切れた正範は速度を落とし、小走りと早歩きを繰り返しながら、土手の上を進み続ける。Tシャツはもう汗が滴るほどだ。

やがて葦の間に隠れるように建っているプレハブ小屋が見えた。色褪せたトタン屋根の緑が辺りと同化していて、注意して見なければ分からない。小屋からまだ百メートル以上の距離を残して正範は土手から降り、知らなければ通りすぎてしまうような小径に足を踏み入れた。両脇の草は正範の背を超えている。

ときどき手で草を押しのけながら、小径を奥へと進む。雑草の青い匂いのなかに、正範は乾いた枯枝の匂いを嗅ぎとった。むせるような暑さに秋の気配が確実に混じり始めている。

小径の終点は、塗料《とりょう》の剝《は》がれが目立つ、プレハブ小屋の裏の壁だった。壁沿いに表に回ると、軽トラックがようやく通れるほどの砂利道に出る。小屋の引き戸が少し開いていた。

正範の顔からこの日初めて笑みが零れる。

「マーくん？」小屋の中から声が聞こえた。

「うん」答えて正範は小屋に入った。

中には緑色に塗装されたドラム缶が置かれている。入って左側に五本横置きにされ、その上に四本載っている。右側には六本が立ち並んでいた。いずれも塗装は古びているが、錆を出すほどではない。

正範たちがドラム缶に乗ってようやく手が届く位置に窓があり、今は全開になっている。

横積みになったドラム缶の上に、蒲《かま》田《た》寅《とら》が寝そべっていた。

ドラム缶の側面はそれなりに丸みがあり、その上で寝ていると背中が痛くなる。寅は、どこかで拾ってきた板切れをドラム缶の上に渡し、即席のベッドを作り上げていた。

もっとも、小学三年生にしては背の高い寅の足は、板の端からぶらぶらと宙に浮いている。

ドラム缶の中身はガソリンだ。横積みの上段の一本の中身が少なそうだったので、ある時、寅と正範は蓋《ふた》を開けてみた。六角形の蓋は、捻ると思いのほか簡単に開き、開けた瞬間につんと鼻を刺す臭いがした。寅が枯れた葦を突っこみ、ゆっくりと引き抜く。葦に付いた液体は、家で使う灯油よりも粘り気が少なく刺激臭が強い。

「ガソリンだ」寅が嬉しそうにいう。「土手の向こうに、ガソリンスタンドがある。もう潰れてるけど。そこの倉庫だったんじゃないかな」

開けたのはその一本だけで、残りの缶の蓋には触っていない。しかし叩いた音で、どのドラム缶にも液体が満たされていると分かった。それ以来、この建物は、自爆装置を備えた、危険に満ちているがゆえに楽しい秘密基地となった。そして寅は今日も、ガソリンの山の上で寝ている。

正範は深呼吸をして息を調《ととの》えた。ガソリンの臭いはしない。

「さっき、サブが指をツメた」

即席ベッドの上で、寅が肩肘をついて上半身を起こした。口には雑草を咥えている。最近読んだ漫画の登場人物が草を咥えていたらしい。寅という名前は、父親が国民的映画の主人公から取ってつけたのだという。安直な理由でつけられた名前を寅は嫌っている。しかし同じように寅も漫画の影響を受けているのが正範には面白い。

「サブって誰だっけ」寅が訊きかえす。

「ほら、あいつにいつもついて回ってるやつ」

あいつ、というのは種雄のことだ。寅にはそれで通じる。寅も自分の父親のことをあいつと呼ぶ。もっとも寅の場合、クソ野郎、あるいはただ単にクソと呼ぶほうが多い。

「ああ、何となくわかる。ネズミみたいな顔のやつだろ。うちにもたまに来る」

「そいつが家で、包丁で小指を切った」正範は右手で左の小指を切る仕草をした。「指をツメるって言うらしか」

「聞いたことあるな。ヤクザは謝るとき、自分の小指を持っていくらしい」

「小指を持っていって謝るって……小指は二本しかなかとよ」

自分の指がなくなるところを想像し、正範はすっと血の気が引くような感覚を味わった。咥えた草をひょこひょこと動かしながら、寅が続ける。

「先からちょっとずつ切っていくんだってさ。小指がなくなればお姉さん指がある。うちのクソは左手の二本がないし、右手も一本ない。マーくんとこも、何本かないんじゃない」

正範は「左手の小指がない」と答えた。

「マーくんとこのクソは喧嘩は強そうだけど、ちょっと頭が弱そうだもんね。でも喧嘩が強いだけましか。俺んとこのクソ野郎はただのシャブ中だ」

寅が吐き捨てるように言う。三年生になり、寅がやたらと使うようになった言葉がシャブとシャブ中だった。

初めてその言葉を使ったとき、寅は、シャブとは覚せい剤という法律で禁止されている薬で、それをいつも使っているのがシャブ中だと正範と仁科《にしな》加夜《かよ》に教えた。

「覚せい剤やめますか、それとも人間やめますか」寅が言った。「テレビのコマーシャルでやってたけど、知らない?」

正範は首を振ったが、加夜は「聞いたことある」と声を上げた。

「どげん意味やろうかと、不思議に思っとった」

「そのままの意味。シャブはさ、人間じゃなくなる、マジで」寅の口調は真剣だった。「注射で、自分で自分の腕に打つ。すると顔がおかしくなって、ワケの分からんことを言い始める。そうなる前に逃げないと、これさ」

寅がシャツの裾を捲って背中を見せた。紫と黒の痣《あざ》がまだら状に広がる背中に、ひときわ赤味の強い手のひら大の痣があり、その中央には醜く裂けた傷が走っていた。不思議なことに、傷の大きさの割には出血がない。

「……ひどい」加夜が、言葉とは裏腹な、感情の籠《こも》らぬ声で言った。

正範も加夜も、赤や青や紫、そして時とともに黒や黄に色を変えていく痣は見慣れている。それでも正範は、裂傷を伴う寅の痣から目を逸らした。

ところが加夜は、引き付けられるように傷へと手を伸ばし、触れる寸前で止める。

「火箸で殴られたっちゃろう」

寅が振り返り、加夜が手を伸ばしているのを見て急いでシャツの裾を下ろした。

「触れたりせんよ。それとも恥ずかしい？」加夜がからかうように言う。

それには答えず、寅は「火箸って、よく分かったな」と訊いた。

「私も火箸で叩かれたことあるけん」

加夜が、ガスを止められたときは火鉢でお湯を沸かしたり料理したりすると言っていたのを正範は思い出した。

「お尻やけど、見る？」

寅と正範は慌てて首を振る。

「なに考えとうとよ、やらしか」

加夜が笑った。その笑みには羞恥以外の何かが混ざっているような気がして、正範の鼓動が早くなる。三年生になり、加夜が女の子であることを正範は意識し始めていた。


「あら、二人とも来とったん」

加夜が突然小屋に入ってきたので、正範は飛びあがりそうになった。

色褪せた紫のＴシャツに膝の擦り切れた黒のジーンズを穿いている。服装はくたびれているが、笑顔は明るい。

「珍しかね、加夜ちゃんが日曜に来るなんて」動悸《どうき》の収まらぬまま正範が言う。

「ママが、また男を連れてきた。三日ぐらい前に」

「ヤクザ？」

「分かんない。でも背中に、色のない刺青が入っとった」

「その人、旅行に行っとったとか言いよらんかった？」

正範は訊いた。加夜が驚く。

「よう分かったね。うちに来たとき、旅から昨日帰ったたって言いよった」

「旅というのは刑務所に入っとったんだと思う。色のない刺青は、すじ彫りって言うらしか。刑務所に入って色を付ける時間が無かったんやろ。ヤクザに間違いないやろね」

「さすがマーくん、本好きなだけあって、よく知ってる」

寅が感心し、加夜がうなずく。

「本にこげなこと書いてなかよ」正範は苦笑する。「あいつの言いようことを盗み聞きしたことがあるけん。家でサブと酒飲んどう時に、すじ彫りのことを言っとった。そこから、自分の刺青の自慢話」

「マーくんとこの人の刺青、凄からしいね。ママが言いよった」

正範が父親をあいつ呼ばわりしていることを加夜も知っている。だから正範の父親を、マーくんとこの人、と呼ぶ。

「そげん刺青入れとうなら、偉くなれるっちゃなか」

寅が、ふんと鼻を鳴らして笑った。

「ヤクザはカスさ。どんなに偉いヤクザでも」

「で、何の話ばしよったと」

「そうだった、加夜が来たから話が変わったじゃないか。マーくんの話を聞こうとしてたんだった。今日の朝、マーくんとこでヤクザが指を切ったんだって」

「切った？　怪我したってこと？」

「まあ、聞けよ」

寅に促され、今朝、種雄が帰ってきてからのことを正範は二人に話した。

「あいつらが指を持ってどっかに行ったけん、僕も出てこれた」

「その函南ってヤクザに謝りに行ったんだろう。マーくんとこのクソが謝るなんて、大物なんだろうな」

「切り落とした指を見て喜ぶなんて、まともじゃなかね」

加夜が両腕を交差して体を包み、怯えたように言う。

寅は咥えた草を、人差し指と親指で摘まんで口から離した。

「ヤクザはカスさ。どんなに偉いヤクザでも」

三　冒頭陳述　令和元年

起訴状を朗読し終え、正範は「以上につき審理願います」と締めくくり着席した。無表情を保ち、視線を正面に固定する。

真向かいの弁護人席には、合計六人の弁護士が座っている。二人の後ろに一人、という三人組が二つ。前列に座る四人の弁護士は、いずれも刑事弁護人として名の通った人物だ。指定暴力団の組長と若頭ともなると、さすがに実力者を揃えてくる。弁護人選任届を見たとき正範は唸《うな》ったものだ。

弁護人たちは、珍しくもないといった体《てい》で起訴状から目を上げ、裁判長を見る。釣られて正範も裁判官席に目をやった。

審理には裁判員裁判用の法廷が使われており、一段高いところにある裁判官席は九人掛けの、横に長いひな壇だ。

しかし事件は裁判員裁判から除外され、今は中央に三人の裁判官しか座っていない。裁判員に危害が加えられるおそれがある、というのが裁判員裁判の対象から外れた理由で、除外の申立てを行なったのは正範自身だ。

申立てが認められ除外決定はなされたが、審理は裁判員裁判に準じて行う、と裁判長から言い渡されていた。短期間で集中審理を行い、検察官や弁護人の主張立証は分かりやすく、「市民が法廷で見て聴いて分かる裁判を」ということだ。

　正範は、証言台の後ろで起訴状朗読を聞いていた二人の被告人を無視していた。見るまでもなく、二人がどんな表情で自分の朗読を聞いていたのか分かる。一人は薄笑いを浮かべ、もう一人は生硬《せいこう》な表情を崩していないに違いない。

「今、検察官が読み上げた起訴状で、どこか間違っているところはありますか」

　裁判長が被告人に問いかけ、それに合わせて正範は二人に目を転じた。思ったとおりの表情を二人は浮かべている。

「まずは函南隆《りゅう》次《じ》被告人、いかがですか」

「やってない。とんだ言いがかりだ」

「無罪を主張する、ということですね。では、次に蒲田寅被告人。いかがですか」

「やっていません」

　緊張した面持ちで寅が答える。

　力を抜け、審理は始まったばかりだぞ。正範は心の中で呼びかけた。目だけを動かして傍聴席を見ると、加夜も寅と同じく緊張した表情だ。加夜に気付かれる前に視線を戻す。

　Ｊ地方裁判所の庁舎は三階建てで、全国的にも小さな裁判所だ。所内で最大のこの法廷でも、傍聴席は三十席足らずしかない。

　最前列は警備の人間で占められ、入り口に近い席は報道関係者用だ。一般の傍聴席は半分もない。事務官からの報告では、百人以上が席を求めて抽選券の列に並んだという。よく加夜が傍聴席に入れたものだと正範は思った。

被告人は無罪です、という弁護人の意見陳述が終わり、裁判長が「では検察官、冒頭陳述を」と促した。

正範は立ちあがり、手元の紙に目を落として読み始める。

「函南組の前身は、鍋縞《なべしま》組と勢龍《せいりゅう》組が合流して結成され、このＪ県Ｊ市に本部を置いていた鍋《なべ》勢《せい》一家という暴力団です。鍋勢一家は総長に正覚龍一《しょうがくりゅういち》こと正覚健司《けんじ》、ナンバーツーである若頭に被告人函南龍男《たつお》こと函南隆次、以下被告人函南といいます、が就任していましたが、正覚健司の死亡に伴って被告人函南が総長となり、その後、被告人鎌切忠義《かまきりただよし》こと蒲田寅、以下被告人蒲田といいます、が若頭に就任し、同時に函南組に改称しました。

函南組の現在の構成員は二八〇名余、暴力団対策法に基づきＪ県公安委員会から指定暴力団に指定されています。また、函南組の二次団体として鎌切組があり、被告人蒲田はその組長も兼ねています」

正範はそこで一区切りし、顔を上げて裁判官たちを見る。

裁判官の手元には、当事者関係図などを入れたＡ３用紙一枚の冒頭陳述メモが配られており、同じものは弁護人にも配布されている。

暴力団組織は、二次団体の組長が一次団体の構成員を務めるなど、組織が重層化していて複雑だ。そんな組織関係を予備知識として頭に入れている報道関係者は別として、一般の傍聴人は必死にメモを取っている。筆記の音が静かな法廷に広がった。

「被害者佐淵隆《さぶちたかし》、以下被害者佐淵といいます、は本件事件当時、函南組の構成員であり被告人函南の舎弟でした。舎弟とは、暴力団特有の考え方である盃を交わして擬似の兄弟となった者のうち、弟となった者のことをいいます。

被害者佐淵は組長の舎弟であったものの、サブなどと呼ばれて一段低く見られていました。収入もほとんどなく、生活費にも事欠いた被害者佐淵は、同組からの脱退を決意し、事件の三か月前、その意思を被告人函南に伝えました。

被告人函南は、迷惑料名目で被害者佐淵に一千万円を要求しました。いわゆる足抜け料です。被害者佐淵は一千万円もの金を用意できる状況ではなく、被告人函南はそれを承知の上で要求し、脱退を阻止しようとしたのです。それというのも、被害者佐淵は、被告人函南が鍋勢一家の若頭であったころからの弟分であり、被告人函南のことをよく知る立場にあったからです」

函南が被告人席で苦笑し、何を言ってるんだというように軽く首を振る。

「足抜け料に被害者佐淵が苦慮していたところ、被告人蒲田が覚せい剤の密輸入に協力するよう持ちかけました。協力すれば足抜け料を立て替えると申し向け、被害者佐淵はこれに応じます」

「異議あり！」弁護人席から鋭い声が飛ぶ。

傍聴席にざわめきが起こるなか、寅の主任弁護人が立ちあがった。

「検察官の陳述は、あたかも蒲田被告人が覚せい剤取締法違反を犯しているような言いぐさである。検察官はこの法廷で、蒲田被告人の同法違反を立証するつもりがおありか。無いのならば裁判官に不当な印象を与える陳述であり、撤回を求める！」

弁護人は正範に指を突きつけんばかりの勢いでまくしたてた。

冒頭陳述メモを読んで、覚せい剤密輸のくだりがあるのに気づき、異議を出そうと待ち構えていたのだろう。だが、正範にとっては想定の範囲内の異議だった。慌てることなく裁判長を見る。

「検察官、ご意見は」

裁判長が正範に尋ねた。

「覚せい剤取締法違反の罪責《ざいせき》をこの法廷で問うつもりはありません。しかし本件犯行に至る経緯として、事件当時、被害者佐淵が被告人らとどのような関係にあったのか明らかにする必要があり、その限度で立証の予定です。従って異議には理由がなく、棄却《ききゃく》を求めます」

裁判長は右、左の順で両隣に座る裁判官に何か耳打ちし、二人の裁判官は小さくうなずく。

「異議を棄却します。ただし検察官は、事件への道行きとして必要な範囲に絞って陳述してください」

正範は軽く頭を下げ、弁護人が憤然と腰を下ろすのを見届けてから陳述を再開した。

「被害者佐淵は組を脱退するためやむなく密輸入に協力します。密輸は、瀬取《せど》りと呼ばれる、海上において輸出側と輸入側が船で落ち合い、覚せい剤を引き渡す方法で行われました。被害者佐淵は、船から覚せい剤を陸に上げ、指定された場所まで運ぶ運搬役を担います」


空に月はなく、わずかな星明かりを頼りに作業は進んだ。国道沿いの日本海に面した海岸で、サブは覚せい剤のビニール包みを受けとった。

突堤に横付けされているのは、普段はタイやブリを狙う釣り客を乗せる遊漁船だ。船から乗員二人が、ゴミか何かのようにビニール包みをぽんぽんと堤へと放り投げる。

十キロの包みが二十五個。合計約二五〇キロの覚せい剤だ。末端価格で一六〇億円を超える。

十分と経たずにすべての包みを陸に揚げると、男たちは一言も口をきくことなく船を出した。

サブは包みを、突堤の根元に停めた軽トラックの荷台へと運んだ。量があるため三十分近くかかる。懐中電灯をポケットに入れていたが、灯りをつければ国道から見える。サブは灯りを点けることなく運び続けた。

すべてを積み終えると、ひと息つく間もなく軽トラを国道に向けた。荷台には覆いをかけてあるが、検問や職務質問に遭えば言い逃れはできない。もとよりどんな巧緻に隠しても、身元照会で暴力団員だと分かれば警察官は鵜《う》の目鷹の目で車内を捜索し、覚せい剤を見つけ出すだろう。捜索令状の有無など関係ない。ヤクザに人権があるとは警察官は考えていないのだ。警察に会えばそれまで、とサブは諦めていた。

サブは国道に出るまで軽トラをそろそろと走らせ、国道に出ても法定速度を守り、海沿いの片側一車線の道を行く。後続車も対向車もなかった。

やがて山側に道を折れ、渡された地図に従って林道へと入った。道は舗装路から砂利道へ、砂利道から土の道へと姿を変え、サブを深い山中へと誘《いざな》う。地図には、林道を示す破線の切れた先にバツ印が付けられている。そこを目指して、サブは地図にも描かれていない道を進んだ。

やがて小さなあばら家が現れた。笠の付いた裸電球が戸口に下がっている。地図のバツ印はその建物だと見当をつけ、サブは建物横の小さな空き地に軽トラを停めた。サブが来たことはエンジンの音で分かったはずだが、小屋からは誰も出てこない。

サブは車を降り、家の扉に近づいた。長年風雨に晒されたであろう木の扉は、ところどころ朽ちていた。今にも取れそうな錆びたノブを回し、小さく扉を開けると、家のなかは外より暗い闇に満ちている。サブは闇に目を凝らした。

突然腕を掴まれ、サブは建物に引きこまれた。床に転がり、土の匂いを嗅ぐ。

灯りが点く。転がったまま見上げた天井には外灯と同じ裸電球が吊られていた。周りを見ると、そこは六畳ほどの土間で、扉を背に三人の男が立っている。一人は函南組若頭で鎌切組組長の鎌切忠義こと蒲田寅で、両脇の二人はサブも顔を知る鎌切組の人間だ。

寅は、まだ中学生のころに、当時鍋勢一家の若頭だった函南が拾ってきた男だ。長身でギリシャ彫刻を思わせる容貌だったことから、バイセクシャルとの噂もある函南が小姓を連れてきた、と周囲の人間は笑ったものだ。

函南は、盃を授けたときに「鎌切忠義」という古めかしい渡世名を寅に与えたが、その函南自身が「トラ」と呼びつづけ、このため古参の組員も本人の面前以外では本名で呼んでいた。

その寅が、いくら前任者の急死があったとはいえ若頭に納まったときはさすがに組員から反発の声が上がったが、聞く耳を持つ函南ではなかった。

「どういうつもりだ、サブ」

背中から声が聞こえた。サブは慌てて身を起こし、声のほうに向けて正座する。怯えながら視線を上げると、土間から一段高いところに置かれたパイプ椅子に、函南が座っていた。

「シャブがご法度なのは分かってるはずだ。どういうつもりでシャブを扱ってる」

サブは若頭を見た。カマキリの名にふさわしく表情のない顔でサブを見下ろしている。

「アニキ、違うんです、鎌切のカシラに言われて……」

「見苦しいぞ！」函南は怒鳴りながら立ちあがった。「おまえの性根を試させたんだよ、おれは。足抜けしたいがために組の法度《はっと》を破るとは、腐りきってるな、おまえ」

「でも、シャブの売買なんて皆やっとうじゃなかですか」

「おまえ、言うに事欠いて、うちのもんがみんな法度破りしてるって言うのか！」

函南が座っていたパイプ椅子を振りあげ、サブめがけて投げつける。

寅は素早く動き、体の正面でパイプ椅子を受け止めた。パイプ椅子の足がこめかみに当たり、皮膚が切れてわずかに血が流れる。

「ケガをさせたらまずい」

寅が低く言う。函南は大きく息を吸いこんだ。

「そうだったな」

「カシラ、庇ってくれたとですか」

今の状況に自分を追いやったのが寅であることを忘れ、サブは感激した。

「おいサブ、おまえの罪はシャブと組抜けの二つ。もう迷惑料とかまどろっこしいことは言わん。右腕一本、置いていけ」

　函南は、風呂敷に包まれた棒状のものを土間へと放った。

　ゴム手袋をはめた寅が、風呂敷の一端を摑んで引っ張ると、くるくると布が解けて鞘に入った合口《あいくち》が現れた。

「そのヤッパはくれてやる。すぱっと腕を切り落とせ」

　サブが額を土の床につける。「ご勘弁を」

「勘弁だと？　勘弁ならおまえと出会ってからずっとしどおしだぜ。おれの舎弟で生活保護なんてのは、おまえぐらいなもんだ。とっとと腕を落として、どことでも行くがいい」

　函南が寅に目配せし、寅は合口をサブの前に置いた。

「ご勘弁を！」「やれ！」というやりとりが十回を超えたところで、サブが「ご勘弁を」に「何でもやりますから」と付け加えた。

「……何でもか」

「はい」サブはこれ以上ないくらいに体を丸めて、額を床に擦りつけている。

「何でもだな」

「はい」

「おい、あいつを連れてこい」

　壁際に控えていた鎌切組の組員が外に出ていき、すぐに後ろ手に縛られ目隠しをされた男を連れて戻ってきた。猿ぐつわも嚙まされている。組員はサブの横に男を放りだした。

「オジキ？　鈴木《すずき》のオジキじゃないですか！」

「こいつがおかしな動きをしていたんでトラに見張らせていたらデコスケと会っていやがった」

鈴木は先代総長の弟分であり、自身と函南にとって渡世上の叔父にあたる。その男が縛られて床に転がされている衝撃が大きく、サブは函南の言葉をうわの空で聞いた。

「こいつには黙ってもらわないかん。分かるだろう、サブ」

鈴木の唸り声がひときわ大きくなる。体を起こそうとするのを、組員が押さえつけた。寅が「仰向けにしろ」と命じ、もう一人の組員が足を押さえる。

「これが終わればおまえはカタギだ。踏ん張りどころだぞ」

「オジキを殺すなんて……。アニキ、それはいかんよ、下道と同じじゃないすか」

サブはいやいやをするように首を振った。

「下道もクソもあるか、こいつは組を売ろうとしていたんだ。それにな、おまえがシャブの密輸に関わったことをこいつは知ってる。放したらどうなると思う」

函南が優しくも聞こえる声で言う。

「おまえが初めてエンコつめたときのこと、よく覚えてる。臼佐と二人、指を持って詫びを入れに来たろう。臼佐は、おまえが見事に指を切り落としたと言っていた。そんときのことを思い出すんだ。あれに比べればどうってことはない。さあヤッパをとれ、サブ」

函南の言葉に操られるように、サブは膝立ちになって合口に手を伸ばし、鞘を払った。二十センチを超える刃体が露わになる。柄を右手で摑んだまま、天井からの灯りを受けて鈍く光る刃を見つめた。

「両手で、逆手に持て」

言われるがままサブは刃を下向きにして右手に左手を重ねる。寅が、その手を鈴木の心臓の真上に誘導した。

「このまま振り下ろしてください」

大きく身をよじる鈴木を、組員の二人が押さえつけた。鈴木の動きが伝染したかのように、刃をかざすサブの手が激しく震えはじめる。

寅が自分の背後に回るのをサブは感じた。ゴム手袋をはめた両の掌《てのひら》が背中から伸び、柄を固く握る自分の手の上に重ねられる。

「イチ、ニイの、サン、で振り下ろしてください。俺が手伝いますから」

後ろから寅が囁く。サブはうなずいたが、目から涙が溢れた。

「イチ、ニイの、サン！」

寅の声に合わせて振り下ろされた刃は正確に鈴木の心臓を貫き、勢い余って土の床に突き刺さった。鈴木が痙攣《けいれん》し、やがて力が抜ける。

「見事です。一回抜いて、とどめを刺します」

寅の掌に導かれ、サブは合口を引きぬいた。筋肉の抵抗で、ずるりという感覚が刃から伝わる。

「いいですか、もう一度、イチ、ニイのサン、で」

背後からの声にサブはうなずいた。

「イチ、ニイの」

サン、の前に刃が勝手に動いた。切っ先が自らの腹部に向けられ、すっと刃が体に吸いこまれる。後ろから寅が動かしたのだ。

「あっ」間の抜けた声が口から洩れた。

サブは、寅が慌てて刺してしまったのだろうと思った。カマキリでも慌てることがあるのだと思い、可笑《おか》しくなる。腹の中で刃が捻じられるのを感じた。不思議と、痛みは感じなかった。

「あっ、あっ……」口から声が洩れ続ける。

刃先が跳ねあげられ、心臓に達する。サブは、合口を自らの体に引きつける寅の手をようやく押し返そうとしたものの、意識が闇に包まれて果たせなかった。


サブの声が小さくなり、ついには聞こえなくなるのを待って、寅は両手を離した。サブの体が横に倒れる。

一部始終を見ていた函南が言った。

「帰るぞ。荷は回収して、シャブのパケを適当に置いておけ」笑って続ける。「売人《ばいにん》が仲間割れを起こし、自棄《やけ》になって相方を殺したものの、責任を感じて自分も割腹《かっぷく》自殺。被疑者死亡で送検できるんだから、警察は楽な仕事だろうよ」

四　明王　平成元年

正範は、まず水を飲もうと思っていた。台所で水を飲み、押入れにランドセルを放りこんで、河原の小屋へ行く。それが玄関のドアを開けるまで思い描いていた予定だった。

しかしドアを開け、正範は動きを止めた。台所のシンクに、女が頭を突っ込んでいた。胸辺りまでシンクに入れ、縁を両手で掴んでいる。前に進もうとするかのように足を動かし続けているのが、正範には不気味だった。

シンクの中から経《きよう》を読むような声が聞こえる。女がぶつぶつと何かを呟いているのだ。女の体からレモンに似た香りが漂ってきて、その中に果物の腐ったような、甘く饐えた臭いをかぎとる。

正範はその臭いに覚えがあった。種雄に一万円札を差しだし、代わりに白い粉の入った小袋を受け取って帰っていく「シャブ中」の人間が漂わせている臭いだ。

女の様子に目を奪われていたが、耳が遠くの足音を聞きとる。

あいつだ、と正範は判断する。元号が昭和から平成に変わって五年生になり、正範の危機回避能力は飛躍的に向上していた。

距離はまだある。靴を脱いで手に持ち、家の中を掃き出し窓へと走った。喉は渇いていたが仕方がない。ここに居たらどんな災難に遭うか分からなかった。

女が正範に気づいた様子はない。

靴を履いて地面に降り、窓を閉める。

公道に出るには玄関の前を通らなければならない。足音の大きさから、あいつと鉢合わせする危険があると考え、正範は窓の脇に腰を下ろした。やがて玄関ドアが開く音がした。

「なんや！」

大きな声が上がる。女に気づいたのだ。

あいつの狼狽《うろた》える姿が見たくなり、正範は室内を覗き見た。沓脱で、種雄は腰が引けた格好で立っている。その滑稽《こっけい》な姿に、正範はくすりと笑った。

「貴様、ここでなんしようとか！」

種雄は女に向けて怒鳴った。女がゆっくりと頭をもたげる。

「クスリ……ちょうだい」

足の動きを止め、縁を掴んだ両手を支えにして女は上半身を起こした。声は掠れ、頬がこけて目尻に深い皺が刻まれている。

「金は」

「……」

「くそが」

種雄は靴を脱いで台所に上がり、女の髪を掴んだ。

「金がなかなら、とっとと帰れ」

「やらせたげるから！」

女はそれまでの緩慢な動きが嘘のような速さでスカートをたくし上げ、肌色のショーツを捲った。薄暗い台所に白い尻が浮かびあがる。

「さあ！」

髪を摑まれたまま女が叫ぶ。種雄は女の顔を見つめた。やがて品のない笑みが顔に浮かぶ。

「……もとは美人やったな。しょんなか、あそこの具合を試してやる」

種雄は髪を乱暴に放した。

「パンティ脱いで足を広げろ。後ろからやってやる」

ベルトを外してズボンを下着ごと脱ぐ。シャツの裾、腰から尻にかけて明王の足先が見えた。

種雄は屹立《きつりつ》した自分の物を右手で摑み、女の陰部に押し当てる。

「今回だけやぞ」

種雄が腰を突きだした。女が苦痛の呻きを上げる。だが種雄は構わずに腰を振り始めた。

正範は、そっと窓のそばを離れた。玄関の前を通り公道に出る。

土手を駆けあがり、いつものように上流を目指して走った。プレハブ小屋が見えてくると河原に降りて小屋へ続く小径を走る。正範は小柄だが、家から小屋まで息を切らすことなく走る体力は付いている。

「寅くん、おると」

声をかけながら小屋に入る。二段横積みにされたドラム缶の上で、寅が体を起こした。

小屋のなかには蚊取り線香の煙が漂っている。夏になって加夜が持ってきたものだ。ガソリンの満たされたドラム缶の横で火を点けることは危険だと分かっていたが、爆発したらそれはそれでいいという、自暴自棄に似た開き直りが三人にはあった。

「遅かったな。あいつらに捕まったんじゃないかと心配してた」

五年生になり、寅と同じクラスになった。今日は学校の門で別れ、ランドセルを置いたらすぐに小屋に集まろうと約束していた。

正範は首を横に振る。

「じゃあ明王？」

「捕まったんじゃなかけど」と答えて口ごもる。窓からの覗きが許されない行為に思えたが、思い切って言った。

「家に帰ったらシャブを欲しがっとう女の人がいて、そこにあいつが帰ってきた。シャブを買う金がなかけん、代わりにあいつは女の人にエッチなことを」

「エッチなことってセックス？　マーくんのいる前で？」

正範は言い淀んだ。

「違う……あいつが帰ってくる前に窓から逃げて、窓から見とった」

「なんだ」寅が安心したように言う。「前に、サブの指をつめるのを見せられたとき、しばらくマーくんの様子がおかしかったから。また変なものを見せられたんじゃないかと思った」

正範を気遣ったようだが、かえって正範はそのときのことを思い出した。

種雄が摘まみ上げた小指の端に覗く、骨の白さ。あの骨は幻か、実際に見たものか。額に汗が滲み、呼吸が速くなる。正範は寅に気づかれぬようそっと深く息を吸った。

「まあ、あいつらに絡まれたんじゃなくてよかった」寅が言う。

「あいつら」とは、正範をいじめている同じクラスの三人組男子のことだ。

三人とも成績も運動神経もよい担任教師お気に入りの優等生で、おまけに父親は政治家、医者、会社経営者ときている。教室での会話はやれディズニーランドに行った、やれゲームソフトを買ったなどの自慢話ばかりで、同級生はみんな愛想笑いを浮かべて聞いている。

そんな三人に正範が目を付けられるのは、いわば必然だった。正範の成績が、飛び抜けて優秀だったからだ。穴のあいた靴を履き、塾にも通っていない正範が、自分たちより良い成績をとる。それが三人の気に障り、一学期の半ばから正範を標的にし始めた。

靴を焼却炉に隠したり、体操服を水の入ったバケツに浸けたりと、いじめ方が幼稚なので正範は無視していたが、そんな態度が火に油を注いだようで、やがて直接暴力を振るうようになった。暴力自体は種雄のそれに比べれば蚊が刺すようなもので、じっと耐えているものの、さすがに煩わしく感じていた。

他の生徒は見て見ぬふりだ。下手に庇って三人組に睨まれたくはないし、貧乏人でヤクザの子と言われるくせに成績の良い正範のことを同様に快く思っていない者も多かった。

そんな正範を助けるのはいつも寅だ。五年生の中でひときわ体が大きく、力も強い。寅が現れると三人組は立ち去るのが常だった。

「何、マーくん、またいじめられたと」

加夜が建物に入ってきた。

セックス、という言葉を聞かれたかもしれないと思い、正範は焦って下を向いた。

「そんなに落ち込まんと。私なんて、四年生のときからいじめられてて、口をきいてくれる友達もおらんちゃから」

「不幸比べか？　なら俺も。父親だけの片親で、しかもそいつがジャンキーときていて、家に帰っても食うもんもない」

「あら、私も片親よ。母親はいつも違う男を家に連れてくる。いちばん新しいのは、小指のない正真正銘のヤクザ。この前なんて、そいつが胸を触ってきたっちゃから」

「何てね！」「何だって！」

正範と寅の言葉が重なる。二人の剣幕に、加夜が驚いた。

「大丈夫よ。大声を出したら、すぐに手を引っこめて、うっかり腕が当たったみたいなことを言いよった。それより、ママが私のことをすっごい目で睨んどったのが嫌っちゃん。なんか私のほうが悪いって感じ」

「小学生を狙う変態に、娘に嫉妬する母ちゃんか」寅が不機嫌に言う。「不幸比べは加夜の勝ちだな」

「やった！」

加夜が小さく笑い、寅が話題を変えた。

「それにしても、マーくんとこも大変だな、シャブ中が家に来るなんて」

「そういえば、トラんとこの人は？　なんか警察が来たらしいやん」加夜が言う。

「病院。もう出てこれないと思う。東京からこんなところに流れてきて、挙句に精神病院だもんな。クソ野郎にふさわしい最低の終わり方だ」

　あざける口調のなかに寂しさがあるのを正範は聞き逃さなかった。

　やはり寂しさを感じとったのか、加夜がおどけるように口を尖らせる。

「こんなところって酷かね、私とマーくんが生まれたとこなのに」

「こんなところってのは、その、何て言うか」寅が慌てた。

「大丈夫」正範は微笑んだ。「東京に比べたら当たり前やん。それにしても、あいつも病院送りにならんかな、刑務所ならもっとよかけど。でも、クスリに強か体質みたい」

　正範の両親は、今では夫婦揃って注射器を使っている。しかし種雄は覚せい剤が効きにくい体質なのか、明美がげらげらと笑ったり大声で歌ったりする横で、つまらなさそうに宙を見つめているだけだ。

「明王は、シャブでも倒せないか」

　寅が嘆息した。

五　食パン　平成元年

夕方になり正範が家に帰ると、種雄が食卓で痩せ細った男の肩に手を回していた。

窓から覗きこみ、危ないところだったと正範は肝を冷やした。うっかり家に入ろうものなら、種雄から鉄拳を見舞われていただろう。自らの勘の良さにほんの少し自己満足を覚えつつ、頭に引っかかるものがあった。種雄に腕を回されている男に、見覚えがあるような気がした。あまり会ったことはないが、妙に印象に残っている人間。思い出そうと頭を捻り、あ、と声が出そうになって手で口を押さえる。

寅の父親だ。

正範は窓から男を見つめた。改めてじっくりと見ると自信がなくなってくる。寅の父親を見たのは、二年前、寅を遊びに誘いに行ったときが最後だ。それに寅の父親は病院に入っているのではなかったか。

「クスリ……クスリ……」

男の機械のような呟きが聞こえる。

「まだや。いいか、よう聞け。明日だ」

「明日……」

「そう。何ばするとか」

「南町の床屋。白いベンツ。後ろの席から降りてくる男」男が棒読みに言う。

「そう。七十くらい……と言っても分からんな、おまえの親父より上くらいの年齢たい。白髪のスポーツ刈り。それで、どげんするとか」

「撃つ」

「そう。これな」

種雄が歪《いびつ》な形の紙包みを男に見せる。

「リボルバーや、引鉄《ひきがね》をひくだけたい。安全装置は外しとうけん。いいな、ひけばいいだけやけんな」

「引鉄をひく」

「そう」

種雄が相槌をうつ。これほど辛抱強い種雄を、正範は初めて見た。

「腹を出せ」

男が服の裾を捲り、がりがりに痩せて肋骨の浮いた体を露わにする。種雄は紙包みを男の腹に押し当て、用意していたガムテープを巻きつけた。包みの上半分がテープから出ている。

「いいか、床屋に着いたら、破いて銃を出すとぞ。それまでガムテープを解いたらいかん。苦しくても我慢しろ」

「クスリ……」

「ほら」

種雄がポケットから取りだした白い薬袋《やくたい》を、男は素早い動きで摑んだ。

だが種雄は簡単には渡さず、

「シャブを射ち続けろ。明日まで寝たらいかんぞ。函南のアニキに客分として面倒見てもらっとった恩義を返すチャンスたい。よかな、床屋ぞ」

と凄み、男がうなずくのを確かめて袋を渡した。

正範は窓から離れて表に回り、足を止めた。

玄関先にスーツを着た男が立ち、中の声に耳を傾けていた。種雄よりも年上で、角刈りの頭には白髪が交じっている。

鋭い眼差しが正範を捉え一瞬険しい顔になったが、すぐに笑みを浮かべ、「臼佐の子か」と小さな声で訊いた。正範はうなずく。

扉が開き、種雄と痩せた男が姿を現した。男の肩に腕を回していた種雄は、扉の前に立つスーツ姿に驚きの声を上げる。

「こりゃ鈴木のオジキじゃないですか。どげんしたとですか、こんなところに」

「なに、近くまで来たんでな」

答えながら鈴木は、痩せた男を見て顎をしゃくった。

「おっと」

種雄は肩に回していた腕を解いて、「行け」と痩せた男の背中を押しやった。

男はふらふらと歩いて道に出る。男の姿が見えなくなったところで、鈴木が、辛うじて聞きとれる程度の小声で言った。

「あいつは、関東の稲毛《いなげ》組のもんじゃなかったか」

「ええ。ドジ踏んで函南のアニキが預かってます」

　種雄も小声で答える。

「預かりもんを勝手に使っていいのかい」

「向こうとは話がついとうです。厄介払いできると喜んどったと、アニキが」

「でもポン中だろ。いくら何でも鉄砲玉は無理だぜ」

「生きて帰ってきたら、困るとです」種雄が笑みを浮かべた。「ハジキには一発しか入っとらんですから、一発撃ったところで蜂の巣ですたい」

「捨て駒か」鈴木はうなずいた。「しかしリボルバーがもったいない」

「なあに、前にヤマで使ったものですから、もとより処分せんといかんやつです。ハジキもあいつもリサイクルってやつですたい。竜造《りゅうぞう》組の奴らの横暴に客人が怒って暴走したが、あべこべに奴らに殺された。客人を殺《や》られたうちは、関東に対する面子のためにも仕返しせんといかん。よか口実になります」

「函南の考えそうなこった」

　鈴木が顔を上げて正範に目を遣った。

「おまえの子だろ。裏にいたようだが」

　種雄が正範を見て鬼の形相になる。

「貴様《きさん》、窓から覗いとったな。盗み聞きしとったんか！」

種雄は正範の胸倉を摑んだ。体が持ち上げられる。

「まあ待て。盗み聞きと言われれば俺も立つ瀬がない。中に入って話しようや。ボン、これで菓子でも買い」

種雄の腕に鈴木は手を乗せ、そっと下ろさせた。スーツのポケットから五百円玉を取りだして正範に握らせ、種雄を促す。種雄は鈴木を玄関に通し、ふたたび鬼の形相になって正範を睨んだ後、音高く扉を閉めた。

扉の向こうから「汚いところですが、お上がりになって」「ああ」と聞こえる。

すぐに立ち去ったほうがいいと頭では分かっていたが、正範は引き寄せられるように扉に近づき、中のやりとりに耳を澄ませた。

「で、何の用でしょうか」

「函南、シャブを扱ってるらしいな」

「オジキ、それは自分の口からは何とも言えんですたい」

「おまえの口から、兄貴分の情報をとろうとは思わんよ。いや、シャブを扱ってるのをどうこう言いたいんじゃない。シャブの商いは今も昔も皆やっている。だが、買いに来る奴に売るならまだしも、若い女をシャブ中にしてソープに売ってるらしいじゃねえか。ちょっとやりすぎだ。仁義に悖《もと》る」

「ヒトのシノギに口出すってのは、それこそ仁義を欠くんじゃなかですか」

「函南がそこらの三下なら俺も言わねえよ。しかし正覚のアニキが跡目を継げば、函南はカシラになろうって立場だ。少し控えるように、お前から言ってやってくれねえかい」

「アニキはあの通りの人ですけん。自分が言っても聞かんですよ」

「それでも誰かが言わなきゃいけねえ。かといって俺が言うのも筋違いだろう、諫めるのは右腕のお前の仕事だ。あいつの頭が切れるのは分かってるさ。冷酷さも周りの組織に睨みを利かすためには必要だし、竜造のやつらがうちのシマを狙ってる今となってはなおさらだ。じきに戦争になるのは避けられねえだろうし、さっきの男を使うのも仕掛けとしては悪くない。俺はあいつを買ってるんだよ。でも仁義を疎かにしてはいけない。それだけ釘を刺しておいてくれりゃいいんだ」

「へっ」

「おまえも函南に付いて回るだけじゃなく、弟分としてあいつの至らぬところを助けてやらねえと。若い子を売ってるという噂、おまえも片棒を担いでると聞いたが、俺は信じちゃいねえよ。いくらおまえが好色でも、明王を背負った体で娘っ子をシャブ漬けにして風呂に沈めてるってのは信じたくねえ。サブは腑抜けちまってるし、おまえがしっかりしねえと。いいな」

「へい」

「身辺にも気をつけろ。やつらにとっちゃ、次期若頭の弟分のおまえぐらいが、マトにはちょうどいい」

「大丈夫でさ、体の頑丈さだけが取り柄なんで」

「自慢の筋肉でもヤッパは防げねえぞ。背中の明王も弾を避けちゃくれまい」

「へっ、充分気をつけます」

話が終わりそうな気配に、正範は道路へと駆けだした。夕方のこの時間、行く場所は一つしかない。

河原のプレハブ小屋には、まだ日中の熱気が籠っていた。

ドラム缶のガソリンもほどよく温まっているはずだ。一つでいい、六角形の栓をひねれば中の液体は気体となって小屋に満ちるだろう。そこに火を放りこめばさぞ大きな炎が上がるに違いない。きっとほかのドラム缶にも引火し、天まで焦がすような火災になる。破滅的な衝動が正範の体を駆け巡った。

ふっと息を吐き、正範は力を抜いた。自爆はいつでもできる。

二段のドラム缶を上り、いつも寅が寝ている板のベッドに横になる。仰向けになると、高い位置にある横長の窓から月が見えた。

腹が減っていた。ポケットの中で、五百円玉を握りしめる。

小屋の前の砂利道を歩いていけば、かつてガソリンスタンドがあった場所に出る。今は閉鎖されているが、広い屋根や事務所といった施設はそのままだ。その向かいに、かつて酒屋だった食料品店がある。行けばパンや牛乳が買えるだろう。

正範は思ったが、熱気に温められた頭がくらくらとして、動く気力が湧かずにぼんやりと月を眺めていた。

突然、黒い影が顔の上を覆った。驚いて悲鳴を上げながら跳ね起きる。影が声を立てて笑った。聞き慣れた声だ。

「寅くん？」

寅が一段下のドラム缶に立って笑っていた。いつ来たのか、正範にはドラム缶に乗った音も聞こえなかった。

「ごめんごめん、そんなに驚くとは思わなかった」

謝りつつ寅はまだ笑っている。正範同様、夕方に別れたときの服装のままだ。

「いつ来たと」

「今。マーくんが、こう、気持ちよさそうにというか、ぼうっと空を見上げてたから、つい」

「びっくりした」

正範が怒ったように言うと、寅は笑うのを止めて「ごめん」と改めて謝った。

「うん、でもどうしたと？　こんな時間に」

「それはこっちのセリフ。マーくんが夜に来るのは初めてじゃない？　俺はたまに」

「そうとね、知らんかった。僕は、今日は、家で寝るとちょっと危なそうやけん」

正範は父親の形相を思い出した。普段、種雄は押入れで寝ている正範を引っ張りだしてまで殴りはしないが、今夜は容赦なく暴力を振るうに違いない。家に帰ると命が危ないと、正範は本気で思っていた。

「あれ？　その顔、どうしたと」

月明りに照らされた寅の顔は、左のこめかみのあたりが腫れている。ほんの数時間前にはなかった腫れだ。父親が入院しているなら、寅に暴行を振るう人間はいないはずだった。

「ああ、ちょっと」

いつもは歯切れのよい寅が言い淀む。

「クラスの三人組にやられた？」

「まさか！」寅が驚いたように言った。「あんな奴らにやられるもんか」

「じゃあ誰ね」

「……六年生。学校で問題になってる奴らがいるだろう。そいつらを三人組が連れてきた」

今の六年生が荒れているとは正範も耳にしていた。授業中に校舎を歩き回ったり、他の生徒から金を巻き上げたりするグループがあるらしい。

そのグループに、家の近くで待ち伏せされたという。寅の家は、川から離れた場所にある古いアパートだ。

「どうして六年生があいつらに味方するとか。関係なかろうもん」

正範が憤慨して言う。

「六年のボス、親が弁護士で、三人組と親同士が仲いいんだってさ。六年生も、前から俺に目を付けてたみたい」

「何人おったと」

「六年が四人。三人組と合わせて七人。さすがに勝てなかった」

正範が目を凝らすと、寅の頬には土埃が付いていて、涙が流れた痕がある。

「大丈夫？　怪我しとらん？」

「平気。ボスに一発蹴りを入れたあとは、地面に転がって体を丸めてた。クソ野郎に比べれば何てことはない」

寅は強がっているが、涙の痕を付けたまま自分の前に姿を現すなんて、それだけ動揺しているのだろうと正範は思った。

「寅くん、食事は」

「食べてない」

寅が通路に降りてしゃがんだ。正範が板から身を乗りだして見ていると、昼間の残りの蚊取り線香に百円ライターで火を点けた。ジッという音がして暗闇に小さな火が灯る。寅の腹が鳴り、そのまま通路に座りこむ。

「五百円玉があるけん、パンば買いに行こう」

「マーくんの小遣いをとるわけにはいかないよ」

「あいつに会いに来たヤクザにもらった金やけん、気にせんで。持ってても気持ち悪かけん、使ったほうがよかと。僕もお腹すいたし」

寅の腹がまた鳴った。それに応えるように、正範の腹も鳴る。二人は顔を見合わせて笑った。

アニメソングを歌いながら二人で砂利道を歩き、ガソリンスタンドの跡に出る。食料品店が見えたとき、寅が言った。

「あれ、加夜じゃない？」

食料品店前にある公衆電話の脇、建物の陰を指差す。壁に背を付けて加夜が立っていた。

「ホントだ、加夜ちゃんだ」

二人は道路を渡って加夜に近づいた。

「加夜」と寅が声をかける。

加夜が暗がりでびくっと体を震わせた。顔には怯えがある。

「どげんしたと」寅の後ろから、正範も声をかけた。

近づいてきたのが寅と正範の二人と分かり、加夜の顔に笑みが浮かんだ。

「二人こそ、どうしたと。トラもマーくんも夕方帰ったやろう？」

「それが、さっきまた小屋で一緒になってね。パンを買いに来たんだ」

「何ね、約束しとったとね。私は仲間外れ？」加夜の頬が膨れる。

「違う違う、たまたまと」正範が慌てて言った。

「怪しかね。なんか二人で悪いこと考えとっちゃなかとね」

「違うって」寅が面倒くさそうに言う。「気になるなら加夜も来ればいいだろ」

「ふうん」と加夜が寅と正範の顔を交互に見る。なぜか正範の胸が高鳴った。

「じゃ、行ってあげよっかな」

加夜が嬉しそうに壁から背を離した。

「ちょっと待って加夜ちゃん、パンば買わんといかん」

「晩ご飯？　じゃあ私とマーくんで買いに行こう。トラの顔だと、店の人になんか言われるよ。ここで待っとって」

寅はちょっと嫌そうな顔をしたが、自分の左のこめかみに触れ、仕方ないという表情になる。

店で加夜が選んだのは、六枚切りのパン、いわしのオイル漬けの缶詰、それに牛乳だった。五百円玉で払い、十円玉のお釣りが三枚。缶詰には割り箸を一膳付けてもらう。菓子パンを買うことしか考えていなかった正範は、加夜の品選びに感心した。

支払いを済ませ店を出ようとしたところで、加夜がレジの店員に「ちょっと、トイレに行きたいんですけど」と頼み、正範を残して店員に連れられレジの奥へと消える。しばらくして戻ってきた加夜の手には、濡れたハンカチが握られていた。

外に出ると、「何やってたんだよ、遅い」と、建物の陰で待っていた寅が文句を言った。

加夜は文句を無視して、濡れたハンカチで寅の頬を拭う。驚いた寅が身をよじってハンカチを避けようとするのを、「じっとしてて！」と加夜が強い声で止めた。加夜が真剣な眼差しで寅の顔を拭く。土埃と涙の痕が消えた。

「これでよし、と」加夜は満足そうだ。

「このハンカチで、目の上を押さえておくとよかよ」

加夜がハンカチを寅に渡した。それを見ていた正範の胸に、鈍い痛みが走る。

「さ、行こか。あんまりここにいるとまずそう」

加夜が言った。人通りは少ないが、まったくないわけではない。つい今しがたも、食料品店に入っていった女性が訝しそうに三人を見ていた。

三人は道路を渡ってガソリンスタンドの壁に隠れた。辺りを窺って誰も自分たちを見ていないことを確かめ、小屋へと通じる砂利道を歩き始める。

小屋に入ると、三人はドラム缶の板の上に食料品を広げた。開け放たれた窓からの月明りで、物の判別は充分にできる。通路から蚊取り線香の煙が漂っていた。

加夜が割り箸を使っていわしのオイル漬けを食パンに載せ、二つ折にして寅に渡す。次いで、正範と自分の分を作る。皆が即席サンドイッチを手にしたところで、「いただきます」と声を合わせた。

一口食べて、「うまい！」「おいしか！」と寅と正範の声が重なる。加夜が微笑んだ。

「この前読んだ本に、ギリシャの漁師は、とったイワシを船の上でパンに挟んで食べるって書いとった」

正範が言うと、「それ、料理の本？」と加夜が興味を惹かれた様子で尋ねた。

「ううん、旅行の本。書いた人が、アジアからヨーロッパまでずっと旅をする」

「いいな、それ。俺もそんな旅したい」

「私も。ねえ、他に面白い話はないの」

正範はちょっと考え、「こんなことが書いてある本があるっちゃけど」と切りだした。この場にはふさわしくないかもしれないが、二人の感想を聞いてみたいという思いが勝った。

「魚を欲しがる子供に、魚の代わりに蛇を与える父親がいるだろうか。また、卵を欲しがるのに、さそりを与える父親がいるだろうか」

「何だそれ」寅が顔をしかめる。「変な話だな」

「そう、変な話。要するに自分の子供を虐める親がいるだろうかってことだと思う」

「そんなの幾らでもいるじゃないか」

寅がすぐに言い、「うん、私もいると思う」と加夜も同調する。

正範はうなずいた。

「僕もそう思う。この後にね、『このように、あなたがたは悪い者でありながらも、自分の子供には良い物を与えることを知っている。まして天の父は求める者に聖霊《せいれい》を与えてくださる』と書いてあると」

「どういう意味なんだ」

「わからんけん、二人に訊いてみようと思って。僕もそんな親はたくさんいると思うし、僕らだっていつも蛇やさそりを与えられとうようなもんだし」

「ねえ、その本って」

「聖書。母さんが持っとう、たった一冊の本」

「お母さんはキリスト教なの」

「わからんとよ。読んどうとこは見たことない。ただ持ってるだけって感じ」

ふうん、と加夜は得心のいかない顔だ。

「聖書だか何だか知らないが、本を読むってのは大変だな。訳のわからないこと書いてあって」

「トラも少しは本を読んだら。体ばっかり大きくなって」

「余計なお世話だよ。おまえも胸が大きくなってるじゃないか」

加夜が黙りこみ、三人の間に静寂が流れた。気まずい雰囲気に、寅が「ごめん、なんか、変なこと言ったみたいだ」と加夜に謝る。

それでも加夜は下を向いたままだ。いつにない加夜の態度に、正範はまさかと気づいた。

「ひょっとして、昼間の話が関係ある？」正範はできるだけ落ち着いた声を出した。「ママが連れてきた男が、加夜ちゃんに変なことするって話」

加夜は答えない。その無言が、推測が正しいことを示していた。

「だけん家に帰れんちゃろ。何があったか、話してみん？」

加夜が、少しずつ何かを吐きだすようにしゃべり始めた。

六　同居人　平成元年

夕方、小屋を出た加夜はまっすぐ団地の二階にある自宅に帰った。

母親は仕事に出かけた後で、男が一人、Ｔシャツ短パン姿で寝転がって肘をつき、テレビを観ていた。男の前の畳には、缶ビールが置いてある。

嫌だな、と加夜は思った。男と二人きりなのも嫌だし、缶を直接畳の上に置いているのも嫌だ。缶の底に付いたビールが丸い痕を残し、粘つくのだ。濡れた雑巾で拭かなければならない。

ビール缶を見つめていると、男が首を捻って加夜を見た。

「加夜ちゃん、ビール飲みたいの」

加夜は慌てて首を振った。男が体を起こしてあぐらをかく。

「大丈夫だよ、ママには黙っといたげるから。こっちに来て飲みなよ」

男が小指のない左手で手招きをする。その視線が自分の胸元に注がれているのに気づき、加夜は気分が悪くなった。

「いい」

短く言って、加夜は勉強したり寝たりする部屋に行こうとした。洋服ダンスや母親の化粧台も置いてあり、これまで男がその部屋に足を踏み入れたことはない。この部屋にいれば大丈夫。加夜はそう思っていた。

「まあ待てって」

男が立ちあがり、加夜を追いかけてきた。加夜は急いで部屋に入って戸を閉め、引手を柱に押し付けるようにして足を踏んばった。

男が戸に力を加えたのが分かった。

防いだ、と思った次の瞬間、凄まじい力で引手が加夜の手から滑り、呆気なく戸が開いた。

「そんなに嫌がらんでよ。気持ちいいこと教えたげるんだから」

男がにたにたと笑いながら部屋に入ってくる。加夜は吐き気を覚えつつ必死で足を動かし、男の横を通り抜けようとした。

「おっと」

男が腕を広げ、軽々と加夜を抱きとめる。加夜は恐怖で悲鳴をあげることもできなかった。

その時、外からウーンという間の抜けたサイレン音が響き、「そこの原付、止まりなさい」というスピーカーの声が聞こえた。

男の力が一瞬緩む。加夜は男の顔めがけて頭を突きだした。頭頂部にがつんと衝撃が走り、男の腕が解ける。

加夜は男を見ることなく玄関へと走り、靴を摑むと同時に扉を開けて転がるように飛びだした。

階段を下りればパトカーがいる。

そう自分を勇気づけ、加夜はコンクリートの階段を駆け下りた。団地から道路に出ると、パトカーが五十メートルほど離れたところに停まっていた。加夜は階段を振り返ったが、男は追いかけてこない。

　加夜は靴を履き、パトカーに向けて歩き始めた。


「でも、パトカーの警官には言わんかった？」

「逃げたほうがいい、と思った。パトカーの横を通って、さっき会ったところまで歩き続けた。お巡りさんに言っても、あいつを捕まえてくれないと思ったけん。言ったほうがよかった？」

　正範は首を振った。

　種雄に殴られる正範を見た、通りがかりの人が通報したことがあった。しかし駆けつけた警察官は面倒くさそうに「親子のことだから」と、種雄ではなく通報者を説教して立ち去った。家に帰ってから正範は、動けなくなるまで種雄に殴られた。

　親子だから。ただそれだけの理由で、自分が殺されでもしないかぎり警察はあいつを逮捕しない。正範はそう悟った。

「警官に言っとったら、今ごろ家でもっとひどいことになっとったと思う。言わんで正解」

「やっぱり」加夜がため息をつく。

「くそっ」突然、寅が大きな声を出した。

「そいつ、殺してやる！」

　大声に正範は驚いたが、

「できもせんこと、言わんで！」

と加夜が寅以上の大声で怒鳴り返した。

「あいつはヤクザよ。あんた、大人のヤクザを殺せる？」

「俺んとこのクソ野郎もヤクザだ、ヤクザなんて怖くない！　ヤクザなんてカスだ！」

「そげな話じゃなか！　子供のあんたが、大人のヤクザに勝てるかって話たい。殺せるなら、殺してよ！」

加夜の目から涙が溢れた。それを隠すように下を向き、むせび泣く。

正範はかける言葉が思いつかなかった。寅も俯いたまま動かない。

しばらくして加夜は泣き止み、「牛乳飲みたい」と言ってパックに直接口をつけて飲んだ。

「あんたたち飲まんと」と、パックを正範に押しつける。

間接キスに正範の鼓動は早くなり、一口飲んで寅に渡した。寅は気まずさを隠すように喉を鳴らしながら牛乳を飲む。

「疲れたけん、寝る」加夜は板の上を片付けた。「詰めれば、三人で寝れるよ」

「いい。おれは下で寝る」

寅がドラム缶から降りて、床にごろりと横になる。

「じゃあ、僕も」

正範は、寅と頭を互い違いにして床に寝た。暗闇で、蚊取り線香の先端だけが赤い。

「私と一緒に寝るのが嫌ってこと」

頭上から、加夜の拗ねた声が聞こえた。

「ああ」「違うと」

寅と正範が同時に真逆の答えをし、一瞬の間があって三人はくすりと笑った。

「なあ加夜」寅が言う。「ここは安全だから」

正範も言った。「僕たちが守るけん」

「うん」

加夜の機嫌のよい声が降ってきて、正範は幸せを感じた。

足元から、辛うじて聞き取れるほどの、「俺が、守る」という寅のつぶやきが聞こえた。


朝、どこか遠くから聞こえる寺の鐘の音で目を覚まし、三人は小屋を出た。

「加夜ちゃん、大丈夫？」正範が加夜に訊く。

「うん。もうママは帰ってきてるだろうし、あいつは朝どこかに出かけて、いつも帰ってくるのは昼ぐらいだし。着替えたらすぐに学校に行く」

「そういうマーくんは大丈夫なのかよ」寅は訊いた。

「大丈夫。あいつは家にはいないよ」

正範が断言したので寅は少し不思議に思ったが、深く追及することなく、「じゃあ学校で」と二人と別れた。

マーくんはたまに不思議な能力を発揮する。寅は感心していた。見えないものが見えるような、分かるはずもない他人の心が分かるような。自分ひとりだったら、加夜の身に起きたことを知ることはできなかっただろう。

加夜の話を思い出し、加夜を襲った男への怒りが再びこみ上げてきた。

殺せるなら、殺してよ。

加夜の悲鳴にも似た声が、耳にこびりついている。

古いアパートの錆の浮いた外階段を上がり、自宅の玄関ドアを少し開けて、中に父親がいないことを確かめた。

昨夕、六年生に殴られ、蹴られ、悔し涙を流しながら家に帰ると鍵がかかっていない。

まさかと思いドアを開けたら、部屋の真ん中に、視線を宙にさまよわせた父親が座っていた。

シャブがキマっているわけじゃない。寅は少し安心した。もしキマっていれば一目散に逃げなければならない。

それでも警戒しながら、寅は靴を脱いで部屋に上がった。

「なんでここにいるんだよ。病院のはずだろ」

父親がゆっくりと視線を寅に向ける。骸骨のような眼窩のなかの瞳には、辛うじて理性の光があった。

「どうした、誰にやられた」

気遣いの言葉に寅は耳を疑う。先ほど受けた何倍もの、いや何十倍、何百倍もの暴力をこいつは自分に振るってきたのだ。

「顔が腫れている。怪我しているのか」

「うるさい」

怒りに駆られる。おまえが言うな、自分がしてきたことを忘れたのか。

そこで、はたと寅は気づいた。まさか本当に忘れてる？

寅は混乱しながら、父親の質問に答えた。

「上級生にやられたんだ」

「上級生？　おまえ幾つになった」

「小五だよ、十一歳」

「じゃあ上級生ってのは六年生だな、六年生……そうか六年生がおまえを」

だらりと垂れていた父親の右手が上がった。注射器が握られている。

寅は部屋から逃げだした。

その後寅は小屋に行き、一夜を過ごした。小屋から帰ってきた今、部屋には誰もいない。

父親が暴れたらしく部屋は荒れていた。皿やコップなどが畳の上に転がっている。寅の家に残っている食器はすべてプラスチック製だ。陶器やガラスのものは、父親がとうに割ってしまっている。寅は部屋の片付けを始めた。糞尿が散らかっていないだけ楽だった。

部屋の隅に転がっている注射器には手を触れない。気持ちが悪かったし、もし警察が来れば証拠になる。そうすればあいつを逮捕してくれるかもしれない。

くしゃくしゃに丸められたガムテープが床に転がっているのに寅は気づいた。それにも手をつけない。紙包みがガムテープの間から見え、覚せい剤かもしれないと思ったからだ。

片付けを終えると、服を着替え、時間割を見ながら学校の準備をする。登校時間ぎりぎりの時刻になっていた。

寅は家の鍵を閉め、急いで学校に向かった。学校に行けば加夜や正範がいる。

空は曇り、陽は射していないが蒸し暑く、たちまち洗いざらしのTシャツが肌に張りついた。

学校への最後の角を曲がったところで、様子がいつもと違うことに寅は気づいた。

校門の前に人だかりができている。ステテコに草履《ぞうり》、あるいはワンピースにサンダルといった恰好からして、多くが近所に住む人のようだ。その中で、半袖ワイシャツに「報道」と書かれた腕章を付けた人間が目を惹く。

「何かあったんですか」

エプロンを着けた女性に寅は訊いた。

女性はランドセル姿の寅を見ると、「あら」と甲高い声を上げた。

「あんたこの学校の子？　変な男が入りこんだらしいわよ」

女性の言葉に、隣に立っていた、フェイスガードのない、つば付きヘルメットを被った男性が振りむいた。

「いや、もう捕まったみたいだ。さっき『確保』って言葉が聞こえた。もうすぐ出てくるっちゃない」

「あなた、学校に入らなくていいの？　あ、不審者がいるなら、入らないほうがいいのかしら」

「よし訊いちゃろ。おーいお巡りさん、小学生がおるけど、中に入らんほうがよかか」

　ヘルメットの声に、周りの大人が一斉に寅を見る。寅は恥ずかしさを覚えた。制服警察官が来て、寅を門の中に連れていく。そこで警察官が立ち止まり、耳に付けたイヤホンに片手を当てた。

「ぼく、ちょっとここで待っとこう。すぐにみんながいるところに連れていってあげるから」

　警察官が、腰をかがめて寅に言う。寅は素直にうなずいた。

　校舎の周りには何台ものパトカーが停まっていた。救急車と消防車も来ている。

　やがてパトカーの一台が赤色灯を点けて動きだし、校舎の正面玄関の前に停まった。警察官も大勢玄関に集まってきている。

　すぐに玄関から、「ぶっ殺してやる、六年生、どこだ！」という大きな喚き声が聞こえてきた。寅にとって、聞き慣れた声だった。

　クソ野郎……。

　信じられぬ思いで寅が見ていると、毛布で簀巻《すま》きにされた父親が、警察官数人に横向きに抱えられて運び出されてきた。端から顔が出ていて、空に向かって同じことを喚き続けている。

「ありゃちょっとおかしかね」「シャブやろ。怖かねえ」「あれが覚せい剤中毒？　初めて見た」といった声が野次馬から次々に漏れる。

寅の父親が首を捻り、門のほうに顔を向けた。

父親の視線が、寅の顔を正面から捉える。しかし、黒目が大きく開いた眼は、自分の息子を認識することなくそのまま流れた。

父親がパトカーの後部座席に押しこまれる。パトカーは赤色灯を回しながら、サイレンは鳴らさずに野次馬の間を抜けて走り去った。

寅は呆然としたまま、警察官に伴われて校庭へと回る。避難訓練どおり、全校生徒が校庭に整列していた。五年生が並んでいる列へと向かい、そのなかに正範の顔を見つけ、駆け寄ろうとした。しかし担任に呼び止められ、寅は校舎へと連れていかれた。

七　拳銃　平成元年

教頭が「上靴の底を拭いて教室へ戻るように」と告げた。生徒たちが立ちあがり、ぞろぞろと校舎へ移動する。

差し迫った危険を感じなかった小学生にとって、不審者の侵入も、それに続く避難も、ちょっとした刺激のあるイベントといったところだ。「もう終わったんか」「俺が捕まえたかったな」などと勝手なことを口にしながら昇降口へ向かう。

正範は昇降口でそっと列を離れ、校舎の二階にある職員室へと向かった。生徒たちが「説教部屋」と呼んでいる、学習指導や生活指導に使われる部屋が職員室の隣にある。寅くんはそこに連れていかれたに違いない、と正範は踏んでいた。

途中、警察官とすれ違ったものの、「こんにちは！」と率先して挨拶すると、警察官も笑みを浮かべ、「こんにちは」と返してきた。

職員室に近づくにつれて正範は緊張したが、こそこそしていたら怪しまれると思い、あえて大胆に職員室の前を通り過ぎて説教部屋に近づき、戸を少し開けて中を覗いた。

パイプ椅子に寅が一人で座っている。

「寅くん」

声をかけながら正範が部屋に入ると、寅は顔を上げた。目から涙が零れている。

気丈な寅が涙を流す姿に、正範は狼狽した。

「どうしたん。先生に何か言われた？　なんで寅くんが説教部屋に呼ばれとうと」

「クソ野郎が」寅が声を詰まらせる。「クソ野郎が犯人だった」

正範は、にわかには意味を理解できなかった。

「さっき、あいつがパトカーで運ばれていった。六年生をぶっ殺す、と喚いてた」

「でも精神病院に入っとうって……」

「昨日、家に帰ったら、あいつがいたんだ」

寅が昨日の夕方の父親との会話を話し、ようやく正範は事態を把握する。

「寅くん、ごめん、僕も言っとらんかった」

今度は正範が、寅の父親らしき男を自分の家で見たことを話した。時系列に並べれば、寅が六年生に暴行を受けていたころだ。

「寅くんとこの人は、今日、人を撃つはずやった。でも寅くんが六年生の奴らにボコボコにされたと知って、そいつらをやっつけようと学校に来た」

「クソ野郎が、俺のために？　シャブ中で、ヤクザで、クソ野郎のくせに」寅がしゃくりあげる。

「俺のために。クソ野郎。父ちゃん……」

「シャブがキマッとったちゃろ。おかしくなった頭で、大切なものを守ろうって考えたんだと思う。シャブは考えば狭くするらしいけん」

「大切なもの……」

さっと寅の顔が変わった。「あいつ、拳銃を持っていたのか」

「明王に、拳銃を包んだ紙袋をガムテープで腹に巻かれとった」

「紙袋とガムテープ」

廊下を教師たちが話しながら通りすぎた。寅が正範に早口で訊く。

「警察は、もう家に来てるかな」

いつの間にか目つきまで違っている。その顔に、決意のようなものを正範は感じた。

「どうやろ。シャブがキマッとったんなら、クスリが抜けるのを待つような気がする。けど、学校に入って大騒ぎになっとうけん、すぐ行くかも」

正解がどっちつかずの返事をすると、寅は立ちあがった。

「寅くん？」

「家に帰る」

寅が説教部屋を出て、階段に向かった。正範は追いかけながら、「先生に、説教部屋におれって言われたっちゃなかと」と訊いたが、寅は答えようとしない。

寅が階段を下りようとしたとき、ちょうど上の階から担任が下りてきた。

「おい蒲田！」

担任から逃げるように寅は一段飛ばしで駆け下りていく。

「マーくん、ごめん！　頼む！」

切羽詰まった寅の言葉に、正範は追いかけようとする担任の前に立ち塞がった。

「先生、蒲田くんは気分が悪いので、早退するそうです」

教師向けの丁寧な言葉遣いで足止めを試みる。

「臼佐、邪魔するな！」

担任は小柄な正範を押しのけた。正範は抵抗せず、押されるがまま尻もちをつき、その勢いで階段まで転がった。一段、二段と転がったところで「痛い！」と叫ぶ。

「あっ」

慌てて担任が正範に駆け寄った。正範の上半身を起こしながら、「どこを打った」と訊く。

「太ももが痛いです」

痛くもない左の太ももをわざとらしく両手で押さえる。

担任は寅が去った階段を悔しそうに一瞥し、「保健室に行くぞ」と正範を支えながら立たせた。

保健室で湿布《しっぷ》を貼ってもらい、教室に戻る。授業が中止され集団下校になるのではと期待したが、案に相違して授業が再開された。

授業を受けながら、正範は気を揉み続けた。

担任を足止めして、寅を逃したのは正しい判断だったのか。寅が家に帰ったのは、警察より先に拳銃を手に入れるために違いない。

学校を抜けだして寅の家に行こうかとも思った。しかし拳銃を手に入れた寅が家でじっとしているとは思えなかった。正範は二つの可能性を考え、学校にいたほうがいいと判断し、教室に座り続けていた。

寅の父親が学校で暴れたのは、寅が六年生に殴られたのが原因だ。だとすれば、六年生に復讐するため、拳銃を持った寅が戻ってくるかもしれない。それが正範が考えた可能性の一つだった。確率は低いが、ないとは言い切れなかった。

そのときは何としてでも寅を止めなければならない。六年生への復讐に、拳銃を使うような価値はない。

じりじりとした思いで授業を受け続け、放課後を待つ。

昼休みに正範は、二つ隣の教室にいる加夜に、寅がいなくなったこと、寅がやりそうなことを打ち明けようかとも思った。しかし不確かな推理で加夜を不安にさせるのもどうかと悩み、結局、一人で悶々としながら時間が過ぎるのを待った。不審者騒ぎに思うところがあるのか、三人組が余計なちょっかいをかけてこないのがせめてもの救いだ。

帰りの会が終わり、正範は加夜のクラスに行ったが、そちらではまだ帰りの会をやっていた。加夜を待つのももどかしく、正範は一人で加夜の住む団地へと向かう。もう一つの可能性を確かめるためだ。

きっと何も起こっていないと、早足で歩きながら自分に言い聞かせる。一方で、寅の加夜への想いを知っているだけに、何も起こっていないはずはないとも思っていた。

団地に近づくにつれ、正範は自分の考えが正しかったことを悟った。

パトカーが行き交い、辺りは朝の学校以上の騒々しさに包まれている。団地の入口には、テレビの中継車まで停まっていた。

加夜が住んでいる棟の周囲に黄色いテープが張り巡らされ、内側で作業服を着た大人たちが地面に這いつくばっている。正範はその光景を、興奮と絶望のなかで眺めた。

「きみ、ここらへんの子？」

「報道」の腕章を巻いた、半袖シャツの男が正範に声をかけてきた。首から大きなカメラをぶら下げ、手にはメモ帳と鉛筆を握っている。

正範は、素早く頭を巡らせ、こくんとうなずいた。

「ここらへんで、最近、きみぐらいの小学生か、もうちょっと上の中学生が暴れたり、騒いだりしたことなかった」

「小学生か中学生？　何があったと」

素朴さを装う。果たして、記者はちょっと考えてから、まあいいか、と独りごちた。

「小学生か中学生かわからないけど、男の子が大人を銃で撃ったんだ。撃たれた人は救急車で運ばれた。ん？　ちょっときみ、大丈夫？　震えてるよ」

八　埋葬　平成元年

　正範は息を切らせながら小屋に入った。全速力で走りづめだったので、さすがに息が上がり、両膝に手をついて呼吸を整える。いつもドラム缶の上にいる寅が、小屋の隅で背を丸め、壁に向かって座っていた。そっと近づき、「拳銃は？」と訊く。

　壁を向いたまま、寅が右手を体の横に掲げた。拳銃を握っている。

「貸して」

　正範は拳銃に両手を重ねた。家の窓から見たときに比べ、拳銃が大きく感じられる。寅は片手で銃把を握っているが、正範の小さな手では両手を重ねても銃身が余った。

　正範が拳銃を掴んでも、寅は手を離さない。やむなく正範は手首に捻りを加え、もぎとった。

「どうするんだよ」

　寅がようやく正範を見た。正範は答えずに辺りを見回し、食パンの袋を見つけると、最後のパンを寅に渡した。

「食べて。なんか腹に入れといたほうがよか」

　寅が戸惑いながら食パンを受けとる。まさかパンを渡されるとは思っていなかったのだろう。それでも、寅はパンに噛みついた。

　正範はパンの袋をひっくり返し、中に拳銃を入れた。

「どうするんだよ」

再度の問いにも答えず、正範は拳銃を入れた袋を手にして小屋を出た。寅がついてくる。

小屋の裏に回ると、正範はいつも通る小径を歩数を数えながら歩いた。二十を数えたところで足を止め、近くに落ちていた枝で脇の地面を掘り始める。

寅は隣でぼうっと立っている。パンを食べて、少しは気持ちが落ち着いたはずだ。正範は十センチほど掘ったところで、寅に声をかけた。

「代わって。三十センチは掘りたかけん」

寅はじっと正範を見つめている。なぜ何も訊かないのか、とその目が問うていた。寅が口を開きかけ、それを封じるように正範は、

「今は何も考えずに掘って」

と言った。正範の穏やかな、それでいて有無をいわせぬ口調に気圧《けお》されたように、寅は近くに落ちていた枝を手に取り穴を広げ始めた。

穴の深さが三十センチを優に超えたところで、「もうよか」と正範は寅を止めた。

ビニール袋に包まれた拳銃を穴の底に入れる。

寅と一緒に土をかけ、きれいに埋め戻す。まるで埋葬みたいだ、と正範は思った。

掘り返したところだけ色が黒い。変色した地面を並んで見つめながら寅が言った。

「人を撃った」

「うん」

「加夜を襲ったやつだ」

「うん」

「殺したかった」

「うん」

正範は、隣に立つ寅の顔を見上げた。「どんな感じやった」

地面を見つめたまま、寅が少し口を開けて笑みを浮かべ、話し始める。

加夜は、男は朝出かけて、昼に帰ってくると言っていた。だから寅は、自宅で拳銃を手に入れた後、加夜の家がある棟の階段に座り、男が帰ってくるのを待った。

昼近くになり、明らかにそれと分かる格好の男が、棟の入口に向かって歩いてくる。

寅は立ちあがり、男に「仁科さんちの人ですか」と尋ねた。男は、「何だおまえ」と不思議そうに寅を見る。

男の左手に小指がないことを確認し、寅はズボンの腰に差していた銃を引き抜き、男の腹に銃口を押しつけて引鉄をひいた。

両手で構えたものの反動は強く、腹に押しつけた銃口は跳ねあがり、銃弾は腹の上、胸のあたりを目がけて飛びだした。

男の倒れる姿を見た寅は、二度と起き上がることはないと直感したという。

「簡単だった。銃さえあれば、人を殺すなんて簡単だ。大人のヤクザでも」

寅の顔はたくましかった。とても学校で泣いていた寅と同一人物とは思えない。やるべきことをやった、男の顔に見えた。

　いや、そう感じるのは自分が寅を羨ましく思っているからかもしれないと正範は思った。寅がヤクザを、それも自分たちが大切に想っている加夜を苦しめたヤクザを倒したことに対する嫉妬を、正範は自覚していた。

――チャンスさえあれば、僕だって。

　正範は思ったが、実際のところどうだろうと不安を感じる。今、自分たちが埋めたものを人に向けて引鉄をひけるだろうか。撃たなければならない、ヤクザ相手なら撃てる、と正範は自分に言い聞かせ、不安を打ち消そうとした。

　そこで正範は気づく。寅は迷うことなく引鉄をひいたという。不安やためらいはなかったようだ。そのことに正範は恐ろしさを感じた。今、自分たちが埋めたものは一体何だろう。拳銃とともに、寅にとって何か重要なものを埋葬したのではないか。

　辺りは草と川の匂いに溢れていた。それらを押しのけてふっと火薬の匂いが寅の体から漂う。正範は、硝煙反応について書かれた本を思い出した。確か、シャーロック・ホームズの『踊る人形』だったか。早く痕跡を消さねばならないと正範は思った。

「家に帰って、服を洗濯して、シャワーを浴びて。警察が来ても、ずっと家にいたと言えばよかけん。何を訊かれても、分かりませんって言い続ける。何も知らん馬鹿な五年生のふりをするったい」

　寅が振り返る。

「ごまかせると思う?」

「わからん。でも、加夜ちゃんを襲った男が死んだんなら、寅くんをはっきりと見た人間はおらんくなる。それで銃が見つからんかったら、警察はどげんしようもない。証拠がないんやから」

「マーくん」

「何?」

「もう一発あったら、マーくんとこのやつも撃ちたかった」

「そんときは、僕が撃つ」

九　証拠調べ　令和元年

「甲一三二号証を示します。これは、被害者鈴木の手に巻かれていたロープの表面を拡大して撮影した写真撮影報告書です」

正範の説明に合わせ、隣に座る事務官がパソコンを操作し、プレゼンテーションソフトのスライドを一枚送る。

モニターは、裁判官の前に一台ずつ、弁護人席に一台、そして検察官席に一台置かれている。弁護人、検察官の背後の壁には、傍聴人席から視聴できる大型モニターが設置されているが、今は電源が切られている。見て聞いて分かる、というコンセプトのもとに裁判員裁判が導入された当時、傍聴人への「サービス」として各地の裁判員裁判用法廷には大型モニターが導入されたが、使用されたのはほんの一年ほどで、遺体などの刺激証拠を大画面に映すのは問題があるとか個人情報を守るとかの理由で、ほとんど使用されなくなった。

「ロープ表面から指掌紋は検出されませんでしたが、長さ一センチほどの毛が採取されました。甲一三三号証は、その採取された毛に関する事件直後の鑑定結果です。獣ではなく人間の毛とは判別できたものの、当時はそれ以上の事実は判明しませんでした」

正範が事務官に合図を送り、次のスライドがモニターに映る。

「しかし、今回、改めて科学捜査研究所においてＤＮＡ型鑑定を実施しました。甲一三四号証が、その鑑定を依頼した鑑定嘱託書です。その経緯と鑑定の実施状況については、今日の証人尋問で、鑑識職員と科学捜査研究所職員が証言したとおりです」

弁護側は、ロープ表面から採取された人毛の保管状況とＤＮＡ型鑑定の信用性を争った。

そのため証拠保管を担当する鑑識職員と、鑑定を実施した科学捜査研究所職員が証人として法廷に呼ばれ、一日をかけて証言を行なった。

まず鑑識職員が、事件当時の鑑定後、人毛が警察署の証拠保管用の冷蔵庫で持ち出されることなく保管されていたと証言した。

次いで科捜研職員が、今回実施された鑑定技法を説明し、鑑定の状況を細かく証言した。

こうしてようやく、ＤＮＡ型鑑定の結果を法廷で明らかにすることが許された。

「甲一三五号証、鑑定結果回答書です。今モニターで示している表が、鑑定で明らかになったＤＮＡ型の一覧です。そしてこれらは、蒲田被告人のＤＮＡ型とすべて一致します」

正範は言葉をいったん切った。

人毛のＤＮＡ型が寅のそれと一致することは、すでに科捜研職員の尋問でも触れられていた。だから衝撃というほどの驚きは裁判官にも傍聴席にもない。

それでも改めて検察官が突きつけた、寅が事件に関与しているという動かぬ証拠に、傍聴席からはほうっという感心とも諦めともつかないため息が漏れた。

裁判長や右陪席裁判官、あるいはベテラン弁護人たちはさすがのポーカーフェイスだが、経験の浅い左陪席裁判官は軽くうなずくような仕草を見せた。

法廷で寅の毛がロープに付着していたと明らかにされた以上、弁護側は、事件の時とは別の機会に毛がロープに付いた可能性があるという主張に争点を切り替えてくるだろう。

しかし正範は、事件で使用されたロープは事件当日に購入された新品であり、その表面に寅の毛が付着するのは、鈴木を拘束するか殺害するかした現場しかない、という反論を準備している。

寅が鈴木の殺人に関わっていたことの立証は充分であり、検察側に残された課題は、函南が殺人に関わっていたことをいかに証明するかであった。

裁判長が被告人の二人を立たせ、

「本日の審理はここまでです。被告人両名は、また明日午前十時にこの法廷に出頭してください。それでは閉廷」

と宣言する。

裁判官たちが退廷し、水色半袖シャツの刑務官が函南と寅に手錠腰縄を付ける。その間に二人は、それぞれの弁護人と二言三言会話を交わす。その言葉を聞き逃すまいと、傍聴席前方に陣取った記者たちが耳をそばだてる。

正範は紫の風呂敷に事件記録を包みながらその様子を眺めた。傍聴席から加夜も寅に視線を送っている。

寅は二人の視線を感じたが、どちらにも目を遣ることはせず、刑務官が手錠を掛けやすいように両手を揃えて差しだした。弁護人に今夜も接見に行くからと声を掛けられ、ありがとうございますと答える。

刑務官から促され、弁護人席の裏にある扉から退廷する。今日も一日を通して検察官席に目を遣ることはなかった。目が合えば何らかのコミュニケーションをとろうとしてしまうだろう。だったら端から顔を見ないほうがいいと、寅は頑なに検察官席を見ることを避けていた。

一般職員や来庁者が通ることのない、押送車へと続く裁判所の通路を刑務官に挟まれて歩く。階段を下りて建物に横付けされた、マイクロバスを改造した灰色の押送車に乗り込む。

押送車の行き先は刑務所に付属する拘置施設だ。刑務所といっても場所はJ市内で、裁判所から車で十分くらいだ。

その間、警察車両が押送車の前後を固めて隊列を組み、上空では県警のヘリコプターが押送の援護にあたる。組関係者による襲撃を警戒してのことだ。だから押送の度、平穏な市街地を物々しい車列が走り、沿道の市民たちが驚きの表情を浮かべることになる。

ヘリコプターのまき散らす騒音を耳にしながら、毎度毎度大げさなことだと寅は苦笑する。

函南組には、もはや函南や寅を奪還するような人、金、知恵は残ってはいない。

竜造組との抗争に勝利して解散に追いこんだものの、その時点で函南組の体力は大きく削られていた。そこに警察による函南組壊滅作戦が展開され、娑婆《しゃば》に残っているのは、逮捕する価値もないと警察にすら見限られた者たちだ。

金にしても、組員が収監されれば組に入る上納金は減り、おまけに官民一体の暴力団排除運動で組員のシノギも先細る一方だ。

おまけに逮捕起訴された組員の裁判費用で、すでに億を超える額が消えている。

組には顧問の弁護士がいるものの、逮捕された組員全員の弁護にはとても手が足りない。そこで顧問以外の弁護士に頼むことになるが、依頼するには一般的な弁護士報酬に二割から三割のプレミアムを上乗せしなければならない。弁護士も、暴力団員の弁護は引き受けたがらない者が多いからだ。函南や寅のように全国トップクラスの刑事弁護人を、それも三人ずつ付けるには、それだけで一億近い金が消える。

そんな函南組に、函南や寅を奪還しようなどという体力も意思もすでにない。

結局この警察車両の隊列は、これだけの大物を逮捕して裁判にかけていますという、マスコミや市民向けの警察によるパフォーマンスなのだ。

寅は窓の外を見た。

高層の建物はなく、刑務官に挟まれた寅の席からでも広い空が見える。

この選択でよかったのだろうか。もっと直接的な方法をとったほうがよかったのではないか。

空を見上げながら寅は、これまでに幾度となく繰り返した問いを、また自らに投げかけた。

同じ空を、正範は検察官室から見上げていた。

「あなたがたは悪い者でありながらも、自分の子供には良い物を与えることを知っている。まして天の父は求める者に聖霊を与えてくださる」

「なんだ、また聖書か」

机の向こうで聖書の一節を諳んじた正範に、早良《さわら》貢《みつぐ》は言った。

「前から不思議に思っていたが、本当にクリスチャンじゃないのか」

「違うよ。洗礼も受けてないし、そもそも宗教に興味はない」

正範が椅子を回し、早良と向き合う。

「宗教に興味はないが、人知を超える存在への興味はある。ユダヤ教やキリスト教でいう主、神、仏教でいう業（カルマ）、あるいは、禁酒団体のアルコホリークス・アノニマスでいう『高位の存在《ハイヤー・パワー》』なんかにね。聖書はその存在を考えるにはうってつけの参考書なんだ」

聖書を屈託なく参考書と呼ぶ男を早良は見つめた。

その童顔からは想像もできないが、この男の取調べで暴行を受けたとの被害相談が警察に相次いでいる。そのすべてが暴力団員からのものだ。

だからこそ、学生時代からの信頼は変わらない。

「人知を超える存在か。そんなのが存在するとは思えない」

「日本人は人間とは全く隔絶した神を考える能力をもっていない、とは遠藤周作がオランダ人のキャラクターに言わせた言葉だが、その論でいくときみは典型的な日本人だね」

「じゃあおまえは信じているのか」

典型的な日本人と言われ、何故か腹が立って早良は訊き返す。

「信じる、ではなく、考える、だよ。そして僕は小学生のころから考え続けている」

「まったく、おまえというやつは」

神学論争をしても仕方がないと思い、早良は、

「法廷は順調なんだろうな」

と尋ねた。正範は机に肘をつき、手に顎を乗せた。

「問題ないよ。今日の法廷で、蒲田が関与しているという客観的証拠を提出できた。あとは函南の関与だけだ」

「現場にいた鎌切組組員、与田《よだ》の証人尋問だな。でも、最初から与田を出しておけば早かったんじゃないか」

「これだから警察は。壊滅作戦を指揮する警視正どのがそんなことじゃ困るね。法廷に証拠を提出するには、順序というものがあるんだ。客観証拠から供述証拠へ、体験証人から専門家証人へ、証人から被告人質問へ。裁判官も人なんだ、いきなり結論を突きつけても理解できないし、下手をすれば反発を食らう。彼らが自然とこちらの主張を受け入れられるよう、周辺から丁寧に、少しずつ事実を積み上げていかねばならない。コース料理のようなものだ。前菜から始まって、メイン料理で終わる」

「メイン料理で終わる？　デザートは」

早良の質問に、正範は笑って答えた。

「デザートは刑の執行。函南の死刑のね」

一〇　火焔《かえん》　平成元年

男を射殺した翌日、寅はいつもどおりに登校した。

寅の父親は病院に送られ、警察が自宅に来ることはなく、代わりに市の児童福祉課の人間が来たという。

「養護施設に行くことになりそうだ」

寅が憂鬱そうに言った。

昼休み、二人は学校の裏の、陽射しを避けた校舎の陰で、壁に背を付けて並んで座っていた。蝉の合唱の合間に、校庭から生徒たちの遊び声が聞こえる。

「一時保護で何回か入ったけれど、寝るところは大部屋だし、歳が上のやつらが威張ってるし、外出にはうるさいし。一人暮らしのほうがよっぽど気楽なんだけどな」

「でも、食事は出るっちゃろ」

「まあねえ」寅は小石を拾って投げた。「なあ、マーくん、俺、逃げてどっかで一人で暮らそうかと思うんだけど」

「無理」正範は言下に否定した。「中学校までは義務教育。どこに行っても『学校は？』と訊かれるよ。働くこともできんし、住むところもない。良くも悪くも子供は目立つし、こっちが放っておいてほしくても、お役所は放っておけんとよ」

「山奥で暮らすってのは」

「なおさら無理やけん。食料がない。昆虫や山菜を食べようと思っても、どれが食べられるか見分けがつかんやろ。風呂もないし服もない。残念だけど、子供が生きていくには大人が必要と」

「あーあ、あんなクソでも、俺が生きていくためには利用価値があったってことか」

「そういうこと。放課後は小屋に行く？　まだ加夜ちゃんとは会ってなかよね」

加夜は学校を休んでいる。同居していた人間が殺されたのだから、警察の事情聴取などがあるのだろうと正範は思っていた。

「放課後も市役所のおばちゃんと面談。マーくんは行くんだろ」

「うん。加夜ちゃんが気になるけん。もし加夜ちゃんが来たら、どっちがよか。撃ったのは寅くんだと、言うのと言わんのと」

寅が唸った。「言わなくていい。会ったときに俺が言う」

寅がまた小石を放る。その様子を見ながら、正範は寅に訊いた。

「大丈夫？」

「何が？」

「その……人を撃ったこと」

正範にとっては意外なことに、寅は笑みを浮かべた。

「それが、何ともないんだ。ひと晩寝てもショックとか、悪いことをしたとか、まったく思わない。人を殺したんだから、もうちょっと何かあると思ったけれど」

「まだ興奮してるっちゃない」

「頭の中はキーンと冷えてる。初めてなくらい」

寅は自分の頭を手で撫でた。

「その頭の中で、正しいことをしたと考えている。銃があれば、また同じことをする。銃ってすごいぞ、本当に。子供でも大人を倒せるんだから。ものすごく簡単だった。また撃ちたいよ」

「……それは、誰が相手でも？」

寅が驚いて振り向いた。

「誰でもなわけないじゃないか」

顔を前に戻し、小石を拾い、投げる。

「そうだな、ヤクザだけだ。カスだけ」

「そりゃそうたいね、ごめん」

謝った後で、正範は、寅くんはヤクザなら誰でも殺すつもりだろうかと不安に駆られた。


放課後、正範はいつものようにランドセルを家の押入れに放りこみ、河原の小屋へと向かった。土手を走るとあっという間に汗まみれになる。

小屋には誰もいなかった。

正範は少し気落ちして、小屋の窓を開け、蚊取り線香に火を点ける。ドラム缶の上の、寅がいつも寝ているベニヤ板に寝転んだが、五分もすると暑くなってたまらず床へと降りた。ドラム缶に挟まれた通路は風が通り、寝そべると思いのほか心地よい。

今日、加夜は来るだろうか。来たら寅が児童養護施設に入ることを教えてあげないと。そんなことを考えながら、瞼を閉じる。

微睡《まどろ》み始めたところで、ありうべからざる音を耳が捉えた。上半身が跳ね起きる。

——なぜあいつがここに。

種雄の足音だった。混乱しながら、正範は距離を測る。

種雄は小屋の正面に繋がる砂利道を歩いていて、かなり近くまで来ている。姿見られずに小屋を抜けだすのは不可能だ。

小屋の中で待つか、外に出るか。

正範は蚊取り線香の火を床に擦りつけて消し、扉を開けた。

小屋の中で父親と向かい合うより、外に出たほうがいい。暴力を振るわれても——間違いなく振るわれるだろうが——狭い小屋の中より、外のほうが怪我が少なくて済む。

外に出ると、ざっざっと足音を立てて歩く父親の顔が、背高泡立草の向こうに見えた。正範の前まで来ると、物も言わず正範の頬にビンタを一発張った。

正範は歯を食いしばり踏んばっていたが、それでも倒れる。

「こげんところで遊びよって」

正範のTシャツの襟を摑んで引き起こし、自分が今来た道へ放り投げた。びりりとTシャツの首回りが破れ、正範は砂利道を転がる。

「鈴木のオジキが、おまえに訊きたかことがあるってやけん、連れてこいて言われたったい」

種雄は小屋の中を覗き、誰もいないことを確かめて戸を閉めた。

「汗かいたやないか。あいつもおまえもがっぺムカつく」

まだ砂利道に転がっている正範を、種雄は蹴り上げた。力は籠っていないが、正範の体が浮くには充分だった。正範は胃の中味を吐いた。

「さっさと立たんか。車が待っとうけん、行くぞ」

種雄が先に立って歩き始めた。正範はその後をよろよろとついていく。

車を待たせているという割には、胸を反らし足を前に投げだすいつもの歩き方で、歩みは遅く、小学生の足でも置いていかれることはない。

無言のまま河原を抜け、緩い土手の登りに入ったところで正範は尋ねた。

「なんでここが、分かったんですか」

種雄が無造作に腕を後ろに振るう。正範は避けようとしたが、手の甲が側頭部に当たり、よろけて砂利道に倒れた。

「黙って歩かんか」

ガソリンスタンドの跡地に、黒塗りのベンツが停まっていた。

車の外に、正範が見たことのない男が立っている。髪を短く刈り上げ、下から睨《ね》めつける独特の目つきに、種雄と同じ職業だとわかる。

男は種雄と正範の姿を認めると、素早く後部座席のドアを開けた。

種雄は押しこむように正範を車に乗せる。座席で正範が体を起こすと、奥に明美が座っていた。母親の出現に正範が動きを止めると、「詰めんか」と種雄に尻を叩かれた。

男が運転席に座り、滑るように車が動きだす。男も、種雄も、明美も、誰も口をきかなかった。車は街へと向かい、やがてけばけばしいネオンサインが並んだ一角へと入った。

黄味がかった白いタイル張りのビルの前で車が止まる。幾つもの防犯カメラが道を睨んでいて、一階は駐車場になっており、脇に二階へ上がる階段があった。

車から降りた種雄は勝手知ったるように階段を上り、明美がため息をつきながらついていく。車の傍らに立った運転手に見つめられ、正範も慌てて母親の後を追った。

階段を上ると、白い扉があった。黒い紋が中央に彫られている。紋は中心に黒い丸、そこから六対《つい》十二本の足が伸び、あたかも暗黒の太陽のようだ。

種雄が扉の横にあるインターホンを押した。

〈はい〉低い男の声が答える。

「臼佐だ。ヨメとガキを連れてきた」

〈お疲れさまです！〉

ガチャンという音が響き、扉が開錠されたのだと正範にも分かった。種雄が扉をあけ、中へと入っていく。通りがけに正範が見たら、扉の厚みは十センチを優に超えていた。

正範は、すでにここが暴力団事務所であると理解していた。ため息をついていたところからすると、母親も自ら進んでここに来たとは思えない。母親と自分は、父親によってヤクザの本拠地に連れてこられたのだ。

　左の壁際には事務机が置かれ、男がどこかに電話をかけている。部屋の中央には黒革張りの応接セットがあり、「仁義」と墨書された額が奥の壁に掲げられていた。

「来たか。まあ座りなさい」

　応接セットの一人掛けソファに、家の前で正範に五百円玉を渡した鈴木という男が座っていた。その前の長ソファに、明美と正範は身を寄せあって腰を下ろす。

「悪いね、明美さん。こんなところに来てもらって」

　明美が自らの手元を見つめながら軽く頭を下げる。怯えが顔に出ていた。

「ちょっと二人に訊きたいことがあってな、それで臼佐に連れてきてもらった」

　正範は、鈴木と目が合わぬよう明美と同じく顔を下に向けていたが、目だけ動かして鈴木の表情を窺った。

　二日前とは明らかに雰囲気が違う。具体的にどこが違うのだろうと正範は観察した。目が血走っていて唇が乾燥し、口調は丁寧だが、狂気のようなものが笑みに潜んでいる。それが母親を怯えさせたのだ。

　種雄が、二人の後ろに立つ気配がした。鈴木が質問を口にする。

「小学校に、不良はおらんか」

　明美がぽかんと口を開けて鈴木を見た。正範も予期せぬ質問に顔を上げる。鈴木の表情は真剣そのものだ。

明美がふっと息を吐いて唇の端を緩める。

まずい、と正範が思うのと同時に、種雄が明美の頭を殴った。明美が正範のほうに倒れ、二人の頭がぶつかる。正範の視界が、一瞬真っ白になった。

「なん笑っとうとか！」

種雄の怒声が飛ぶ。

鈴木は種雄をいさめることもなく、ソファに背を預けた。

「なあボン。学校で噂になってるような不良はおらんか」

「分かりません」正範は間をおかずに答えた。

頭が痛かったが、ぐずぐずすれば種雄の鉄拳が飛んでくる。

おい、と鈴木が種雄に顎をしゃくる。正範は種雄に髪を摑まれて立たされた。

「ボン、いやボウズ、おまえ油屋の小屋で遊んだろう。そこに不良も集まっていたはずだ」

事務机に座っていた男が、鈴木に竹刀を渡す。

「よく思い出して答えろ。ここらの小学校に、不良はいるか」

「……分かりません」

鈴木が、右手に持った竹刀を左肩のあたりに掲げ、薙ぐように正範を打った。

腕がちぎれるような痛みが走る。堪らず正範は悲鳴を上げた。

「ボウズ、あの小屋の持ち主はな、四年前に破産したんだ。破産って分かるか？　借金まみれで、返すべきものも返せなくなることだ。そのときに面倒を見てやり、その代わりにガソリンスタンドの跡地とあの小屋をうちが押さえた」

鈴木は竹刀を床につき、柄頭に両手を乗せた。

「スタンドの前に、食料品を売ってる店があるだろう。あそこの人間に、スタンドや小屋に悪さするやつがいないよう、見張りを頼んでる。小屋には不法にガソリンが置いてあるしな。そしたら何日か前、ガキが小屋を使っているようだと知らせがあってな、サブに見に行かせた。そうしたら臼佐の子供と言うじゃないか。何人かで集まって、女の子もいて、乳繰り合ってるようだと。さすがは、スケベの塊と言われる臼佐の子供だな」

鈴木が下品な笑い声を上げる。

正範は痛みをこらえながら、二日前の夜だ、と思った。

あのとき、サブが小屋の近くまで来ていたと思うと、おぞましさに鳥肌が立つ。

「そのときに集まっていたガキのことを教えてくれればいい」

「いじめられっ子です！」正範は大きな声で言った。「僕、学校でいじめられてて、あの夜も、いじめられっ子が集まっていたんです！　みんな、家にも居場所がなくて」

鈴木が驚きの表情を浮かべる。

髪の毛を摑む種雄の手に力が入るのを正範は感じた。頭の皮が引っ張られて痛みが走ったが、まだ右腕の痛みのほうが強かった。

ふむ、と鈴木が足を組む。

「極道の息子のくせに、学校でいじめられてると」

正範は頷こうとしたが、髪を摑まれていて動けず、「はい」と声に出した。

「学校では、親がヤクザだと言ってません」

竹刀が先ほどと同じところを打った。正範は立ったまま悶絶する。

「極道をヤクザと言っていいのは俺たちだけだ。覚えておけ」

「あの……どうして小学生なんかを気にされてらっしゃるんです。不良をスカウトするなら、中学生からだとうちの人は言ってましたが」

明美が初めて口を開いた。口調には怯えがあるが、話題を変えて正範を助けようと必死さがにじみ出ている。

鈴木は首をぐるりと回して、明美を睨んだ。

「きのう、谷治《やじ》という俺の手下《てか》が殺された。ガキに銃で撃たれたんや」

明美が息を吞み、正範は啞然とした。

「おおかた、竜造のやつらに金をもらってやったんだろう。昨日は、本当はこちらが仕掛けるはずだった。それが、あべこべにこちらの人間が殺《や》られたわけだ。谷治は前に竜造と揉めて一人刺したことがあってな、それで女のところに身をかわさせていたが、見つけだされて弾かれた。しかもガキにや！」

話しているうちに興奮したらしく、鈴木はローテーブルを竹刀で激しく叩いた。

「なんとしてもそのガキを見つけださんといかん。それにな明美さん、あんたのとこのボウズは、こちらの仕掛けを盗み聞きしていた。ボウズから情報が漏れた可能性もある」

「そんな！」

明美が悲鳴を上げた。

「がたがた騒ぐな」と種雄が後ろから頭を叩く。正範の髪を摑んだもう一方の手は離さない。

正範は、自分の立場が想像以上に悪いと知り、気分が悪くなった。

「どうだボウズ、誰かにしゃべったか」

正範は必死に頭を横に振る。頭の皮が痛かったが、構ってはいられない。

「あの日は、夜もずっと小屋で過ごしました。盗み聞きしていたことが父にバレたんで、家に帰るときっと酷いめにあうと思ったんです」

種雄が髪を引っ張り、激しい痛みが走る。それでも正範は話すのを止めなかった。

「ほかにも家に帰れない友達が集まって、みんなで一晩を過ごしました。でも、あのことはしゃべっていません。しゃべっても、誰も救われませんから」

「誰も救われないか。味なことを言う。だがな、人間ってのは、面白いから、あるいは暇だからという理由だけで、秘密をしゃべってしまうものだ」

鈴木は竹刀の剣先を正範の目の前に突きつけた。

「俺の目を見て、しゃべっていないと天地神明に誓えるか」

正範は竹刀の向こうの鈴木の目を見据えた。ここで目を逸らしたら、もっと酷いことになると思い、腹に力をこめる。

「誓います」

正範と鈴木は互いを見つめあった。先に視線を逸らしたのは、鈴木のほうだった。

「いいだろう」鈴木は竹刀を下ろした。「俺が訊きたかったのは、ハジキをぶっ放すようなガキがいるかだ。小屋で乳繰り合うようなガキには興味はない」

「ちょっと待った、オジキ」

部屋の奥から声がした。正範が初めて聞く声だ。首を回してそちらを見ようにも、種雄に髪を摑まれ振り返ることができない。

「優しいのはいいが、場合によりけりだろう」

「アニキ！」

髪を摑む手が離れて支えを失い、正範は床に手をついた。種雄がアニキと呼ぶ人間が部屋に入ってきたと分かったが、鈴木とのにらみ合いで疲れ果て、顔を上げる気力も体力も残っていない。

事務机に座っていた男が、「お疲れさまです！」と種雄と声を揃える。

「目を見つめて誓ったからって本当のことを言ってるとは限らない。だろ、臼佐」

「はい、アニキ」

「久しぶりだな、明美。こいつがおまえの子か」

深みのある飴色の革靴が、正範の左手の上に乗った。

何が起きたか分からないうちに、左手に重みがかかり、木の靴底が手の甲にめりこむ。

正範は痛みに息を呑んだ。

「悲鳴を上げてもいいんだぞ」

正範は痛みに耐えながら、力を振り絞って顔を上げた。

切れ長の目、鼻筋は高く唇は薄い。襟足に届く髪を後ろで束ね、正範が見ても高級品と分かるスーツに身を包んでいる。

この手を踏む靴もさぞ高いのだろうと苦痛のなかで正範は考え、悲鳴を上げないと決めた。悲鳴を上げれば舐められる。そうなったらもう逃れるすべはなく、寅のこともしゃべらされるに違いない。それだけは許せなかった。

聖書のどこかに、「わたしたちは、あなたのために一日中死にさらされ、屠《ほふ》られる羊のように見られている」と書いてあったのを思い出し、僕は屠られる羊だと考えると、正範の気持ちは楽になった。

左手を踏む男の目が細くなる。薄い唇の端が吊り上がり、

「悪かったな、うっかり踏んじまった」

と足をどけた。

「ママと一緒に帰っていいぞ。曰佐、おまえは残れ。明美、家に帰ったら、坊主からいじめっ子の名前を聞きだしてくれ」

「正範です」明美が言った。「正範という名です」

ついさっきまで怯えていたとは思えない、はっきりとした声だった。

男は明美を見つめ、「そうか」と呟いた。

「ともかくいじめっ子の名前を聞きだせ。名簿か緊急連絡網か、そんなのでいじめっ子の住所が

分かればなおいい」

正範は、いじめっ子として名前を上げるべき三人の顔を思い浮かべた。政治家、医者、会社経営者。親の職業からして、自分のように酷いことにはならないだろうと思った。

「分かりました、函南親分」明美が男に頭を下げる。「マサ、立って」

やはりこの男が函南かと、正範は痛みに喘ぎつつ思った。

サブの指を要求した男。寅の父親の命を捨て駒にしようとした男。

正範は明美に手を引かれ、分厚い扉を抜けて階段に出る。

扉が閉まる前に、函南の声が耳に入った。

「一緒に暮らしていた女のガラを、サブに攫わせた。臼佐も行って、クスリを使って洗いざらい吐かせてこい。オジキも仁義なんて言わないでくださいよ。ガキに殺《や》られたってんだから、いい恥さらしだ……」

扉が閉まって声が切れた。正範はよろめいて、明美の腰にしがみつく。

加夜の母親が、サブに捕まっている。正範は自分の愚かさを呪った。

種雄によって自分が事務所に連れていかれたように、関係者を調べている。そして函南たちは、自分たちの仕掛けが不発に終わったことではなく、鈴木の手下を殺されたことに強い怒りを覚えている。

殺された組員と一緒に暮らしていた加夜の母親が、無事で済むとは思えない。加夜も危ない。

同居人という意味では、その母親と変わりないからだ。

「早く」正範は震える声で明美に言った。「早く家に帰ろう」

明美は、腰にしがみつく正範を抱きしめた。組事務所から離れるとすぐにタクシーを拾う。

「ごめんねえ」タクシーのなかで、明美は正範の頭を胸に抱え、髪を撫で続けた。「ごめんねえ」

タクシーが自宅に着くと、正範は明美が料金を支払っているうちに車を降り、「友達のところに行ってくる！」と駆けだした。後ろから明美が呼ぶ声が聞こえたが無視する。

団地まで一気に走り、加夜の家の呼び鈴を押す。応答はない。

「仁科さん、いませんか」

ドアの向こうに呼びかけながら、ノブをガチャガチャと捻る。

「加夜ちゃん、おる？　おらんと？」

やはり応答はない。もし居留守を使っていても、自分の声を聞けば出てくるはずだ。反応はなく、家にはいないと正範は判断する。

情報を集めようと、正範は向かいのドアの呼び鈴を押した。

「はい」

ドアの向こうから、不機嫌そうな女性の声が聞こえた。正範は声を張り上げた。

「すみません、仁科さんに、学校のプリントを届けにきました」

ドアが開いて、女性が顔を出した。ドアの隙間から味噌汁の匂いが漂う。夕食中だったらしい。

「なんだい、玄関先で騒いで」

「ごめんなさい、先生に言われて、仁科加夜ちゃんに学校のプリントを届けにきたんですが、家に誰もいなくて。加夜ちゃんか、加夜ちゃんママがどこにいるかを知りませんか」

「先生に言われてきたんなら事件は知ってるでしょ。加夜ちゃんはさっき、警察官と一緒にどっかに行ったよ。母親は朝から見てない。プリントなんて郵便受けに突っこんどけばいいだろ」

女性はそれだけ言うとぴしゃりと扉を閉めた。

隣家のことを心配するより、事件を迷惑がる気持ちのほうが強いらしい。

しかし正範は微かな希望を見出した。加夜は母親と別行動らしい。だったらサブの手を逃れた可能性がある。

団地の階段を下り、寅の家へ向かう。入り日の余光も消えて青い闇に沈みゆく街を、懸命に正範は走った。

寅の家にも誰もおらず、正範は力なくアパートの階段に座りこむ。

寅は児童養護施設に入るかもしれないと言っていた。ひょっとしたら、今夜からもう施設かもしれない。親友に頼ることはできないと分かり、絶望感に駆られる。団地に引き返して、加夜が帰ってくるのを待とうかと考える。

しかし、行くべき場所がまだ残っていると正範は嫌々ながら思い直した。

小屋へ行くのは気が重かった。ヤクザに監視されていると知り、もはや三人の秘密基地とはいえなくなっている。

だが、加夜はそのことを知らない。小屋に加夜が来ているかもしれなかった。

寅の家からは、小屋の正面に繋がる砂利道を通ったほうが早い。監視役を務めている食料品店に憎しみの一瞥をくれ、正範はガソリンスタンド跡の横から砂利道に入る。

小屋に向けて走る。正範は異臭を嗅いだ。初めは微かに臭う程度だったが、段々と強くなる。ドラム缶からガソリンが漏れているのかと思ったが、ガソリンの臭いよりも、まったく違う種類の臭いが強く漂っている。

正範の頭のなかで警報が鳴る。

肉の焼ける臭い。それも焼肉のような食欲をそそる匂いではなく、嫌悪感をもたらす、吐きたくなるような肉の焦げた臭い。

小屋が光っていた。開いた戸口から黄色や緋色《ひいろ》の、正範が見たことのない炎の揺らめきが見え、たまに赤い火焔が大蛇のように立ちあがる。

危険だと思いつつ、正範は小屋に吸い寄せられる。

小屋の床に、不動明王が倒れていた。

羂索を突きだした左手が、光背ではない現実の炎に焼かれて縮み、肉に張りついた炭と化す。牙を剥き目を見開いた顔のあちこちで水疱が膨れ、炎のなかで形を失っていく。

赤い火焔は、種雄の体そのものから立ち昇っていた。その周りを、先ほどの見たことのない色の炎が取り囲んでいる。

踊り狂う炎をとおして、不動明王の腹に裂け目が見えた。

誰かが種雄を背中から刺し、ガソリンをまいて火を点けた。ガソリンはすぐに蒸発すると聞いているから、灯油か何かが混ざっていたのかもしれない。夢を見ているような浮遊感のなか、頭の片隅で正範は冷静に状況を分析していた。

ポン、という場にそぐわない軽い音が聞こえた。

燃える種雄から視線を剝ぐようにして音の方向を見ると、横積みにされたドラム缶の蓋の一つが開いていた。熱に晒されて高まった内部の圧力に、緩《ゆる》んでいた蓋が耐えられなくなって飛んだのだろう。そこまで考え、正範は我に返った。

引火する！

正範は小屋に背を向けて走った。少しでも遠くへと、足をもつれさせながら体を前へと運ぶ。

轟音が響いた。

正範はたたらを踏み、体を反転させるようにして尻もちをつく。小屋が燃え上がっていた。いつか正範が夢想したように、天をも焦がすような明るい炎ではなく、地を這うような低く暗い炎が上がっている。

炎は空へ触手を伸ばそうとするが、途中で力尽きるように黒煙に姿を変え、らせんを描きながら空へと昇り、夜の空に融け合っていった。

一一　愛人　平成元年

「やっぱ転校すると」正範の声は暗い。

「ああ。俺も、加夜も」寅が答える。「卒業まで一年ぐらいなら、そのまま通わせてくれるらしいけど、まだ五年の二学期だもんな」

二人は、正範の自宅近くの土手に座っていた。午後四時を過ぎても陽は高く、強烈な光を受けた川面が眩しい。あまりの暑さに蚊も飛んでいなかった。

寅は寝転び、頭の後ろで手を組んだ。正範が尋ねる。

「加夜ちゃんはどんな感じ」

「母ちゃんがいなくなって落ちこんでる」

寅が男を射殺した翌日から、加夜の母親は姿を消していた。

女性警察官は加夜を警察署に連れて行ったものの、親のいないまま長く警察署に置いておけないと考えたようで、ごく簡単に話を訊いただけで解放した。その時になっても加夜の母親は見つかっておらず、誰もいない家に帰すわけにもいかずに、結局、加夜は児童養護施設に保護されることになり、寅と同じ施設に入った。偶然ではなく、J市には、小学生の児童を緊急に受け入れることのできる大規模施設は一か所しかなかった。

「突然、ただ一人の家族がおらんくなったちゃけん、無理もなかね」

「家族ってそんなにいいか？　俺には分からん。母ちゃんの記憶はないし、クソ野郎はクソだし」

寅は、頭の後ろで組んだ両手を解いて、寝そべったまま肘をつき、隣に座る正範を見上げた。

「マーくんはどうだ？　明王がいなくなって」

正範は満面の笑みを浮かべた。

「心の底から安心した。いつでも家に帰れるようになったし、押入れで勉強せんでよくなったし。夜もよく眠れる」

正範は、燃えている種雄を見たことを誰にも話していない。

背中の不動明王の顔に水疱が浮き、形が崩れていく。それは正範にとって、悪夢を見ているような光景でありながら、同時に解放感を伴った光景でもあった。

「そうだよな。それが普通だ」

「でも僕には母親がおる。寅くんもあいつの居場所が分かっとろ。けど、加夜ちゃんには誰もいなくなった」

寅が体を起こし、正範に向き直って胡坐《あぐら》をかいた。

「なあマーくん。加夜ママが殺されたのは、俺のせいか」

寅は、加夜の母親は鍋勢一家によって殺されたと思いこんでいる。サブが加夜の母親を攫ったと正範が教えたからだ。

「何でこうなっちまうんだろうな。ヤクザ一人を殺したくらいで。いったい、ほかにどうすればよかったんだ」

教師に言う。警察に通報する。どれも正しいが、意味のない行為だ。教師に言ったところで、あるいは警察に相談したところで、加夜はあの男に襲われていただろう。寅のとった行動だけが、現実に加夜を救うことができる唯一の方法だったと正範は理解していた。

「寅くんがやった行為は間違いじゃなか。寅くんは、あの男から加夜ちゃんを守った。加夜ちゃんを襲うような男を連れこむ母親やけん、加夜ちゃんのためには今のほうがいいかもしれん」

正範は寅に言いながらも、「ママがいなくなっちゃった。不幸比べは、やっぱり私の勝ちね」と呟いた加夜の顔を思いだし、苦い思いがこみ上げた。

種雄の事件も、犯人の捕まらぬまま四九日が過ぎた。正範の家を訪れる人間は途絶え、正範と明美はたちまち困窮した。

正範は、臼佐家は明美のスナックでの稼ぎで生活していると思っていた。しかしそれは間違いで、種雄の覚せい剤のシノギで自分が養われていたと知り、ショックを受けた。

さらに悪いことに、明美が使う覚せい剤は種雄が渡していたが、その供給の道が絶たれ、かといって依存症が治るわけでもなく、明美はどこぞの密売人から覚せい剤を買うようになっていた。

香典の金で何とか凌いできたが、それももう底を尽く。函南が訪れたのは、そんなときだった。

「明美、臼佐がいなくなって生活が苦しいだろう。足しにしてくれ」

タマヨケを外に残して家に上がった函南は、遺影に手を合わせた後、頭を下げる明美の前に香典とは別の白い封筒を置いた。明美は無言で額に押しいただく。

「これからどうするつもりだ。実家にでも帰るのか」

「あの人と結婚するとき、勘当されました。ここで生きていくしかありません」

函南は明美の隣に座る正範を見た。

「子供もこれから大きくなる。何かと入用のはずだ」

母親は黙って頭を下げる。

「坊主、これで好きな物を買ってくるといい。おじさんはママと大事な話がある」

懐から大きな革の財布を取りだし、手の切れそうな壱万円札を抜きだして正範に渡した。

一万円あれば、欲しかった参考書を四教科、すべて買うことができる。正範は身を乗りだしかけて思いとどまり、母親を見た。

明美は、あたかも函南が札を出したことに気づいていないかのように、顔を逸らしている。

「いいから、これを持って出かけろ」

函南が札を突きだした。

母親の態度を不思議に思いながら正範は受けとり、正座を崩して立ちあがる。

玄関を開けると護衛の男が立っていた。正範は素知らぬ顔をして建物の裏に回る。裏には誰もいなかった。

かつて種雄が寅の父親に拳銃を渡す場面を目撃した窓から、正範は室内を覗きこんだ。角度的に二人の姿は見えないが、声はよく聞こえる。

「スナックだけで暮らすのは無理だろう」

「仕事を増やそうと思っています」

「何を水臭いことを。ケツの穴まで舐めあった仲だ、また面倒みてやる」

「やめてください……」

「臼佐に譲ったが、おまえを捨てたわけじゃない。おまえのアソコは天下一品さ」

衣擦れの音がして、明美が「やめて……」と呟く声が聞こえる。

「また昔みたいにやろうや。毎月のお手当はたっぷり払ってやる……もちろんシャブ付きだ、悪い話じゃない。ホテルで、シャブを打って、朝までイキまくりだ」

「あの人の前です……やめて」

明美の声が鼻にかかったように高くなる。

「貞淑ぶるのはやめろ、元からスキモノのくせに。手付代わりだ、しゃぶってみろ」

カチャカチャとベルトを外す音が響く。

「人が来ます……」

「来ないさ。外の奴らには、どんな音が聞こえようと入ってくるなと言ってある。こんな音がしてもな」

パンと軽く乾いた音がして、「きゃっ」という母親の悲鳴が聞こえた。

「四の五の言うんじゃない、さっさとやれ」

正範は、自分の股間が膨れているのを感じた。窓から離れようとして局部が布に擦れ、その刺激で下着を汚した。

一二　覚醒　平成四年

「加夜がいなくなった」

中学二年生の夏休み、寅が突然正範の家に現れた。

小学校を卒業してから、二人が会う回数は劇的に減っている。

寅たちが養護施設近くの学校に転校して毎日顔を合わせることがなくなり、それでも一、二週間に一度は公園や図書館で、寅と二人、あるいは加夜も入れて三人で会ってはいた。

しかし中学生になると、それぞれの生活圏ができあがり、それまでのように頻繁に会うことはなくなった。寅は養護施設と学校の両方で番長格になり、体つきだけをみればもはや子供とはいえなくなっている。

正範は相変わらず小柄で、小学校の同級生がほとんどそのまま中学校に進んだため、いじめられる立場に変わりはない。

もっとも、父親が抗争で殺された暴力団員と囁かれているためか、道路で轢かれた猫の死体を見るような、忌むべきものから目を逸らし関わりを避けるという、無視の態度にいじめは変わっている。寅と加夜という、心から頼みとする友がいる正範にとっては、苦痛の度合いが少ないものだ。

生活も、種雄が亡くなった直後の極度の貧困からは抜けだしていた。

　しかし、それは明美が函南からもらう「手当」によるものだ。その代償として、明美は月に数回、朝になるまで帰宅せず、帰宅したと思ったらすぐに布団に包《くる》まり翌日まで眠り続ける。起きたら起きたで、布団の上で気だるげに宙を見つめて動かず、それは明美が覚せい剤が切れたときに見せる特有の表情だった。

　母親が暴力団幹部の玩具となって生活を支えている現実から逃避するように、正範は勉学に打ちこんだ。学内のテストでは二位以下を大きく引き離し、大手学習塾がたまに無料で行う全国模試ではトップテンに入り続けている。

　正範が勉学に籠る一方、Ｊ市では鍋勢一家と竜造組の抗争が激しさを増していた。種雄が死んでから三年、双方合わせて十人以上が死んでいる。幸いなことに市民に死傷者は出ていないが、銃を使った襲撃が当たり前となり、流れ弾で市民に犠牲が出るのは時間の問題だと警察は危機感を強めていた。

「いなくなったって、どげん意味」

　午後五時を過ぎ、明美は家にいない。寅は座りもせず、ポケットから一枚の紙を取りだして食卓の上に置いた。黄色のポストイットだ。

「これが俺の下駄箱に貼ってあった」

『ママを知っている人がいました。ママに会ってきます　加夜』

　やや右上がりの癖のある丸い文字は、転校してから何度か手紙をもらった加夜のものだ。

「母親に会いに行った？」

「騙されてる」寅が強い口調で言う。「加夜ママは、鍋勢一家に殺された。居所を知っている人間なんているはずがない」

寅は一貫して加夜の母親は殺されたと考えている。そこには、加夜に手を出すような男を家に引き入れた、母親に対する寅の怒りも混じっている。

しかし正範は、鍋勢一家は母親を尋問した後、どこかの性風俗で働かせているかもしれないと考えるようになっていた。

耳学問ではあるが、中学生になって性風俗の何たるかを知り、小学五年生のときに聞いた鈴木と種雄の会話を思いだし、函南組が、昔でいう女衒をシノギの一つにしていると理解できるようになっていた。

ならば、加夜に似た顔立ちで美人だった母親も、殺すよりも風俗店で働かせたほうが函南たちにとって利益になるはずだ。

正範は、加夜の書き置きに目を落とした。加夜が寅に対してメッセージを残すのは自然だが、なぜ口で伝えなかったのか。改めて文字を見ると、トメやハネの具合から急いで書いた気配が伝わってくる。相手が加夜を急かしたのに違いない。

「施設は？」

「職員は、加夜が一度、学校から帰ってきたことにも気づいていない」

「加夜ちゃんがおらんと分かったら、騒ぎになるっちゃない」

「どうだろうな……中学生の入所者がいなくなることはあるし、たいてい不良仲間の家に泊まって一週間もすれば帰ってくるから、職員は大騒ぎしない。でも加夜は真面目だから、いなくなったと分かれば施設も探すかもしれない。それでも二、三日は警察に届けないんじゃないか。俺が今すぐ警察に行ったほうがいいかな」

「警察か……」

判断がつかず正範は「ママ」の文字に注目する。寅が言った。

「加夜のママを殺したのは鍋勢一家だ。今回も鍋勢一家の仕業じゃないのか」

唐突に正範は、サブが指を切り落とす前に種雄に抗議した言葉を思い出した。

だってアニキ、娘はまだ中学生です——。

函南組は中学生であっても風俗に売る。正範の背筋に冷たいものが走った。だが加夜が中学生になるのを函南が待っていたのであれば、一年前に手を出していたはずだ。「女衒の函南」の仕業ではないと思い直す。

だとすれば、抗争の激化かもしれないと正範は思った。

今年になって鍋勢一家と竜造組の抗争は一段と激しくなっている。そして抗争の直接の発端は、加夜と同居していた男、鈴木の手下の男が射殺された事件だ。

正範は、目の前の寅を見つめた。あの事件の犯人は捕まっていない。

言葉を選びながら正範は言った。

「こんだけ人が死んどるのに抗争が終わらん原因の一つは、一番最初の事件の犯人が捕まっとらんからだと思う。だから鍋勢一家は、もう一度、関係者を洗いなおしよっちゃなかろか」

「加夜は、あの事件のせいで誘拐されたのか」

寅が頭を抱える。

「俺のせいだ」

「落ち込んでても加夜ちゃんは見つからん。とにかく、加夜ちゃんを探さんと」

語気を強めた正範に、寅が顔を上げる。

「ごめん、マーくんも加夜のこと」

「それはもうよかと。僕は寅くんと加夜ちゃんがお似合いと思っとうけん。それよか、はよ加夜ちゃんば見つけんと」

「どうすればいい。警察か」

「警察に行くのはなし。鍋勢一家がよけいに警戒して、ますます加夜ちゃんが見つからんくなる。たぶん鍋勢一家の鈴木だと思う。鈴木は手下を殺されて、かなり頭に血が昇っとったけん。あと、加夜ちゃんママを実際に攫ったのはサブやった。やけんサブも関わっとうと思う」

「鈴木にサブ……二人を見つければいいんだな。でも、どうやって」

「普通に考えれば鍋勢一家の事務所やけど」

「やけど?」

「抗争で事務所の警戒レベルは上がっとろうし、警察も見張ってる。そんなところに僕たちが行っても近づくこともできんし、鈴木やサブも近づかんやろう。居場所が分かっとう組員から辿っていくしかなかか」

「そんなやつがいるのか」

「おる。母さんの愛人」

「函南か」寅が目を瞠《みは》る。「でも、函南がいつマーくんの母ちゃんと会うか分からないだろ」

「今日だよ」正範は嫌悪も露わに言った。

「さっき母さんから電話があって、朝まで帰らないって。函南に呼び出された日は、いつもそう連絡してくる」

「場所は」

「名前が分かっとうホテルが二つある」

朝帰りした明美が、百円ライターを持って帰ってくることがある。ガスレンジの点火に使うためだ。ライターにはホテルの名前が印字されており、だいたい二つのホテルを利用していると分かった。

「俺とマーくんで手分けして張りこむんだな」

「函南は幹部やけん、タマヨケという護衛がおると思う。函南は鈴木をオジキと呼んどったから、格上の鈴木が護衛には入っとうことはなかろうけど、弟分のサブが入っとう可能性はある。もしサブが入っとったら後を尾《つ》けて。加夜ちゃんのところに行くかもしれんし、家に帰っても住所が分かれば二人で乗りこめる」

「サブがいなかったら」

「また別の方法を考える」

寅が台所のシンクの下を見た。包丁が入っているところだ。

「ダメ、函南をどうにかしようなんて考えんこと。相手は護衛もおるし、寅くんには銃もない。絶対無理せんで」


当たりは寅が引いた。

明け方になり、寅が見張っていたラブホテルの出入口から、正範の母親が出てきたのだ。

ホテルはJ市の繁華街の外れにあった。見るからに古い建物だが塀に囲まれた敷地は広い。周辺のビルが壁を接するように建っているなかで、そこだけ空が開けている。車がようやくすれちがえるほどの細い通りに面していて、向かいにはホテルに背を向けた雑居ビルが立ちならんでいる。

寅はホテルの出入口を見張るべく、斜向かいの雑居ビルに忍びこんだ。七階建てビルの一階と二階は居酒屋で、屋内階段には簡単に入ることができた。しかし屋上に出る扉には鍵がかかっている。

寅は七階の階段室に戻り、窓ガラスを開けた。一メートル足らずのところに隣のビルの壁が見える。隣のビルの高さは、今いるビルとほぼ変わらない。

――壁を使って行ける。

寅は窓に箱乗りになり、左手を隣のビルの壁に当てた。続いて左足を出し、左手同様に壁に当てる。体の真下には七階分の虚空が広がっているが、そのことは意識から締めだした。

右足で窓枠を踏み、思い切って立ちあがる。左足、右足でバランスをとり、両手を隣り合うビルの壁の間に突っ張る。すぐに左足を上げ、続けて右足を上げる。両足で体を支え、両手を壁の上方に突く。それを繰り返しながら寅は少しずつ壁の間を上り、ついに屋上に出た。

屋上から思いのほかホテルの出入口が見えにくく、さらに給水タンクに登って腹ばいになった。体を動かすことはできないが、出入口はよく見える。

寅は身じろぎ一つせずに見張り続けた。時間の感覚を失い、空の一方がうっすらと白みかけたころ、隣のビルの屋上に、野球帽を被った男が現れた。

すわ函南の護衛かと寅は給水タンクの上で身を固くしたが、野球帽は寅のいるビルには見向きもしない。屋上の端から身を乗りだして、寅と同じく、ホテルの出入口の監視を始めた。

護衛ではなさそうだと思い、では誰かと考えて寅は慄然とした。護衛ではないなら敵に違いなく、竜造組の者に違いない。

寅は野球帽と一緒に出入口を見下ろし続けた。

一時間ばかり過ぎたころ、正範の母親が一人で現れた。間違いなく函南はここにいる。寅は緊張したが、野球帽の様子は変わらない。明美が立ち去り、さらに三十分ほど経ってから出入口に五人の男が姿を見せた。一人の男を中心に立っている。

函南が移動に車を使わないのが寅には意外だった。しかし後から報告を聞いた正範に言わせると、それも合理的だという。細い路地が入り組んだ市街地では、車二台に前後を挟まれれば車がそのまま鉄の棺桶となる。車列を組まないかぎり、車より徒歩のほうが安全なのだ。

五人組の姿を認めるや、野球帽は階段へと消えた。

寅は一人ひとりの顔を検《あらた》めた。護衛のなかにサブはいない。

函南はサブに繋がる唯一の手がかりで、つまりは加夜に繋がる唯一の手がかりだ。むざむざと死なせるわけにはいかない。

寅がいるビルの屋上の扉は施錠されている。寅は給水タンクから降りて屋上の端に立つと、野球帽がいたビルへと飛び移った。足音を立てぬよう気をつけながら階段を駆けおりる。

建物の外に出ると、野球帽の後ろ姿が見えた。函南たちがいる通りと並行する路地を、どこかに向けて走っている。迷いのない走り方に、待ち伏せをするつもりだと寅は直感した。

野球帽を追って走った。野球帽は自分が尾けられているとは思いもしないようで、後ろを振り返ることもなく一目散に駆けていく。

空が白くなる時刻、通りには誰もいない。

野球帽が路地を曲がった。寅はスピードを落とし、角まで来ると、一瞬だけ顔を出して曲がった先を確かめる。野球帽が肩で息をしながら、三人の男と話していた。

襲撃者は四人。函南の護衛も四人。函南を加えるなら、襲撃者のほうが人数が少ない。

しかし襲う側は時と場所を選ぶことができる。対して、襲われる側はいかに警戒していても不意打ちを食らうことになる。考えるまでもなく襲う側が圧倒的に有利だ。

寅は函南たちに知らせようと、区画を一つ戻った。並行する通りを歩く函南たちが見えたが、すぐに寅の視界から消える。

間に合わない。寅は引き返した。

襲撃者たちは、函南たちが歩く通りに左から直角に交わる道に潜んでいる。寅が角に戻ったとき、襲撃が始まった。函南の一団が交差点の中央に差しかかったところで、建物の陰から一斉に飛びだし、銃を構える。

函南の左前方を歩いていた護衛の反応が一番早く、それゆえに一番早く命を落とした。

両手を広げながら、函南の体を襲撃者たちの射線から隠す。轟音とともに飛来した銃弾の第一波を、文字通りタマヨケとなって全身で受け止め、赤い霧を立ち昇らせながら倒れた。

弾は函南の左後ろを歩く護衛にも当たった。護衛は首から血を噴きだしつつ、函南の肩を摑んで路上に引き倒し、自らの体の下に庇う。

残る護衛二人が、懐から拳銃を抜きつつ、倒れた函南の前に出ようと動く。それよりも早く、襲撃者たちが立てつづけに銃弾を放った。

銃を抜きかけた護衛の一人の顔が弾け、首が後ろに反る。それでも意思の力か、護衛は向きを変えて函南の上に覆いかぶさった。

唯一残った護衛がようやく発砲し、襲撃者の一人が腹を押さえてその場に蹲《うずくま》る。

襲撃者の銃口が、その護衛に集中する。逃れるすべはなく、銃弾を受けて最後の護衛も血煙を上げながら倒れた。

「これでしまいや！」

叫びながら、函南と護衛が折り重なっている山を狙い、野球帽が引鉄をひく。

「もう全員殺《や》ったろ、はよ逃げんと」

白いガーゼマスクを着けた男が、腰が引けた格好で言った。

「まだや、函南にとどめを刺さんと」

顔を隠すことには無頓着な様子のポロシャツを着た男が、落ち着いた声で言った。腰には、使いこまれた黒い革のウエスト・ポーチがさがっている。チャックが開いているところをみると、拳銃を入れていたのだろう。

ポロシャツの声を受けて、マスク姿が野球帽の射撃に加わった。二人は山から僅かに見えている函南の足を狙っているようだ。しかし山が揺れるだけで、足には一向に当たらない。

「バカ！　おまえらの腕で当たるわけなかろうもん。近づいて撃たんか！」

ポロシャツが呆れたように叫ぶ。

野球帽とマスク姿は顔を見合わせ、銃を下ろして山へ近づいていく。

「上のやつらをどけて、頭に一発くらわせ。生きとるかもしれんけん、気をつけろよ」

ポロシャツの言葉に、並んで歩いていた二人はふたたび顔を見合わせた。左右に別れて銃を構え、慎重な足どりになる。

このまま函南が殺されるのは困る。

角から一部始終を見ていた寅は、足音を消すために靴を脱いだ。靴下も脱ごうかと思ったが、風雨にさらされ続けたアスファルトの路面は凹凸があり、細かな石も落ちている。靴下は履いたままにした。

寅は、襲撃側で唯一倒れた男へそっと近づく。男はすでにこと切れていた。

倒れるときに投げだされた銃が傍に落ちている。昔使ったリボルバーではなく、オートマチックだ。リボルバーの引鉄をひいたあとに覚えた強烈な反動で肩が痛くなったが、轟音とともに解放される巨大な力を感じて、圧倒された。

それからというもの寅は銃が出てくる漫画やドラマに夢中になり、中学生になるとガンマニア向け雑誌に時間を忘れた。そして今、現物が目の前にある。

寅は銃を拾い上げた。見かけよりも重い。黒くて不格好で、バランスも悪く感じられた。安全装置は外れている。男は初弾を撃った後に倒れたのだから、次の弾は装填されているはずだ。

寅はポロシャツの背後に忍び寄る。不意にポロシャツが銃を持つ右手を上げた。

距離はまだ二メートルほど残っている。寅は動きを止め、銃を構えた。

他の襲撃者が不格好なオートマチックを使う一方、ポロシャツの銃だけが、見るからに美しいリボルバーだ。

ポロシャツは拳銃の弾倉を開き、空の薬莢を慣れた様子で手に落とすと、ウエスト・ポーチから新しい銃弾を取りだし、弾倉に詰める。その間も男は前を向いたままで、背後に気を配ることはなかった。

寅はさらに三歩進んで距離を詰め、銃口をポロシャツの背中に向けた。距離は十センチ。外しはしないと思ったが、加夜の同居人を撃ったときに銃口が跳ね上がったことを思い出した。

脇を締め、心持ち銃身を下げる。腹の底に力を入れて撃った。ガチャンと銃身の中で金属部品が擦《こす》れる。その感触が銃の出来の悪さそのもののように思えて、寅は不愉快になった。

銃口から噴きだした短い炎が、ポロシャツを炙る。

男が勢いよくたたらを踏んだ。振りかえり、驚きの目を寅に向ける。ゆっくりと右手のリボルバーを寅に向けた。

寅はとっさに左手でリボルバーの弾倉部分を掴んだ。男の目が大きく開く。撃鉄は落ちなかった。リボルバーは弾倉を押さえられると弾を発射できない。漫画から寅が得た知識だ。

右手に握ったオートマチックを捨て、両手でリボルバーをもぎとった。右手の中で銃を回転させ、グリップを握る。吸い付くように手に馴染んだ。

ポロシャツの心臓めがけて弾を放つ。引鉄は滑らかで、触れただけで撃鉄が起き、落ちた。弾は寸分たがわず心臓を貫く。

「最高だ」寅は呟いた。

ポロシャツの襟を左手で掴み、体を密着させて死体の重みを支える。

野球帽とマスク姿は何が起きたのか理解できていない。ポロシャツの心臓が撃ち抜かれてようやく振り向いた。

野球帽が先。

マスク姿の射撃が、腰の引けたいわゆるガク引きになっていることを寅は見抜いていた。野球帽のほうが危険だ。

死体を左肩で支えてマスク姿への盾にし、右にいる野球帽の腹を狙い撃つ。

軽やかに発射された銃弾は、腹を抜け背骨を砕きながら貫通し、後ろの建物の壁に当たってタイル片が舞う。野球帽は悲鳴を上げることもなく倒れた。

衝撃が死体から左肩に伝わる。マスク姿が乱射を始めたのだ。ガク引きといえども数を撃てば一つくらいは当たる。銃声が騒々しくあたりに響く。

寅は足を踏んばり、左肩に乗った死体を持ち上げた。そのまま乱射するマスク姿へと突進する。また弾が当たって死体が揺れた。それでも寅は勢いを緩めず、左肩の死体をマスク姿にぶつける。マスク姿は死体と一緒に倒れた。

寅はその上に飛びのり、死体の上からマスク姿を撃つ。体一つならリボルバーの弾は貫通すると、今しがた野球帽を撃ったときに学んでいた。

マスク姿から力が抜けていくのを、ポロシャツの死体ごしに寅は感じた。

最初にポロシャツを撃ってから、十秒と経っていない。血と火薬の匂いが強く漂っている。寅にとって嫌な匂いではなかった。

寅はそのまま、あたりの様子を窺う。物音はせず、人影も見えない。しかし周りに人がいないということはないだろう。銃声に怯えて隠れているだけだ。遠からず警察が駆けつけてくる。

寅は立ちあがり、護衛が折り重なった山に近づき、一番上の死体を足で押しのけた。

函南の下半身とジャケットの一部が現れたが、顔と上半身は、別の護衛に隠れて見えない。函南の下半身は、ぴくりとも動かなかった。

だがポロシャツが言ったように、生きているに違いない。

「襲ってきたやつらは、俺が片づけた」

寅が言っても、反応はなかった。

「あんた、上に乗ってる奴が持っていた銃を、抜いてるだろ。いいか、今から死体を動かすが、俺に銃を向けるなよ」

寅は、足底で死体の脇腹を押した。ごろりと胴が転がり、遅れて首と腕が転がった。

函南の顔が見えた。目を閉じ、顔中が血で染まっている。手には銃が握られているが、上げようとする気配はない。

「早く起きたほうがいい。すぐに警察が来ると思うから」

函南が目を開いた。赤銅色の顔のなかで、白い目がやけに目立った。上半身を起こし、片膝を立てる。しばらくあたりを観察し、口を開いた。

「おまえがこれをやったのか」

寅は頷き、「二人はあんたの部下が殺した」と言った。

「それにしたって、声変わりもしてないガキが、これを」

声には賞賛の響きがこもっていた。

「ここを離れたほうがいい。警察が来る」

対照的に、寅の声には苛立ちがこもる。驚いたことに函南は微笑んだ。

「慌てるな。これだけぶっ放したんだ。サツも重装備をしてからじゃないと来ない。あと五分は大丈夫だ」

顔に付いた血を拭こうともせず、函南は立ちあがってポロシャツの死体に近づいた。

「竜造組の系列に成富《なりとみ》組っていう、武闘派で鳴らした組がある。こいつはそこのカシラで、拳銃好きで知られた男だ。グアムやフィリピンに毎年、銃を撃ちに行くんだと。二、三日前から姿が見えないと報告があったが、またどこかに遊びに行ってるんだろうと思っていた」

　函南は死体の顔を蹴り上げた。

「まさかこうもあからさまに仕掛けてくるとはな。舐めやがって！」

　二度、三度と怒りの表情で蹴ってから、函南は息を大きく吸いこんだ。手に持っていた銃を腰の後ろでスラックスに押しこみ、寅に向き直る。

「命の恩人は、いくつだ」

「中二」

「銃は怖くないのか」

「怖くない。持っていると安心する」

　函南が寅を見つめる。成富の死体を蹴った表情から一変し、面白がっている様子だ。

「おまえ、ここに来てどこか触ったか？　指紋を残してないか、という意味だ」

　寅は振り返って路上に落ちているオートマチックを指さした。

「あれには指紋が残っていると思う」

　函南はジャケットを脱ぎ、寅が指さした銃を含め、襲撃者と護衛が持っていた全部の銃を集めてジャケットで包んだ。

「ずらかるぞ、一緒に来い」

「ちょっと待って」

寅はポロシャツのウエスト・ポーチを外して自分の腰に巻き、リボルバーを入れてファスナーを締めた。角に置いていた靴を履いて函南のもとに戻る。

「行くぞ」

函南が先に立ち、ラブホテルへと戻った。一晩見張り続けた出入口を抜け、函南が管理人室の扉を叩くと、頭にカールを巻いた女が顔を出した。

「あら、誰かと思ったら函南の親分か。凄い顔だね、メンスの股に顔を突っ込んだみたいだ。さっき出てったばかりなのにもうお戻りかい」

「やかましいぞ、ババア。事務所に電話してバイク二台、急いで寄越すよう言ってくれ。非常線が張られるから、その前に抜けたい」

「やり合ったのかい。どうりで火薬臭いと思った。バイクに乗るって、その顔はどうすんのさ。メットを被ってもバンカケされたら一発だよ。いいからゆっくりしていきな。服はボイラーで燃やしちまうから、新しいのを買ってこさせる。部屋でシャワーを浴びて、非常線が解けるまでのんびりしていればいい。その子が相手じゃなけりゃ、女を呼ぼうか。そっちの子にも、筆おろしが好きな奴を呼んでやる」

悪くない考えだ、とばかりに函南は寅を見たので、寅は驚いて首を横に振る。

「どうやら筆おろしは先になりそうだ」函南が残念そうに言う。

「しょうがないわね。親分だけでも気が向いたら呼んでやるよ」

ラブホテルの部屋に入るのは、寅にとって初めての経験だった。ウエスト・ポーチを外し、円形の大きなベッドの上に置く。

「先にシャワーを浴びるぞ。ビールでもコーラでも、冷蔵庫に入っているものを飲んで寛《くつろ》げ」

浴室はガラス張りで客室から丸見えだったが、函南は気にする風もなく服を脱ぎ、シャワーを浴びた。寅はその背中を見つめたが、刺青はなく、引き締まった筋肉の上にうっすらと贅肉が乗っている。

函南が浴室から出ると、入れ替わりに寅も浴室に入った。ウエスト・ポーチをドアのフックにかけ、見たこともないシャワー栓に苦戦しながら、体に染みついた匂いを念入りに洗い流した。函南に観察されている気がしたが、あえて客室を見ないようにする。浴室を出ると函南がバスローブを投げてよこした。

「服はゴミに出した。新しい服が来るまで、それで我慢しな」

函南も同じバスローブを着て、缶ビールを飲んでいる。

「ここは安全なのか」

「大丈夫だ。このホテルは昔、俺が個人的に買ったもので、警察にも竜造にも知られていない。あのバアさんの旦那が博打で借金をこさえてな、それを整理してやったんだ。その旦那も死んで、今はあのバアさん一人でここを切り盛りしている」

函南がにっと笑った。

「女を呼ぶなら安くしてもらえる。どうぞご贔屓に」

ビールを飲みほし、缶をくしゃりと潰してから、函南が口調を改めた。

「さて、おまえの名前は」

「寅」

「よし、トラ、なぜおれの後を尾けていた」

寅は眉を顰めて函南を見た。函南は笑みを消して三白眼になっている。

「とぼけるんじゃねえぞ。たまたまあの場に居合わせたなんて言うなよ。こっちは四人殺《や》られたんだ、下手なこと言ったら膾《なます》に切り刻んでやる」

「あんたは蜂の巣にされるところだった。もう忘れたのかよ」

函南は立ちあがって冷蔵庫から新しいビールを取りだした。口をつけながら言う。

「そうなんだよなあ。おまえが竜造のモンなら、あの状況でおれを助けるわけがない。かといって、どこかの組織の助っ人がこっちに来ているって話も聞いてない。なあトラ、おまえ一体何なんだ」

「同級生を探しているんだ」

「なんだと」

「同級生を探している。名前は仁科加夜」

「話が見えん。何を言っているんだ」

寅はもどかしさを覚えた。マーくんならこんな時、誰が相手でもたちまち事情を理解させるだろうと思う。

「加夜の母親は昔、鍋勢一家に攫われた。加夜は、ずっと母親を探していて、昨日いなくなった。だから、俺は加夜を探している」

函南は缶ビールを持ったまま、ソファに座る寅の前に立った。

「おれたちが女を攫った？　いや珍しくもないが、話が見えない。いつのことだ、そりゃ」

「三年前」

「ガールフレンドは仁科加夜って言ったな。攫われた母親の名前は」

「上の名前は一緒。下は知らない」

「やっぱり話が見えんなあ。それが何で、おれを尾けることにつながるんだ」

「あんたが、加夜の居場所を知っているはずの人間と繋がっているから。母親を直接攫ったのはサブという男で、鈴木という人間が指示を出した」

「サブに鈴木……オジキか。三年前といや、オジキの手下《てか》が殺《や》られたころかな」

「加夜たちは、その男と一緒に暮らしてた」

「仁科……あの女か。そういや最近オジキが、娘がどうのと言ってた。その娘がお前のスケか」

「俺にとって大切な人だ」

「オジキの手下はガキに撃たれた」函南が寅を睨む。

「拳銃使いのガキ。おまえか」

寅は無言を保った。

函南は缶をサイドボードに置くと、白い電話機の受話器をとってダイアルキーを押した。寅は緊張した。

「函南だ、オヤジに代わってくれ……もうお耳に入ってましたか、ええ、おれは無事です。四人殺られましたが、タマヨケの役は立派に果たしてくれました……襲ってきたのは成富組のやつらです、もちろん全員生きちゃいません、返り討ちです。助っ人があって……詳しくはまた後ほど、今はお願いがあります。鈴木のオジキが女一人攫っています。中学生……ええ、中学生なんです。その女に触らぬよう、言っちゃもらえませんか……すみません、お願いします」

函南は受話器を置き、ビールを飲んだ。

「ガールフレンドはおれが助けてやる。その代わり、見返りをよこせ」

「見返り？　金は持っていない」

函南が噴きだすように笑い、その拍子にビールが気管に入ったらしく噎《む》せた。

「金なんていらねえ。中坊からのカツアゲは、高校生の仕事だ」

咳が収まった函南は、缶を持った手で寅を指さす。

「おまえだ。おまえが欲しい」

寅は眉をひそめ、体を少し函南から遠ざけた。

「変なふうにとるなよ、おまえとヤりたいんじゃない」寅の動きを見て函南が言った。「カマを掘ってほしいなら掘ってやるが」

寅は慌てて首を横に振った。

「おまえには才能がある。修羅場で怯まぬ度胸、天性の銃の扱い、何より、人を殺しておいて眉一つ動かさないってのがいい。おれと一緒で、どこかぶっ壊れてる」

函南が寅の隣に座り、右腕を肩に回す。寅は身をよじって逃れたくなる衝動を抑え、身を強張らせるにとどめた。

「おれの盃を受けろ。極道になるんだよ」

一三　投資　平成八年

「母ちゃん、どうだった」

病院の待合室の長椅子に座っていた寅が、正範に訊いた。

Ｊ市から車で約三十分の山里にある、精神疾患専門の国立病院に二人はいる。前日の夜、明美がここに収容されていた。

正範が連絡を受けたのは早朝だったため、病院までの足がなく、やむなく自動二輪の免許を持つ寅に頼んで病院まで乗せてもらった。

「会えんかったけど、今は落ちついとうらしい。強制入院の措置が執られとうけん、しばらく入院だって」

「強制入院……病気なのか」

「精神作用物質の長期大量摂取によって脳障害が起きていたところに、別の薬物の離脱症状による幻視幻聴。それによる自傷のおそれ。医師はそげん言いよった」

「つまり……」

「シャブに脳がやられてバカになっとったところで別のクスリを使ったってこと」

正範は投げやりに言い、寅が気色ばんだ。

「母ちゃんのことだぞ。そんな言い方はないだろ」

「だって寅くん」正範は情けなくなって言った。「真っ裸でケラケラ笑いながら道を歩いてれば、バカとしか言いようがなかよ」

「ボジれてたってことか」

「ボジれてる……ラリってるの方言やね。いや、シャブでハイになっとったわけじゃなか。函南と縁が切れてからは、金も伝手《つて》もなくなってシャブを買えんくなっとったけん。別のクスリの効き目が切れかけたところで、幻を見たってとこ」

　正範はため息をつく。「シャブじゃなかったのが救いと言えば救いやね。刑事事件にならずに済みそうやけん」

「警察も、シャブじゃなけりゃ薬物特定の手間をかけないか」

　寅は立ちあがった。「まだ学校に間に合う。帰るなら送ってく」

　正範は動かない。

「どうした」

「このままじゃ、東大に行けん。入院治療費もかかるし、金がなか」

「奨学金を出してくれる団体があるんだろ」

「三日前、断りの電話が来た。母さんがまたクスリを使ったのも、そのせいやと思う」

「……断りの理由は」

「さあ、説明はなかったけん。でも想像はつく。県警ＯＢが理事に入っとるらしい」

「明王が理由かよ。どこまで呪うつもりだよ、あいつ。団体も団体だ、受験まで半年を切ってるのに、今ごろになって言うなんて。でも東大に入りさえすれば、いろいろと奨学金を申請できるんじゃないのか」

「大学に入ってから申請できる奨学金は貸与がほとんどで、連帯保証人が必要と。つまり親やね。ところが唯一の親は薬物中毒で入院、いつ出られるかもわからん。それに受験のための交通費や宿泊費もあるし、合格すれば入学金、東京で家を借りるための費用や生活費も。現実を見んと、寅くん」

「諦めるのか。検事という目標はどうするんだよ。ヤクザをぶっ潰すという、俺との約束は」

正範は長椅子に座ったまま頭を抱えた。

時間が早いこともあって待合室には誰もいない。もとより、山里にあって閉鎖病棟を中心とする施設だけに、外患が頻繁に訪れる病院でもないのだろう。事務員や看護師の姿も見えない。

二人だけの空間で、正範は顔を伏せたまま言った。

「諦めるもんか。僕が甘かっただけだ。奨学金や入学金免除の申請には生まれ育ちに関係する書類を出さないけんから、ヤクザの息子だといつバレるかもしれん。それじゃ意味がなか。もっとうまくやらんと」

寅が閃いたように言った。

「金を持ってる奴なら、身近にいる」

正範は顔を上げて、寅を見た。寅が自信ありげに言う。

「ヤクザはカスさ。どんな偉いヤクザでも。そのカスから金をとるんだよ」

寅からセッティングができたと連絡が入ったのは、二日後のことだった。文化祭前の学校の早終わりを利用して正範が駆けつけたのは、Ｊ市の北の外れにあるファミリーレストランだ。

Ｊ市は、ＪＲの駅から南に下ると濠にぶつかり、濠に囲まれた城址内に市役所や県庁、県警本部といった自治体関係の建物が集中している。

駅と濠の間、むかし武家屋敷が並んでいたあたりに裁判所や地方検察庁が建ち、さらに駅に近づくと商業地域となる。駅を越えた北側は住宅街で、さらに北に行けば、Ｊ市を南北に貫く川の源流域である山々が広がる。

ファミリーレストランは、住宅街から山裾に至る国道沿いにあった。そのボックス席で、正範と寅は函南と向かい合う。

午後二時を過ぎ、店内はランチの客がひけてまばらだ。もっとも、新しい客が入ってこないのは、入口付近の席に陣取った客の姿によるところが大きい。函南のボディガードが六人、それと分かる格好で二組に分かれて座り、入店しようとする客に鋭い一瞥をくれていた。

「僕に投資してください」

正範は函南に言った。

「投資？　面白いことを言う」函南がさして面白くなさそうに言った。「だが、投資先として高校生はつまらんな」

ヤクザの親分、それも指定暴力団鍋勢一家の若頭を前にして、正範は自分でも意外なほど落ち着いていた。隣に寅が座っているという安心感も大きいが、目の前の男に、恐怖を凌ぐ憎しみを抱いているからだと冷静に自己分析をする。

「僕は東京の大学に行きます。学費と東京での生活費、四年間でざっと一千万円を投資して欲しいんです」

函南が正範の隣の寅を見る。ほとんど睨みつけるようだ。

「おいトラ、珍しくおまえが時間を作ってくれと言ったから、わざわざこんなところまで足を運んだんだ。それでこの話か。おまえじゃなきゃ、指を詰めてもらうところだ」

函南の恫喝に寅は怯まない。寅にしてみれば、この程度は挨拶代わりみたいなものなのだろう。

「俺の幼馴染のマサノリは、ただの高校生じゃない。天才です。そして来年は東大に行く」

「ほう、東大」

函南はやはりつまらなさそうに言った。

正範は、函南の態度に寅への気遣いを嗅ぎとった。年少の寅を函南が軽く見ておらず、むしろ立てているようにも見える。自分が考えているより深く寅は鍋勢一家に入りこんでいるのではないかと危惧を覚えた。

「だったら地元の篤志家にでも学費を募ったらどうだ。あるいは、奨学金という手もある。J市は他の町に比べて教育熱心らしいぞ。奨学金を出してくれる団体もゴロゴロあるんじゃないか」

「オヤジ、それは無理です。マサノリの父親は、オヤジの弟分だ」

「何だと？」函南が鼻で笑った。「冗談だろ？　おれの舎弟に、東大に行くような孝行息子を持ってるやつはいねえよ」

「ほかがどうかは知りませんが、マサノリの親は明王だ」

函南が怪訝な顔をする。

「マサノリの名字は、曰佐ですよ」

函南が目を見開いた。席に着いてからずっと眠たげだった顔に驚きが浮かぶ。

「明美の……息子か」

函南は、コップから氷水を口に流しこみ、氷をがりりと嚙んだ。

「なるほど、親父がヤクザなら、篤志家も何もあったもんじゃないな。そりゃ民間団体も金を貸さんだろう。どういう繋がりなんだ、おまえら」

「さっき寅くんが言ったように、幼馴染です。小学校で同級生でした。五年生のときに寅くんの父親が逮捕され、同じころ、父が死にました」

同じころ母がおまえの玩具になった、とは言わなかった。

「そうか、あれからそんなに時間が経つか」

函南が感慨深そうに言った。

「なるほど、極道の息子に生まれたという、おまえの立場には同情する。おれが言うことじゃないがな。だがそれも運命だ。ヤクザ二世なんてごまんといるし、たいていは貧乏人だ。そんなやつらにいちいち銭をやってたら、金が幾らあっても足りない。トラがおまえを買っているのは分かるが、それだけじゃあ、おまえに金を出す理由にはならん」

函南はコップを置き、注文していたコーヒーに口をつけた。

「おまえは投資と言ったが、おれにどんな見返りがある」

「僕は東大に行き、司法試験を受けます」

「弁護士になって、組の顧問弁護士になるってのが投資リターンか」

函南が、先回りをするように言った。顔には冷たい笑みが浮かび、先ほどの動揺はもうどこにも見当たらない。

「あいにくだが、顧問弁護士は既にいる。そりゃ、組の使い走りをしてくれる弁護士は何人いても便利だが、大学生活四年間に投資しろってのには割りに合わないな」

正範は、函南の言葉が終わるのを待ってから、「違います」と否定した。

自分の言葉を否定された函南の顔が曇る。

函南が自分の考えを否定されるのを極端に嫌うことは、寅から聞いていた。函南に逆らった人間を、ほかならぬ寅自身が消してきたからだ。そのなかには、同じ鍋勢一家系列で、出世競争で函南のライバルだった人間もいる。

レストランの入口に陣取る函南の取り巻きたちが、ちらちらと正範を見ていた。

寅がそちらを睨み、牽制する。

「司法試験を受けますが、僕は弁護士にはなりません」

「何だと？　弁護士にならずに、何になるんだ」

「僕は検察官になります」

函南は体を仰け反らせ、大袈裟に驚きを表した。

そんな函南に、正範はさらに言い募る。

「僕が検察官になれば、函南親分にとっても都合がいいはずです」

「都合がいい……例えば？」

コーヒーを持ったまま函南が言った。何かを深く考えるような顔つきになっている。

「敵対組織の情報を流してください。僕が潰します」

「顧問弁護士という盾かと思いきや、検察という矛になるというわけか」

函南がコーヒーカップをソーサーに置いた。

「だが、それなら警察のキャリア組のほうが利用価値がある。司法試験よりも国家公務員試験を受けるべきだ」

「本当にそうでしょうか。警察のキャリアは警察庁に採用された人間で、その勤務はほとんど霞が関、桜田門です。地方に出ても県警本部の幹部で、捜査に携わることは少ない。それに比べて検察官は地方勤務が主で、警察が捕まえた人間を勾留するかどうか、起訴するかどうかを決める立場です。検察官が携わらない捜査はありえない。函南さんにとっての利用価値は、警察キャリアより検察官のほうが高い、そう思っての提案です」

「だが、ここの勤務になるとは限らんだろう。それ以前に、おまえの親父は臼佐だ。ヤクザ二世のおまえが、検察官になれるのか」

「戸籍を変えます」

正範は言った。ここからが駆け引きの本番だ。

「母方の祖父母はまだ健在です。祖父は定年まで公立高校で教師をやっていて、社会的信用性がある。母は父と結婚したときに勘当されましたが、祖母は今でも僕に手紙をくれます。僕が公立の進学校に入ったと知って、祖父も喜んでいたと手紙にありました。祖父母に会って、養子にしてくださいとお願いするつもりです」

函南は興味を惹かれた顔になっている。

養子になって姓を変えるのはヤクザの世界ではよくあることだ。暴力団や詐欺グループ、あるいは極左暴力集団など反社会的勢力に所属していないかを調査する、いわゆる反社チェックを躱《かわ》すには姓を変えるのが効果的で、函南もそれは分かっているはずだった。

「東大に行きたいが、父の戸籍に入ったままで東京に出るのは嫌だ、と僕がお願いすれば、応じてくれると思います。養子になれば姓を変えられますし、祖父母の戸籍に入ることができます。検察庁に就職するときに戸籍抄本を提出しなければなりませんが、仮に実の父親に問題があるとなっても、僕が小五のときに死んでいますし、おまけに養子に出ていれば不利益にはならないでしょう。それに今、検察官志望者は少なく、司法修習生に検察教官が勧誘をかけていると聞きますから、検察官になることはできると思います」

ふうむ、と函南が顎に手を当てたまま、相槌とも不満の表明ともつかない声をあげた。

「そして、好きこのんでJ県に来ようという検察官は少ない、というよりほとんどいないでしょう。怪しまれない程度、あからさまにならない程度に配属を志望すれば、ここに回される可能性は高いと思います」

ふたたび函南は、ふうむと言って顎から手を外した。

「検察官になり、おまえが矛になったとして、その矛先がおれに向かないとどうして言える」

「寅くんです。彼を裏切るようなことは、僕は決してしません」

「トラ、どうなんだ」

「オヤジに会わせたことが証明です。信頼できないやつを会わせたりしません」

「信頼か。おれの辞書にはない言葉だな」

三人の間に沈黙が下りた。

函南は目を瞑っている。正範は心持ち頭を下げて、函南の言葉を待った。

函南が目を開け、にやりと笑う。

「いいだろう、投資してやる。東大に行き、司法試験を受けて検察官になれ」

正範は函南の言葉の続きを待つ。無条件で函南が金を出すわけがない。

「ただし、二つ条件がある。一つは、東大受験までに養子に出ることだ」

正範は「わかりました」と答えた。もとより函南が投資を承諾すれば、できるだけ早く祖父母に会いに行くつもりでいた。

「もう一つ。担保を出せ」

「オヤジ、金を貸すわけではないんです」

「投資する金の担保じゃねえよ。マサノリが俺を裏切らないようにするための担保だ」

「裏切らない担保？」

　函南が目を細めて正範を見た。その顔に笑みはない。

「具体的には、何を」

「例えばだ。このトラは、四年前におれの盃を受けたが、そんなものおれは信用しちゃいない。トラだってそうだろう。極道のなかには、盃は命より重い、なんて言うやつもいるが、少なくともおれやトラはそんなタイプじゃない。なあトラ」

　正範は隣の寅の顔を窺った。さすがに寅は頷くような真似はしなかったが、顔には当たり前だと書いてある。

「じゃあ何でおれは、トラが裏切らないと思っていると思う？　おれがトラの金玉を握っているからだ。仁科加夜というな」

　四年前、寅は加夜を救うために函南の盃を受けることに同意した。正範がそれを知ったのは、すでに盃を受けた後のことだ。

　今、寅も加夜も、一人暮らしをしながら市内の高校に通っている。

「もしおれを裏切れば、女はタダでは済まない。そのことをトラは分かっている。なあトラ」

　寅はまたしても頷かない。正範には、寅が何かに耐えているのが分かった。

「寅くんの仁科加夜に匹敵する担保ですか」

　正範は、加夜との関係を悟られないようにするため、あえてフルネームで加夜を呼んだ。加夜を想っていたことを函南に知られれば、加夜の危険は増すばかりだ。

「函南さんは、すでに僕から担保をとっています。いえ、とっていた」

「へえ、何だっけな。心当たりがない」

「そんなことはありません、先ほど曰佐の名前を聞いたとき、函南さんは一つの名前を出した」

正範は、正面からキッと函南を睨んだ。多分に芝居がかった動作だが、果たして函南は目を逸らした。

「そういや……そうだったな」

函南は曖昧にうなずいた。


レストランの外で正範を見送りながら、寅は、正範が函南と自分の関係を勘違いしていると思った。確かに加夜の存在が、函南に対する服従の根っこにあるのは間違いない。しかし服従の根はそれだけではなかった。

銃に魅せられているのだ。函南のもとにいれば、美しく完璧な存在である銃を使うことができる。

寅も、加夜と学校こそ違えど高校には通っていた。「今どきヤクザも中卒は流行《はや》らねえ」という函南の指図によるもので、寅自身は高校に行く必要性を感じていない。

加夜がいてくれて、銃さえあれば、あれほど蔑んでいたヤクザになっても生きていける。

加夜と、銃。

それが函南のもとに寅がいる理由だった。

一四　加夜　平成八年

加夜がアパートを出ると、道路に黒塗りのクラウンが停まっていた。体が強張るが、そんな自分を叱咤するように無理やり足を出し、バス停へと向かう。

加夜の通う高校は、バスで二十分ほどのところにある。

路上の車は止まったままで、加夜を追ってくることはなかった。

月に一度、家の前にそれらしき車が止まるようになって、すでに数年が経つ。中学を卒業し、養護施設を出て一人暮らしを始めたころからだ。

申請をすれば高校卒業まで施設にいることができたが、加夜は市からの援助を受けながら一人暮らしをすることを選んだ。

いつ鍋勢一家に襲われるか分からず、優しくしてくれた施設のスタッフや、一緒に生活をした子供たちを巻きこむわけにはいかないと考えたからだ。子供たちには時おり意地悪をされたが、それでも身体や命を危険に晒し、恐怖を与えるのは避けたかった。

自分のような目に遭って欲しくはない。

中学二年生のとき、加夜は誘拐された。

その日、部活からの帰り道、施設まであと角一つというところで、真っ白なベンツの後部座席から、品の良さそうな初老の紳士に加夜は声をかけられた。

いくら品が良さそうでも、見知らぬ大人から声をかけられて応ずる加夜ではない。無視して足早に通り過ぎようとしたところ、紳士は母親の名を告げ、自分の病院で保護していると言った。

加夜の母親は、三年前、交通事故に遭って意識不明の重体となり、病院に運びこまれた。治療の甲斐あって数日後に意識を取り戻したが、記憶を失っていた。やむなく病院が公的扶助を受けながら今日まで保護しているという。

その証拠として紳士は、病室で写したという写真を差しだした。病衣に身を包み、頬のそげ落ちた顔でレンズを見つめる女性は、確かに母親だった。

三年間、なぜ連絡がなかったのかという加夜の質問に、母親は自分の名前も覚えておらず、ただカヨという娘の名前だけを頼りに病院の職員がコツコツと調査を続け、ようやく仁科加夜さんを探し当てたのだと説明した。

後から冷静になって考えてみれば、加夜の母親は殺人事件の参考人で、所在が分からなくなった当時、警察もその行方を探していた。意識不明の重体者が出る事故なら当然警察が呼ばれたはずで、その被害女性が加夜の母親だと警察は分かりそうなものだ。それなのに、警察を含めて誰も加夜の母親だと気づかず、三年もの間、病院で保護され続けていたというのは信じ難い。

しかし、紳士から写真を見せられた加夜に、そこまで考える余裕はなかった。

急いで施設の玄関に駆けこみ、寅の下駄箱にポストイットを貼って戻ると、促されるままにベンツの後部座席に乗りこんで病院へと向かった。

車は南へと走った。病院はJ県の南、海に近いところにあるという。そんな遠いところに交通事故のケガ人が運ばれるものだろうかと疑問が湧き、加夜は母親の怪我や現在の様子を尋ねてみたが、紳士は「私が話すより、本人から直接聞いたほうがいい」と答えて加夜の質問を封じた。

車はJ市を出て、海岸道路を走りはじめた。

「まだ遠いんですか」

「もうすぐだ。人里から離れてるので、驚かんようにな」

その答えに、加夜の疑問が膨らむ。

車は幹線道路をそれ、漁港を横目に小さい川に沿った脇道へと入っていく。夕闇が辺りを包み始め、青みがかった暗い景色の底で、潮のひいた川が黒く淀んでいる。

やがて道は川からも離れていき、両脇は鬱蒼とした竹林へと変わった。

「こんなところに、病院が？」

加夜は疑問も露わに訊いた。紳士はにたりと笑った。

「嬢ちゃん、騒ぐなよ。騒いでも無駄だ」

加夜はドアレバーを引いたが、ドアは開かない。

「無駄と言ったろう。チャイルドロックだ、内側からは開かん」

加夜は運転席に身を乗りだし、ハンドルを摑もうとした。

「このアマ！」

紳士から豹変した男が、肘で加夜の脇腹を打つ。加夜は痛みで息が詰まり、コンソールボックスの上でうずくまる。

「おとなしくしとかんか！」

男が加夜を後部座席に引き戻す。加夜は痛みに背を丸めながら涙を流した。己の軽率さを呪う涙だった。

やがてモーテルの入口ゲートがヘッドライトに照らされた。ゲートは半分崩れ、廃業していると分かる。一階が車庫、二階が部屋という建物が幾つも並び、加夜は人目を避けるような構造にいかがわしさを感じた。

車は比較的綺麗な建物の車庫に入った。

運転手が降り、二階へ通じる階段の電灯を点ける。

運転手が後部ドアを開けた。加夜は逃げだす隙を窺ったが、運転手に睨まれているうえに脇腹が痛く、素早くは動けない。ゆっくりと座席から降りた。

「降りろ」

「あっちだ」

運転手が、顎で階段を示した。

階段を登ればもう逃げだすことはできない。加夜は恐怖に駆られ、運転手に背を向けて走ろうとした。そのタイミングを見計らったかのように初老の男が立ち塞がる。足を止めた加夜の顔に、斜め上から拳骨が飛んできた。

床に倒れた加夜を見下ろし、男が言った。

「髪の毛を掴まれ、引きずられて階段を登るのと、自分の足で登るのと、どっちがいい」

加夜は立ちあがり、ベンツの車体をたどって階段へと向かう。運転手が先に立ち、男が後からついてくる。階段を登りきって部屋に入ると、ベッドやソファには白い布が掛けてあった。男が階段と部屋を隔てる扉を閉める。

「ベッドに座れ」

男が命じる。加夜は抵抗する気力もなく従った。男がソファに腰かけ、運転手は階段の扉の前に立つ。

「ママ……母は……」加夜は震える声で訊いた。

「母は、どこですか。あなたがたは、いったい何なんですか」

加夜の質問を無視し、男が言った。

「嬢ちゃん、おまえは谷治と暮らしていた、あの女の娘だよなあ」

「ヤジ？」

「そうだ。ガキに撃ち殺された男だよ」

その言葉で、加夜は、目の前の男たちが鍋勢一家の人間だと気づいた。

マーくんは組の事務所に連れて行かれ、鈴木という男から拷問を受けたという。犯人である寅の情報を訊きだすために。

「思い出したようだねえ。俺は谷治の親にあたる者でね、仇討をせんと気がすまん。谷治を殺したガキは、小学生だったとも中学生だったとも言われてる」

加夜は表情を読まれまいと、唇をきつく結んだ。

「おまえは当時、それぐらいの歳だよなあ。いやなに、おまえが殺《や》ったなんて考えちゃいねえ。でも犯人に心当たりがあるんじゃないか。あるならしゃべったほうがいい、ママのようにひどい目に遭わずに済む」

「ママは……」

「死んだよ。一年前に」

鈴木と思しき男を、加夜は睨んだ。

「おっと誤解するんじゃない、自殺したんだ。俺たちが殺したわけじゃねえ」

なあサブ、と鈴木が運転手に声をかける。

「俺たちが話を聞かせてもらったあと、おまえのママは、谷治が死んだことにひどく責任を感じたようだ。覚せい剤に溺れちまってねえ、その代金を払うために、ちょっと特殊な施設で働いていた。しかしそれも二年ほどで、ついに罪の意識に耐えられなくなったのか、首を吊った。なんとか一命をとりとめたが、それからは長くはなかった。だから病院に入っていたのは本当だよ。俺たちが入れてやったんだ。だから嘘はついちゃいない。そうしたら、臨終の間際になって、おまえに会いたがって、名前を教えてくれた」

こいつらの前では泣くまい、と加夜は思ったが、目に涙が溢れてくる。

「迂闊なことに、あの女が言うまで、俺たちはおまえの存在を知らなかった。まさか小学生の娘がいたとはな。谷治からも、同居人に小学生の娘がいるなんて聞いてなかったものでな」

おまえを探すのに一年かかった、と鈴木はぼやく。

「シノギの合間に探さんといかんかったからな。組は知らん顔だ」

さあ知ってることを話すんだ、と鈴木は凄んだ。

「言うもんか」加夜は食いしばった歯の隙間から言った。

「おまえらなんかに、何も言うもんか！」

ふん、と鈴木は鼻で笑う。

「強情なところは母親似だ。嬢ちゃんもシャブ漬けにしてやろうか」

加夜は、やっぱり、と恐怖と悲しみ、そして憎しみがない交ぜになった感情のなかで思った。ママが覚せい剤なんてやるわけがない。こいつらがママに覚せい剤を打ったんだ。

「サブ、犯せ」鈴木が言った。

しかしサブは、「ちょっと待ってください」と尻ごみする。

「勘弁してくださいよ、オジキ。こんなガキ、勃《た》つものも勃ちません」

チッと鈴木が舌打ちをした。

「おまえ、俺の言うことに逆らうんじゃあるめえな」

「そんなつもりは毛頭ありませんが、でもほら、おれ、中学生をソープに送りこめなかったんで、この指を函南アニキに差しだしたんです」

サブは左手の小指のあったところを掲げて見せた。付け根から指がない。

「今さら中学のガキとやったんじゃ、指に申し訳ありませんや」

鈴木がため息をつく。

「おまえが明王じゃなくて残念だ。明王なら喜んでやったろうに」

「臼佐のアニキは三度の飯よりセックスでしたからね。穴があれば何でもいいって感じで。オジキこそ、どうぞ」

「俺はシャブがないと勃たんのや。持ってるか」

「まさか。ヤマ踏むときに持ち歩きませんて。サツにバンかけられたらしまいじゃないですか」

それよりもオジキ、クスリ嫌ってませんでしたっけ、とサブが鈴木に訊いた。

「使いようってやつだ。自分で使う分には自己責任だろ」

それに女から話を聞きだすときに使うのも便利だ、と鈴木が言う。

勝手なことをと、加夜は震えながら思った。こんなやつらに負けてたまるか。恐怖を奥歯でかみ殺す。

「街に戻って取ってきましょうか」

「戻るなら、組の若いのでロリコンのやつがいたろ、あいつを連れてこい。いや、暴走族がいい。輪姦《まわ》させてやると言えば喜んでくるだろう。組の若いのを使えば、金を払わんといかん」

「確かにゾクの奴らなら金を払わなくていいですが、明日になりますよ」

ここには電話がないので、街に戻ってから手配することになりますから、とサブは弁解がましく言った。鈴木がまた舌打ちをする。

「まあいい。嬢ちゃんにはちょどいい猶予やろ。それまでに心当たりを思い出せばよし、そうでなければ生きているのが辛い目にあう。ママのようにな」

縛っとけ、という鈴木の指示に、サブが縄を手に近づいてくる。

加夜は駆けた。扉ではなく、鈴木に向かって。一発でも殴ってやろうと思った。

「このガキ、たいがいにせい」

サブが横から加夜の髪を摑む。駆けだしの勢いが余って加夜の体が宙に浮き、尻もちをつくように床に倒れる。

髪を引っ張られてベッドへと引きずり上げられ、後ろ手に縛られた。引き起こされ、窓のない浴室に放りこまれる。

「元気なのは今夜までだ。明日には、身も心も壊してやる」

鈴木が吐き捨てて浴室のドアを閉める。灯りが消え、施錠の音が聞こえた。

加夜は泣くものか、と思いながら涙を流した。

どれだけの時間が過ぎたのか分からない。

やがて加夜の前に現れたのは、鈴木でもサブでもなく、見たこともない女だった。何をされるかと加夜は身を固くしたが、女は「帰るよ」と短く言って、加夜の縄を解《ほど》いた。

加夜は、女の乗ってきたコンパクトカーでモーテルを離れた。

「タバコは」女が煙草のソフトボックスを差しだす。

助手席の加夜が驚くと、「吸わんのか」とハンドルを摑んだまま一本だして口にくわえ、シガーライターで火を点けた。

「あんたのバック、誰がついてんの。トップから直接電話があったって、ウチの人がビビってたわ」

「ウチの人って、サブって人ですか」

女は横目で加夜を見た。「言いたくない」

それきり女は黙って運転し、前日の夕方、ベンツに乗った場所で加夜は降ろされた。

女が助手席に身を乗りだし、ドア越しに言った。

「あんた、ウブそうだから忠告したげる。極道なんかとはさっさと手を切りな。それが恋人だろうが、親だろうがね」

車が去り、加夜は一人残された。施設に入り、下駄箱を確認すると、寅の靴がない。職員からは説教を食らったが、一晩街を彷徨《さまよ》っていたことにして、攫われたことは言わなかった。寅が、自分の身代わりにヤクザに捕まっているとも考えられたからだ。

だが昼前には寅も戻り、それで加夜はようやく人心地《ひとごこち》がついた。

二人は、談話室で向き合った。

「母は死んだって、鈴木が。一年前に」

「そうか……」

「警察に行く。誘拐されたといえば、あいつらの言ったことが本当か調べてもらえると思う」

「それは止めてくれ。もう加夜に手を出すやつはいない。加夜ママの骨も、俺が取り返す」

加夜は、目で問いかけた。

「函南の子分になった。子分でいる間は加夜は安全だし、函南も俺の話を聞いてくれるはずだ」

「冗談はよして！」加夜は立ちあがった。

「冗談じゃないさ」寅が視線を両手に落とす。「今朝も三人ばかり殺してきた。ヤクザをな。これからも殺してやる。鈴木も、サブも。俺を子分にしたつもりでいる函南も」

淡々と語る寅に、加夜は呆然とした。

「頭がおかしいと思うか。でも、俺はやる。マーくんとも約束したんだ。この街のヤクザを二人で潰すって。俺たちのクソみたいな人生の仕返し、復讐だ」

止めて、と加夜は寅の前にひざまずき、その両手をとった。

「ダメよそんなの。復讐そのものがあいつらに囚われている証拠。あんなやつらに人生を左右されちゃだめ。自分の人生を生きよう」

寅は、自分の手に重ねられた加夜の手を、ゆっくりと外した。

「もう決まったことなんだ。それが、俺の人生だ」

二人は中学校を卒業すると施設を出た。寅から二人で暮らそうと言われたが、加夜は断った。

高校三年生の今、加夜は養護教諭の資格をとろうと、短期大学の受験を考えている。

看護師を目指そうとも考えたが、保健室の先生により強く惹かれていた。小学生のとき、加夜の学校での居場所は保健室だった。いじめられて心が堪えられなくなると、加夜は保健室に行った。

髪に白いものが混じった養護教諭は、いつもお茶を煎れてくれて、いつまでも加夜の話を聞いてくれた。そして最後に、出涸らしのお茶の葉を床にまき、「お掃除を手伝ってね」と加夜にほうきを渡し、二人で床を掃いて茶葉を集めた。お茶の葉を床にまくと埃が付着し、舞い上がることなく掃除できるのだと養護教諭は教えてくれた。

あの人は、寅や正範と同様に、私の心の支えだった。

今度は、私があの人のようになりたい。

バスに揺られながら加夜は改めて思い、寅と正範を憐れんだ。

一五　「七田」　平成八年

「明美はどげなね」

祖母が正範に訊いた。

「元気にしています」

正範は、仏間と二間続きの和室で、座卓を挟んで祖父、祖母と向かい合っていた。だが仏間にあるのは仏壇ではなく、背の低い飾り棚と、その天板に載ったキリスト教の家庭祭壇だった。祭壇の扉は開かれ、十字架にかけられたイエス・キリストが三人を見守っている。

「正範は、前にこん家に来たのを覚えとう？」

また祖母が正範に訊く。

祖父は、正範が家に上がってからひと言も口をきいていない。腕組みを崩さず、正範に目を向けることなく、むっつりと黙りこんでいる。

「いや、まったく覚えていないです。おばあさまからの手紙で、ここに来たことがあると教えてもらっていたので、実際に来れば思い出すだろうと考えていたのですが」

祖父の教職引退を機に、祖父母はＪ県と隣県の境、山間部の集落にあった祖父の実家をリフォームして移り住んでいた。

正範は家を探し当てるまで、たわわに実った稲穂の海で働く人々の好奇の目にさらされた。家の前で、椅子に座った祖母が待っていて、正範の姿を見るや立ちあがり、抱きしめて歓迎してくれた。

「無理もなかねえ。まだ乳呑み児だったから。明美が正範を産んで、まだ元気だった義父《ちち》が、明美をここに呼んだのよ。私らは明美との関係がおかしくなっとったから、私らの家には呼べんかったけんど、義父は明美を可愛がっとったから。私らもそんとき初めてあんたを見たんよ」

祖父母はよく陽に焼けていた。人工の日焼けなどではない、太陽に焼かれ風雨にさらされた黒さだった。この家に移ってから農業を始めたらしく、すでに農家としての風格が体から滲み出ている。

「すまんねえ。私たちもこん家に引っこんでから碌《ろく》に正範には会えんでな。前に会ったのはいつになるかね」

正範は答えずに微笑んで済ませた。最後に二人に会ったのは、種雄が死んだときだ。

誰が種雄の死を知らせたのか、二人は小学校を出たところで正範を摑まえ、近くの喫茶店でオレンジジュースを飲ませた後、不祝儀袋を渡して帰っていった。袋にはご霊前とも香典とも書かれておらず、名前すらもなかった。その不祝儀袋の有《あ》り様《よう》に、小学生ながら正範は母と祖父母の間の断絶を見た気がした。家に帰り祖父母から預かったと告げると、明美は両手で袋を揉みくちゃにし、ゴミ箱へと放った。母が寝た後、正範はゴミ箱から袋を拾いあげ、中の一万円札を取りだして丁寧に伸ばし、食卓の上に置いた。翌朝起きたときには、卓上の一万円札は消えていた。

「今年は受験でしょ、大変だねえ。どこを受けるか決めたとね」

「東京の大学に行きたいと思っています」

「そう、どこね」

「東大を受けるつもりです」

「ええっ……」祖母は大げさに仰け反った。

「進学校だが」祖父が、初めて口を開いた。「東大に進むのは毎年一桁のはずだ」

隣県とはいえ高校教師をしていたので、主要高校の進学率は頭に入っているのだろう。

「記念受験ではないよな」

「違います。秋の全国模試で文ⅠのＡ判定を受けました。担任からも勧められています」

「文ⅠでＡ判定……」

「ちょっとおとうさん、正範がびっくりしとうじゃない」

「これは失敬。それで、今日の用は何だ」

祖父は動揺を隠そうとするかのように訊いた。

正範は座布団から降りて正座をし、額を畳につけた。

「僕をお二人の養子にしてください」

一息に言って頭を下げる。二人が息を呑む気配が伝わってきた。そのまま時間が過ぎる。

「ふざけたことを言うな！」

卓の向こうから怒りに満ちた祖父の声が聞こえた。

「まあまあ、おとうさん、落ち着いて。正範も頭を上げて」

「僕は父親を選べませんでした」頭を下げたまま言う。「気が付いたらあいつが父親で、僕は毎日殴られて育ちました。親と一緒の布団で寝たことはなく、いつも押入れの中で寝ていました」

二人がふたたび息を吞む。

「あの男のもとに生まれたかったわけじゃない。曰佐の名を捨てたいんです」

静寂が下りた。頭を上げずに祖父の言葉を待つ。

「……おまえは孫だが、あの男の息子だ。どうして信用できる」

「おとうさん……」

「明美は、地元で小町と呼ばれるくらい、かわいい子だった。高校で市内の学校に行くようになって派手になったが、それでも田舎のことだ、グレるといってもかわいいもんだ。それがJ市に出てから、あっという間に……ヤクザ者に唆されて身を持ち崩し、行きついた先があの男だ」

正範は顔を上げた。祖父の顔が苦渋で歪んでいる。

「あの男に会ったことは」正範は訊いた。

「一度会ったきりで、それで充分だ。顔も見たくないし話もしたくない。あの男が殺されたと聞いたとき、いい気味だと思った」

「おとうさん、仮にも正範の父親……」

「いいんです、おばあさま。あの男を憎む気持ちはおじいさまにも負けません。あの男に親らしいことをしてもらったことはなく、母も僕もいつも殴られていた。小学生のときから僕はほとんどの時間を学校や河原で過ごしました。殴られないようにするためです。だから、あの男を父親と思ったことは一度もありません」

切り札を出すことにした。祖父の目を見据えて言う。

「あの男が燃えるところを、僕は見ました。火葬場の話ではありません。あの男が殺された現場で、ガソリンとともにあの男が燃え、背中の刺青が崩れていくのを見たんです」

祖父の目に、狂気を思わせる炎が灯った。その炎には紛れもない喜悦の色がある。正範は炎に油を注ぐ。

「僕は、いい気味だと思いました。それまでに経験したことのない、解放感を味わったんです」

祖父の目が燃えている。隣に座る祖母の目も輝いていた。

「僕は検察官になりたい。そして、僕のような子供を出さないために、あいつらを取り締まる。ヤクザを潰したい」

「なぜ警察官にならない」

「警察官も考えました。しかし、検察官のほうが一人ひとりの権限が広いんです」

「ヤクザが憎いか」

「憎いです。さっき、母が元気だと言いました。本当は違います」

途端に二人の顔が曇る。

「覚せい剤のせいで、脳がやられています。薬物でやられた脳のダメージは回復することはない。今は病院で暮らしています」

正範は改めて頭を下げた。

郵便はがき

料金受取人払郵便

牛込局承認

5517

差出有効期間
2025年6月
2日まで

162−8790

新宿区東五軒町3−28
㈱双葉社
文芸出版部 行

ご住所	〒		
お名前	（フリガナ）	☎	
		男・女・無回答	歳
メールアドレス			

ご購読ありがとうございます。下記の項目についてお答えください。ご記入いただきましたアンケートの内容は、よりよい本づくりの参考とさせていただきます。その他の目的では使用いたしません。また第三者には開示いたしませんので、ご協力をお願いいたします。

書名（　　　　　　　　　　　　　　　　　　　　　　　　　）

●本書をお読みになってのご意見・ご感想をお書き下さい。

※お書き頂いたご意見·ご感想を本書の帯、広告等（文庫化の時を含む）に掲載してもよろしいですか？

1. はい　　2. いいえ　　3. 事前に連絡してほしい　　4. 名前を掲載しなければよい

●ご購入の動機は？

1. 著者の作品が好きなので　　2. タイトルにひかれて　　3. 装丁にひかれて
4. 帯にひかれて　　5. 書評・紹介記事を読んで　　6. 作品のテーマに興味があったので
7.「小説推理」の連載を読んでいたので　　8. 新聞・雑誌広告（　　　　　　　　　）

●本書の定価についてどう思いますか？

1. 高い　　2. 安い　　3. 妥当

●好きな作家を挙げてください。

（　　　　　　　　　　　　　　　　　　　　　　　　　）

●最近読んで特に面白かった本のタイトルをお書き下さい。

（　　　　　　　　　　　　　　　　　　　　　　　　　）

●定期購読新聞および定期購読雑誌をお教えください。

（　　　　　　　　　　　　　　　　　　　　　　　　　）

「お金は要りません。学費は免除申請しますし、生活費はバイトで稼ぎます。ただ戸籍に入れてもらえれば、それだけでいいんです。あいつの戸籍のまま、東京に出たくない。曰佐の名を、あの男を捨てたいんです」

祖父が立ちあがる気配がした。頭上からの声は、それまでにない慈愛の響きがあった。

「今日は泊っていけ。答えは明日だそう」

「だったらご馳走を作るわ」

「ありがとうございます。でも、僕が泊っていいんですか」

「いいのよ、孫はかわいいもの。何か好きなものある」

「何でも。何でも好きです」

「じゃあ嫌いなものは」

「ありません」

翌日、正範は「七田《しちだ》」の姓を手にしてJ市に帰った。

一六　早良　平成十一年

大学での目的は二つしかない。一つは司法試験に合格することであり、もう一つは、「日佐」という姓を捨てて「七田」になりきることだ。

そのためには一切の人間関係をリセットしなければならず、大学生活において正範は交友を控えることを心がけた。幸い、正範の高校からの東大進学者は三名しかおらず、一学年約三千人の駒場キャンパスに紛れてしまえば顔を合わせることはまずなかった。

大学に入学してから毎年三月一日、正範は寅を通じて「投資」の一年分二百五十万円を受け取った。使い道を詮索されることはなく、正範はその二百五十万円をやりくりして母の治療費や東京での生活費を賄った。家賃を払えば月に六万円も手許に残らない。

学生寮に入れば家賃を浮かすことができただろう。しかし寮は人間関係が濃密で、どこから素性がばれるか知れたものではない。必然的に一人暮らしを選ぶしかなかった。

正範は風呂なしのアパートを選んだが、寮に比べアパート暮らしは生活費が高くなる。やむなくアルバイトをすることもあったが、定番の家庭教師や塾講師は生まれ育ちや家庭環境を訊かれることが多く、素性を詮索されるのをおそれ、建設現場やビル清掃など単発の仕事をして日銭を得るようにした。

大学の講義は真面目に受けたものの、注目を浴びるほどの好成績をとるのは避けた。首席の証である銀時計でも取ろうものなら過去に注目がいきかねないため、常に平均にいるよう心がけた。人間関係が濃密な部活動には加わらなかったが、ただ、司法試験・国家試験を目指す試験サークルには入った。

サークルでは出題傾向などの受験情報や、過去問とその模範解答を手に入れることができる。なにより、答練と呼ばれる模擬試験を無料で受けることができた。

正範の選んだ試験サークルは、全学年で六十人ほどの大きすぎも小さすぎもしない規模で、国家公務員Ⅰ種試験、世間でいうキャリア官僚を目指す受験生もいて、サークル員相互の関係はそれほど濃いものではない。司法試験は大学三年生から受験が可能であり、正範は大学在学中の、四年生までの司法試験合格を目指していた。

「答練の模範解答が、インターネットで見られるらしい」

そんな話をサークルの一人が持ちこんだのは、駒場キャンパスでの勉強会が始まる前のことだった。

午後から昨年の合格者が来て、過去の論文式試験の解説を行うことになっている。サークルは自習用に午前から教室を借りていて、正範は十時に教室に入った。さすがにまだ人は少なく、教室にいたのは十人足らず。隅の席を確保し、五月に行われる短答式試験の勉強をしていた。

持ちこまれた話に教室にいた全員が興味を持ち、だったらパソコンのある情報教育棟に行こうという流れになった。

サーバーがダウンしたりインターネットへの接続が不安定だったりと情報教育棟の評判は芳しくなかったが、この三月に大幅なシステムの入れ替えが行われ、使い勝手が格段によくなったという噂だった。

教室にいた全員がぞろぞろと情報教育棟へと向かう。先頭に立つのは、話を持ちこんだ二年生だ。集団には三年生や四年生もいるが、一、二年生が大学生活を送る駒場キャンパスということもあって、自然と引率は二年生が引き受けていた。

いつもなら正範はこういった集団行動には加わらないが、インターネットを使った試験勉強には興味があった。五月に行われる短答式に合格すれば、七月には最大の難関である論文式試験に挑むことになる。試験サークルに行かずして答練を受けたり模範解答を見たりできるのであれば大幅に時間を節約でき、その浮いた時間でより多くの問題を解くことができる。

わいわいと話しながら歩く集団の後ろを、どんなサイトでどの程度の情報が得られるのかと思いながら、目立たぬようひっそりとついていった。

情報教育棟には北棟と南棟があり、集団が向かったのは南棟のほうだった。正面が事務室で、左に行けば相談員が常駐している自習室だ。

「この人数なら、演習室を借りたほうがよさそうだ」

四年生が指示を出し、引率の二年生が事務室に入っていく。正範が見ていると、二年生は事務室の一番奥にいる男性と交渉している。

「事務長によれば、二階の小演習室が空いているそうですっ」

出てきた二年生の言葉に、集団は階段へ向かう。先頭が演習室のドアを開け、全員中に入った。それぞれが適当なデスクに座り、ネットワークコンピュータ、略してＮＣと呼ばれる端末の電源を入れようと本体に手を伸ばす。

そうしたところで、あちらこちらから声が上がった。

「キーボードがないんだけど」

「私もない」

正範の隣に座った男子学生も、「俺のもだ」と呟く。正範が座ったデスクのＮＣにもキーボードがなかった。

「おかしいな。部屋のどこかにまとめて置いてあるんじゃないか」

演習室を借りた二年生が、部屋を歩き回る。他の学生も立ちあがり探し始めた。

正範は、何も映っていない黒いディスプレイを眺めながら、面倒なことになったと考えていた。

「きみ、三年生だよね。確か、七田くん」

隣の学生が話しかけてきた。

「話したことはなかったね、俺は早良《さわら》、法学部の三年」

正範は答えずに、ディスプレイを見つめ続ける。早良から見れば、緊張して固まっているように見えるに違いない。緊張しいでつまらない奴、そう思ってくれれば話しかけてこなくなる。

そんな正範の思惑を一蹴するように、早良は「どう思う」と訊いた。

答練の模範解答がインターネットで見られるという話か、それともこの状況か。どちらに対する質問だろうと思ったが、早良の次の質問は正範の予想を裏切った。

「誰がキーボードを盗んだんだと思う」

思わず早良の顔を見た。キーボードが盗まれたと、そう判断した人間が自分以外にもいる。そのことに正範は驚いた。

「誰が、という問いに意味はない」

正範は答えた。大学に入って三年、初めて同級生と交わす会話らしい会話だった。

「なぜ、が重要だと思う」

今度は早良が驚いたように正範を見て「そうか、なるほど」と納得する。

「そこの二人」

演習室を借りるよう指示した四年生が、正範と早良を見ていた。

棘のある言い方だった。早良が、やれやれと立ちあがる。

「探すのを手伝わないのか」

「無駄ですよ、探しても。事務局の人を呼んできたほうがいい。たぶん盗まれたんだから」

「盗まれただと」

「そう」

「なぜそんなことが言える。どこかに置いてあるかもしれないじゃないか」

「理由は幾つかあります。一つ、俺はシステム更新後に何回かここに来てますが、キーボードが片づけてあったことは一度もない。二つ、キーボードを片づけるなら、同じ操作ツールのマウスも片づけるのが自然でしょう。ところがマウスは置いてある。三つ、二年生は事務室で、ＮＣを使いたいと言って演習室を借りた。もし何らかの事情でキーボードを片づけてたんなら、そのときに事務室の人が教えてくれたはずです。だから、早く事務員を呼んできたほうがいい」

　理路整然と話す早良を、正範は感心して見つめた。

　東大生といってもピンキリで、講義中の質疑応答などを見ていてもレベルが低いと感じることがある。だが早良からは、本物の知性を感じた。

「僕、事務室に行ってきます」と引率の二年生が演習室から走り出て、すぐに職員を連れてきた。事務室で話していた男性だ。

「キーボードがないって？」

　職員の質問に、演習室の全員がうなずく。職員は要を得ない表情で、

「整備に出したなんて報告は受けてないが。参ったな、事務室で確認してくるから、ちょっと待ってて」

　と慌てる様子もなく、ゆっくりとした足取りで演習室を出ていった。

「おまえ、あの人に、さっき貢《みつぐ》が話したこと、言ってないの？」

　四年生が二年生に訊き、二年生は首を横に振った。

「いえ、言いました。盗まれたみたいだって」

「ぜんぜん焦ってなかったな。ま、いいか」

　四年生が近くの椅子を引き寄せて座った。

早良も椅子に座り、「待てって言われたから、待つけどな」とぼやいてから、

「現場保全が必要だろ。それくらい指示していけよ」と呟いた。

「盗まれた、という現実が理解できていないんだと思う。たいていの人は、自分は犯罪とは無縁だと思って生きている。本当はすごく身近にあるのに」

正範は小さな声で言った。

早良が、屹度《きっと》振り返る。低く怒りに満ちた、それでいて周囲の人間には聞こえない程度の大きさで、「俺のこと、知ってるのか」と訊いてきた。

よもや早良がそのような反応を示すとは思わず、正範は「何のこと」と訊き返す。

その様子を見て、早良は勘違いをしたらしいと悟ったようだ。

「ごめん、ちょっと考えすぎだった」

早良が明るい声をだし、場を和ませるかのように話し始めた。

「七田くん、さっき、なぜと言ってたね。答えは簡単。ここのＮＣは、ちょっと変わった構成になっている。本体は特殊端末であるBusiness Terminal 300、マウスは三つボタン、そしてキーボードはHappy Hacking Key Board、略してＨＨＫＢと呼ばれている。このＨＨＫＢはうちの教授が開発に関わったもので、普通のキーボードとは違うんだ。手の動きを最小にして高速入力が可能となるように、キーボード自体が小さく、かつ、キーの数が少ないという特徴がある。プログラマー向けの、高性能、高級モデル。だからアキバの中古屋に持って行けばカネになる。金銭が動機だよ」

職員が戻ってきた。顔つきが先ほどよりきつい。

「整備には出していない。警備室にも問い合わせたが、昨夜見回ったときには異常がなかったと言っている。つまり、昨夜から今までに盗まれたということだ。きみたち、ちょっと荷物を見せてもらえるかな」

サークル員は顔を見合わせた。

「俺たちが疑われているってことですか」

「いや、そう言っているわけじゃない。だが、今日この部屋を使ったのはきみたちが初めてだ」

「やっぱり俺たちを疑っているんじゃないですか！」四年生が激昂する。「おれたちの所持品を検査する権限が、あなたにあるんですか！　ありませんよね！」

「そんなに難しいことじゃないだろう。荷物を見せてくれればいいんだから」

「それを所持品検査というんです。どうしてもというなら、法的根拠を示してください」

「飯田先輩、そんな固いこと言わなくても」三年生の一人が言った。

「ダメだ、ここは法曹を目指す学生として、ビシっと抗議しなければ」

四年生は飯田というのか。正範はそんなことを思いながら席を立ち、職員の前に行き、自分のリュックサックの中身を見せた。

「帰っていいですか」

「うん？……ああ」職員は慌ててリュックを覗きこんだ。「うん、いいよ」

じゃあ、と正範は振り返りもせずに部屋を出る。

「おい、待てよ！　待てって！　ええと、あいつ誰だっけ」

飯田の声を背中で聞きながら、正範は階段を下りる。

「七田くん！　おい、七田」

情報教育棟を出たところで、早良が追いついてきた。

「僕を追ってきたの？　所持品検査は」

「七田と同じくカバンを見せた。よかったよ、建前より実《じつ》を取る態度。堅物ぞろいのサークルの皆の前で、なかなかできることじゃない」

「あまり褒められた気がしないけど、別に建前を捨てたわけじゃない」

「へえ？」

「施設管理権と任意調査。あの職員は、事務長なんでしょ。つまり情報教育棟の長として、学長に代わる施設管理の権限を持っている。だったらその施設管理権に基づいて、施設に立ち入った者に所持品検査への協力を要請することは、任意の調査として違法ではない。つまり法的根拠がないわけじゃないんだ。だからリュックを見せて、さっさと部屋を出た」

正範の説明に、早良は感心している。

「僕は七田正範。よろしく、早良くん」

「早良貢だ。よろしく。司法試験とⅠ種試験の両方を狙ってて、本命はⅠ種。七田は最初から窃盗だと見抜いていたね。検察官志望？」

「うん。早良くんは警察官志望だ」

「どうして」

「さっき、物凄い形相で僕を睨んだじゃないか。『たいていの人は、自分は犯罪とは無縁だと思って生きている』と言ったら、『俺のこと、知ってるのか』と。つまり早良くんは、犯罪に巻きこまれたことがある。加害者の側か、被害者の側か、それが分からなかったけど、国家Ⅰ種志望なら、被害者側で警察官を目指してるんだと思った。間違ってたらごめん」

　早良は苦笑した。

「早とちりが仇《あだ》になったか。七田の推理どおりだ。親が強盗に殺されたんだ、自分の店で」

「……そう」

　思わぬ告白は重大で深刻だった。正範は戸惑い、話題を変えようと、強引に情報教育棟の話に戻す。

「キーボードを盗んだのは金銭目的だって言ったよね。でも僕は違うと思う」

「へえ、なぜ」

「キーボード以外が盗まれていないからだよ。特殊端末の本体は売りにくいだろうけど、モニターはどうだろう。ブラウン管モニターは売れるはずだ。金銭目的だったら、手を出していないのはおかしい」

「ディスプレイか。確かにカネになる。じゃあ、キーボードを持って行ったのはなぜなんだ」

「指紋じゃないかな」

「指紋……」

「犯人はパソコンを使うときに手袋を脱ぎ、キーボードに指紋が付いた。指紋は拭いたぐらいじゃ消えないから、キーボードごと持っていくことにした。しかし一つだけ持っていくと、指紋を隠すために持っていったとバレるかもしれない。そこで単純な窃盗に見せかけようと、部屋にあったキーボードを全部持っていった。なぜパソコン作業のときに手袋を脱いだのかが疑問だったけど、さっきの早良くんの話でそれも分かった。ＨＨＫＢはプロ向けの製品、犯人はコンピュータの専門家で、ＨＨＫＢを使って高速タイピングをするには手袋が邪魔だったんだ」

「そうか、ギークならマウスを使わなくてもパソコンを扱える。だからマウスはそのままだったのか」

早良はうなずいたが、すぐに、

「ちょっと待て、プロが演習室に忍びこんで人知れず作業した。それって……」

と顔色を変えた。

「犯人は、いわゆるハッカーというやつだろうね。単純な窃盗事件じゃないし、動機もカネじゃない。動機はもっと別のところにある」

「ハッカーの定義はいろいろだが……要するにうちの大学がクラッキングを受けたということなんだな。あるいは、コンピュータ・ウィルスを仕込まれたか」

早良が、正範に「行くぞ」と声をかけた。

「どこへ」

「情報教育棟に戻るんだ。大学は、窃盗にあったとしか考えていない。サーバーに侵入されたとなれば、事は大ごとだ。早く教えてやらないと。一緒に行って説明してくれ」

「僕が考えたことは全部話した。ついでに言えば、警備員の供述はあてにならないと思う。見回りの時にキーボードがあるかなんて確認していないと思うから。まあ、ほとんど想像だけど」

「想像じゃない、七田のは、立派な推理だ」

「ありがとう。でも早良に任せる。僕は目立ちたくないんだ」

早良は動きを止め、不思議な生き物を見るように正範を眺めた。

しかしすぐに「分かった。電話番号を教えてもらえる？　あとで結果を連絡する」と訊いてきた。正範は自宅の電話番号を教える。

「早良くんは、何のために警察庁に行くの」

メモをとる早良に、正範は訊いた。

「犯罪者をこの世からなくす。俺は世界を変えてみせる。そのために警察庁に入るんだ」

そこには何の気負いもなく、ああ本気なんだ、と正範は感じ入った。

一七　お化け　平成二十年

雨こそ降っていないものの、厚い雲が空を覆っている。荒れた墓地には似合いの薄暗い朝だ。数日にわたって春らしい乾燥した日が続いていたが、一転して湿度が高くなり、空気が体にまとわりつくようだった。

「オジキ。お待ちください」

寅は、小柄な老人に巨躯の男という、均衡を欠く二人連れに背後から声をかけた。小道には雑草が生え、清掃されないまま苔むした墓石が目につく。二人が振り返り、巨漢が前に出ようとするのを、老人が手に持った杖で制した。

「おう、函南のところの。あー確かカマ、カマキ……」

「鎌切忠義《ただよし》です。オジキにあってはご健勝のようで」

「おう」

オジキと呼ばれた老人は辺りを見回した。墓地には他に誰もいない。

老人は黒無地の着物に身を包み、傍らの巨漢は黒いスーツを着て水桶と一升瓶を持っている。対する寅は、濃紺の長袖シャツに、黒のジーンズといった格好だ。

「どうしてここに」

老人が訊いた。今日の墓参りを知る人間は少なく、寅の出現を不審に思っているのだろう。

老人にとって年に一度の兄弟の墓参りだった。兄弟といっても、実の兄弟ではなく渡世上の兄弟だ。老人がまだ鍋勢一家に加わる前、二十歳にならないころに四分六の盃を交わした男で、博多の常盆で中盆を務め、老人はその手伝いをして暮らしていた。借金で首の回らなくなった常連客に刺されて男が死に、老人は博多からJ県に流れたところを鍋勢一家に拾われた。

博多で盆を預かっていたというハッタリが物を言い、鍋勢一家の賭場に用いられてうまく立ち回り、正覚龍一《しょうがくりゅういち》と兄舎弟盃を交わすことができた。数十年を経た今では、正覚の舎弟頭として組織で重きをなしている。

そんな老人にとって、函南は疎ましい存在だ。

覚せい剤と売春で得た利益をばらまいて鍋勢一家の若頭に納まり、序列や盃事を軽んじて老人が大切にする極道の美学にことごとく反していた。何を考えているか分からない得体の知れなさが、老人の神経を逆なでする。

得体の知れなさからいえば、目の前の男だってそうだ。まるきり学生のようで、とても極道には見えない。実際に若く、若頭補佐を任されているのに二十代だと聞く。子供に毛が生えた程度の年齢だ。

今から十年以上前、まだ中学生のこいつを函南が拾ってきたという。盃を下ろしたらしいが、知っていたのは函南の親にあたる正覚のみで、最近まで正覚の兄弟分にも、函南の兄弟分にも知らされていなかった。

定まったシノギも、特定の子分も持たず、ぷらぷらと毎日を過ごしているという。函南の隠し子ではないか、との噂がたち、函南が積極的に否定しなかったこともあって、一時期かなりの信憑性をもって語られていた。しかし鎌切の本名が蒲田で、函南が関東から預かっていた客分の息子と分かってからはその噂もたち消えになった。

客分は極度のシャブ中で、ボジれて小学校に乱入する騒ぎを起こし、病院に収容されたという。息子は養護施設に入ったが、素行不良が目に余って函南が身元を引き受けたとのことだった。戦前戦後を問わず、不良の教育は任侠団体が担うのが伝統だ。その伝統を受け継いだかに見える函南の行動を正覚は賞賛したらしい。

だが、その賞賛は間違いだったと老人は考えている。

函南の行動といえば嫌悪のひと言に尽きる。商売上手は誰しも認めるところで、女衒《ぜげん》まがいの商いはともかく、シャブを使ってまだ年端のいかない子供を泡風呂に沈めるというのは外道のやることだ。三下《さんした》がやるならまだ堪忍のしようもあるが、跡目をうたわれる男がすることではない。近ごろは県内の水源地を安く買い叩き、それを中国人に売却しているという。まるきり売国奴のような所業だ。

だから老人は、函南の跡目承継に強く反対していた。

「オジキが手下も連れずに歩き回っているようだからお守りしろと、函南が」

寅の言葉に老人は口を開けて笑い、自分の横に立つ男を顎で示した。

「こいつは元相撲取りでな、現役こそ三段目で終わったが、そこらの鉄砲玉など相手にならん」

「人間相手ならそうかもしれません。でも、本物の鉄砲玉が飛んで来たらどうします」

老人は杖で巨漢の腹をピシリと叩き、

「チョッキを見せてやれ」

と言った。

巨漢が水桶を地面に下ろし、スーツのボタンを外して、白いワイシャツをたくしあげる。下には黒いベストが見えた。

「マグナムの弾も止めるという触れこみの防弾チョッキだ。こいつの体に合わせるのに特注しなければならんかったから、ついでに厚みを倍にしてもらった。チョッキとこいつの体を貫く鉄砲玉があるんなら、むしろ見てみたいものだ」

ワイシャツの裾を神経質そうにズボンに入れて、巨漢がふたたび水桶を持つ。

「それにしても、うっとうしい天気ですね」

「お化けでも出そうで怖いか。函南の子分にしては繊細だな」

老人が体の向きを変えた。

「ところで、オジキは、うちの函南が正覚親分の跡を継ぐことに反対なさっているとか」

振り返った老人の顔には動揺が見える。

「誰がそんなことを言っている」

「組内《くみうち》では誰でも知ってますよ。もちろん函南も」

「……儂は、正覚のアニキにふさわしい、立派な跡目を考えているだけだ。いずれ函南組長も、それだけの貫録を身に付けるかもしれん」

函南を褒めているようでいて、「いずれ」という言葉に本音が表れていた。今はまだ跡目にふさわしくない、と言っているに等しい。

「気を遣わなくていいですよ」寅は天気の話題のような気軽さで言った。

「俺もあいつが親分にふさわしいとは思ってないし。というか、クソのヤクザの親分に誰がなろうと知ったことではないし」

老人が目を細める。「おぬし、今、何と言った」

「とにかく、函南から伝言を預かってる」

寅は咳払いをしてから、棒読みに言った。

「オジキにも言い分はあるんだろうが、あんまり声高に反対されると、いくら心の広いおれでも気持ちいいものじゃない。年寄りは年寄りらしく、おとなしく冥途からのお迎えを待ってろ。待てないならおれが迎えを送ってやる」

寅は微笑んだ。「俺があんたの『お化け』だ」

奇妙な間が空いたのち、老人が「羽金山《はがねやま》！」と叫んだ。巨漢が、寅に張り手を飛ばそうとする。

だが、手に持った水桶のために遅れが生じた。

寅には充分な時間だった。

腰に下げた革のポーチから右手でリボルバーを抜き、腰の高さで三連射する。三つの銃声が一つに聞こえるほどの早撃ちだった。二発は巨漢に、一発は老人に。いずれも狙いどおり、胸の中央に当たった。

老人自慢の抗弾ベストを貫通することはできないだろうが、それでも二発続けて心臓の位置に当たれば脈を瞬間的に止めるぐらいの威力はある。巨漢はどうと仰向けに倒れた。

寅は、ジーンズの背に差していたドスを左手で引き抜きながら倒れた巨漢へ跳び、躊躇なく首に突き立てる。老人には意識を払わない。心臓を撃ち抜いた自信があった。

巨漢は腕を上げようとしたが、寅が刃に捻りを加えると、手は数センチも上がらぬまま地面に落ちた。ドスから離した手のひらを巨漢の鼻と口の上にかざし、こと切れたのを確かめてドスを引き抜く。

巨漢のスーツとワイシャツのボタンを、血の付いた刃で弾いた。刃先を使ってワイシャツを捲ると、二発の銃弾がベストの繊維のなかでほぼ重なって潰れている。早撃ちで精確な射撃を成しとげた自らの腕に満足しながら、刃先で弾をえぐりだした。

回収した弾頭をジーンズのポケットに入れ、寅は、老人の立ち位置の後ろにあった墓石に歩みよった。心臓を貫いた弾が墓石に当たって地面に落ちるよう、計算して射撃位置を選んでいた。

目的の物を見つけ、寅は大きく息を吐いた。すべての弾を回収し終え、旋条痕を残さずにすむ。これでこのリボルバーとはまだ付き合える。あとは一刻も早く現場を離れるだけだ。

その時、ジーンズの尻ポケットで携帯電話が震えた。

画面には『河原小屋』と表示されている。番号は、正範が最近買ったプリペイド携帯のものだ。通話ボタンを押す。

〈僕だ〉

「俺だ」

本人確認はそれだけでよかった。いくら音が割れようと、二人は互いの声を識別した。

〈話せる？〉

「いま仕事が終わったところ。歩きながら話すから大丈夫」

〈ひょっとして掃除？〉

「そう。二つ片づけた」

〈お疲れさま〉

「でも、大物を片づけないとどうしようもないな、この街は」

〈そのために頑張りようっちゃない。でも、残念なお知らせなんだ。教えてもらった口座番号は空振りやった。例の彼に照会をかけてもらったっちゃけど、いずれも空っぽやったって〉

「そうか……」

寅が正範に伝えたのは、函南の傍にいて見聞きした、鍋勢一家のものと思しき海外の金融機関の口座番号だった。組織の金融資産を直接叩くことができれば、壊滅に向けて大きな効果が見こめる。例の彼、とは警察庁に勤める正範の大学の同級生で、詳しい素性は知らない。正範が教えようとするのを寅が止めたのだ。万が一、鍋勢一家に内通がばれたときは、想像を絶する拷問を受けるだろう。そのときのことを考えると、協力者の情報はできるだけ知らないほうがいい。

〈気落ちせんでね。残高はからっぽでも、口座開設の書類や過去の資金移動は重要な資料になるけん〉

「分かった。じゃあまた」

寅は電話を切った。

寅との通話を終えた正範は庁舎に戻った。内容が内容だけに、検察庁内で話すわけにはいかない。富山地方検察庁の庁舎は四階建て、正範の執務室は三階にある。小気味よい靴音を立てて正範は階段を上った。

執務室はほぼ正方形で奥に窓があり、窓を背に検察官用の机が置かれている。その右前にも部屋の中央を向いた机があり、正範担当の検察事務官である、三島《みしま》が座っていた。中央にはパイプ椅子が置かれ、こちらは取調べを受ける被疑者の席だ。

「お待たせしました、三島さん。始めましょうか」

正範は執務机を回って腰を下ろすと、三島に声をかけた。三島は正範より一回り年上だ。

三島が電話の受話器を持ちあげ、被疑者を連れてくるよう押送室に依頼する。

押送とは、警察署や拘置所に留置されている被疑者、被告人を検察庁や裁判所に連れていくことをいう。押送を担当するのは刑務官や、警察署の留置場を管理する留置管理係だが、稀に捜査を担当する刑事課の人間が連れてくることもある。

刑事が連行するのは留置管理係の人手不足が理由のこともあるが、ほとんどは自分が取り調べている被疑者が検察官の前でどんな話をするのかを知るため、あるいは、自分に話した内容と異なる供述をしないよう睨みを利かせるためだ。

その朝、正範の執務室に被疑者を押送してきたのは、県警本部のいわゆるマル暴係の二人だった。正範とは顔見知りで、目で挨拶を交わす。

手錠と腰縄をつけて連れてこられた被疑者は、富山市に本部を置く指定暴力団大芳《おおは》組《ぐみ》の幹部だ。大芳組は、もとは祭りの出店などを仕切るテキヤ系の団体だったが、薬物の売買を盛んに行うようになり、ここ数年で急速に勢力を伸ばしている。北朝鮮とも中国ともいわれる薬物の出所を突きとめようと県警は血眼になっているが、未だにルートを押さえることができずにいた。日本海を挟んでこれらの国と対峙する北陸地方には、船を使った禁制品の密輸が後を絶たない。

押送の二人は手錠腰縄を解いて手錠をケースに収め、腰縄をパイプ椅子の背もたれの支柱に括りつけた。手錠をはめたままの取調べは拷問の一種とみなされ、禁止されている。腰縄を支柱に結んだのは逃走防止のためだ。

「押送の方は部屋の外に出てください」

正範が言うと、二人は驚いた顔をした。

「なんでながけ？　押送の人間は室内で控えるが普通でしょう」

若い刑事が不服そうに言う。

もう一人の年長の刑事は眉をひそめただけだ。捜査四課から組織犯罪対策課へと名前が変わる前からいる、県警本部で暴力団対策の中枢を担う生え抜きの刑事だ。坊主頭に紫のシャツという、取り締まられる側と見分けのつかない格好を見ながら、名前は酒井《さかい》といったはずだと正範は思い出した。

若い刑事に三島が説明する。

「検事は供述の任意性を気にしておられるんだ。あなた方は留置ではなく捜査の人間だろう。警察で取調べを担当するあなた方の前では、被疑者は言いたいことが言えないかもしれない。だから室外で待機しておいてほしい、ということだ」

「酒井さん、気を悪くしないでください」正範は呼びかけた。「情報は必ず共有します。だから、部屋でどんな物音がしても気にしないで」

酒井が眉の片方を跳ね上げる。正範はうなずいた。

「だんが」

若い刑事が抗議しようとするのを、酒井は「出るが」と腕をとって部屋の外へと連れだした。

「さて、お待たせしました。調べを始めましょうか。弁録《べんろく》のときにもお会いした、検事の七田です。指定暴力団大芳組で若頭代行をしている、金安《かねやす》初《はつ》雄《お》さんですね」

正範はパイプ椅子に座る男に話しかけたが、反応はない。若い刑事と三島のやりとりを聞いていたときは興味深そうだった目も、今は半分閉じられている。黙秘するつもりだろう。

「被疑事実は分かっていますね。覚せい剤のパケ四袋を所持していたという営利目的覚せい剤所持です」

言い終わる前に、金安があくびをした。

「……調べに応じるつもりはない、ということですか。警察でも雑談には応じるが、事件の話になると口を噤《つぐ》む、という報告がきています。このまま黙秘を通すつもりですか」

金安は、何も聞こえていないかのように顔を伏せた。

「なるほど、パケが四袋という量は、自分で使うためか、売りさばくためか、微妙なラインの量だ。このまま黙秘を続けていれば、入手先も売渡先も捜査機関には分からず、重い営利目的の罪ではなく、軽い自己使用目的の罪で起訴せざるをえなくなる。そう弁護人に唆されましたか」

金安が顔を上げて、口の端の片方を上げて笑う。

「あなたが口を割らないと酒井刑事が困るでしょう。彼の面子を潰すことになりますよ」

酒井は古株の暴力団係だから、地元暴力団である大芳組の組長や幹部とも面識があるはずだ。「酒井さん、どこそこの組の若い者が、どこそこでシャブ売ってますよ。うちのシマの近くなんで困ってるんです」「組長、この前、相手の事務所で音を鳴らしたろう。人はともかく、音が鳴った銃は出せ」そんな情報交換をしたり、互いの顔を立てたりすることも、黙秘という形で刑事の面子を潰してしまえば難しくなる。黙秘するヤクザの口も割れないようで、なんのための暴力団係か、という風潮が警察のなかにはあった。

金安はふんと鼻で笑い、ふたたび顔を伏せた。

「やれやれ。ちょっと早いですが、休憩にしますか。三島さん、席を外してもいいですよ。被疑者は私が見ています」

正範の「休憩」という言葉に、金安が顔を上げて勝ち誇った笑みを浮かべた。

三島が立ちあがり、「検事、酒井さんたちにも休憩してもらいますか」と確認する。

「ええ。そう伝えてください」

三島が部屋を出ていき、廊下から、酒井たちと話す声が聞こえた。

「休憩だ。ここは私が代わるから、お二人はタバコでも吸ってくるといい」

「休憩？　こんなに早く？　だったら被疑者を押送室に引き上げます」

若い刑事が噛みつくように言う。

「それには及ばない。検事が世話する」

酒井が「せっかくや、一服せんが」と若い刑事を促し、立ち去る気配がする。三島が「大丈夫です」と正範に声をかけ、自らは廊下に残って扉を閉めた。

正範は立ちあがった。

「さて、休憩中は、念のため手錠をさせてもらいます」

正範が近づくと、金安が両手首を合わせて差しだした。

「違う。後ろ手」正範が冷たく言う。

金安が不満げな顔になった。逮捕現場ならともかく、それ以外の場面で手錠を後ろ手で掛けることはあまりない。文句を言おうと口を開きかけたが、自分が黙秘していることを思い出したらしく、不満顔のまま手を後ろに回した。

正範が手錠をかける。何か違和感があったのか、金安が首を後ろに回して手錠を見ようとする。しかし腰縄が支柱に結ばれているため確認することができない。

正範がかけた手錠は、金属製の固い手錠ではなく、ＳＭプレイで使われる、手首を拘束する輪が柔らかい革でできている手錠だった。しょせんはオモチャだが、一時的であれば成人男性でも拘束できる。

今度こそ文句を言おうと口を開きかけた金安の口に、正範は隠し持っていた布切れで猿ぐつわを噛ませ、後頭部で結び合わせた。

「喋りたくなければ喋らなくていい。これからあなたは、喋りたくても喋れなくなる」

正範は金安の正面に回った。みぞおち目がけて右のストレートを放ち、金安の息が詰まる。

「まだ挨拶をしていなかったね」

金安が憎しみに燃える目で正範を睨む。正範は笑いながら、もう一発腹を殴った。

「僕はA庁検事——四年目ぐらいの検事をそう呼ぶんだけど——のときに、大阪にいてね。そこでベテランの暴対刑事さんにいろいろ教わった。向こうでは、暴力団員の調べのとき、まず挨拶代わりに二、三発、腹にくらわすんだと。この挨拶を忘れると、機嫌を損ねて何も話さなくなるらしい。気持ちよくしゃべってもらうためには、挨拶を忘れちゃいけないよね」

正範はまた右の拳を金安の腹に入れてから執務机に戻った。

「教えその二。必ず腹を殴ること。顔を殴ると痣ができて証拠が残るから。その三。できればグロープを使う」

　袖机の一番大きな引き出しから、十オンスのボクシング・グローブを取りだし、机の上に置く。

「腹に痕が残りにくくなる。ただ、グローブというのは意外と蒸れるんだ。そこで教えその四。バンテージ代わりに手袋を嵌める」

　正範は薄い軍手を嵌め、グローブをつける。

「さあ、挨拶の続きだ」

　五分間、正範は金安の腹を殴り続けた。

　金安は意地でも呻き声を上げまいとするように正範を睨んで耐えていたが、突然、限界がきた。執拗なボディブローに、堪らず腹筋が緩んで胃に衝撃が直接加わり、内容物が鼻孔と猿ぐつわを嚙まされた口に逆流する。

　金安は嘔吐物を飲みこもうとしたが、気管に流れこんで激しく咳きこむ。

「苦しそうだね、鼻からゲロが出てるよ。窒息しそう？　窒息したら運が悪かったと思うしかないね。きみがクスリを売った人間は、クスリが切れるたびに死ぬような思いを味わっている」

　正範は咳きこむ金安の腹をまた殴った。

「もっと地獄を味わえ」

　さらに拳を腹に沈める。金安が泣き始めた。

「いつまでも偉そうにふんぞり返っていられると思った？　ヤクザごときが舐めるんじゃない。世の中チョロイと思った？　世の中の厳しさを教えてやろう。チンピラ使ってクスリを売って、バカな奴らをシャブ漬けにして、その儲けで一生安泰だとでも？　おまえらを破滅させてやる」

決して口調を荒げることなく言葉を並べる。しかしその根底にある怒りは隠せるものではなく、苦しむ金安が動きを止めたほどだ。

「喋る気になったかい」

金安が首を激しく縦に振る。

「駄目。信用できない。まだ十分も経ってない」

執拗な腹叩きを再開した。

「言ったよね。喋りたくても喋れなくなるって。僕は約束を守る男だ」

金安は泣き続ける。声を出そうとするが、口に詰まった嘔吐物が逆流し、その度に噎《む》せた。

さらに五分、叩き続けてから正範は息をついた。十分以上殴り続けて、右腕は棒のようになっている。

「挨拶はこれくらいでいいかな。じゃあ話をしようか」

グローブを外し、汗にまみれた手袋を脱いだ。

「口の布を外す前に、見てほしいものがあるんだ」

正範は、机に置いていた白い封筒から二枚の写真を出した。一枚はスーパーで買い物をしている女性、もう一枚はランドセルを背負って道を歩く子供が写っている。

「誰か分かるね」

左手で、トランプの手札を見せるように金安に示した。金安の目が見開かれる。

「奥さん、このスーパーでよく買い物をしているらしいね。ここで万引きしたとして逮捕されたら、どうなるかな。ああ、もちろん冤罪だよ。でも検察官の僕が、奥さんが万引きをしているところを目撃したと現行犯逮捕すれば有罪になる」

金安の頭に言葉がしみこむのを待ってから、正範は続けた。

「子供には、暴力団員だと明かしてないんだね。学校でお子さん、親は会社員だって言ってるらしいじゃないか。嘘はいけない。ちゃんとヤクザの息子だと、本人と学校の友達みんなに教えてあげよう」

金安が震えはじめた。

「きみが僕に従えば、今言ったことは起こらない。だけど従わなければ、今言ったことは間違いなく起こる。さっき言ったよね、僕は約束を守る男だ」

正範は二枚の写真を封筒に戻し、ワイシャツの胸ポケットに入れ、右手で大切そうにポケットを押さえた。その仕草に、金安の震えが大きくなる。

「僕の言ったことを理解できたかい」

先ほどよりも激しく金安が首を縦に振った。

「これでようやく話ができる」

白いビニール袋の掛かったゴミ箱を、金安の膝に置いた。

「猿ぐつわを外す。この中にゲロを出すんだ」

金安が口の中のものを吐き出している間に、正範は革手錠を外した。水の入ったペットボトルを渡す。

「少しずつ飲め。胃が弱っているから、いきなりたくさん飲むとまた吐くよ」

金安は力なく口をゆすぎ、ゴミ箱に水を吐き出した。腹を叩かれ続け、水を飲み下すのも辛いようだった。

「……いつか殺す。化け物め」

「ひと言目がそれかい」正範は笑った。

「そんなセリフは聞き飽きた。僕が調べたヤクザはみんなそう言う。本当に殺したいのなら急ぐんだね、他の奴にとられるよ。くだらないこと言ってないで、取調べを再開しよう」

三島を部屋に呼び戻す。金安の姿を見て三島は眉を顰めたが、何も言わずに嘔吐物が入ったゴミ箱を持って部屋の外に消え、しばらくして新しいビニール袋を掛けて戻ってきた。

正範は金安への質問を始める。金安は沈黙を恐れるかのようにしゃべり続け、その勢いは三島が呆れるほどだった。

金安から引き出せるだけの情報を引き出し、一とおり供述調書を作成してようやく酒井に金安を返したときには、すでに午後五時を過ぎていた。

正範は三島に、残業を詫びて取調べ状況報告書の作成を頼み、自らは庁舎を出た。

庁舎の裏には、常願寺《じょうがんじ》川と神通《じんずう》川を結ぶ水路が流れている。水路沿いの側道をしばらく歩き、庁舎から程よく離れたところで橋の欄干《らんかん》にもたれかかった。

高い建物の少ない街だが、その辺りはひときわ空が開けている。雪の残る立山《たてやま》連峰が見えた。

見晴らしがよいときには、はるか遠くに剱岳《つるぎだけ》を望むことができるが、今は雲がかかっている。立山三山の霊峰を見ながら、正範は携帯電話を取りだした。警察庁の早良にかける。

「どうだい、そっちは」

早良と話すとき、自然と臼佐正範から七田正範へ、方言から標準語へと頭が切り替わる。

〈相変わらずさ。海外との折衝ばかりやらされている〉

「だから言ったじゃないか、警察庁警察官よりも検察官のほうが捜査実務に近いと。キャリアは官僚仕事ばかりやらされる」

〈七田の言うとおりかもな。でも、海外の金融機関への照会は、この部署にいなければ出来なかった〉

「それについては礼を言うよ。何か分かったら、また教えてくれると助かる」

〈もちろん。ジャパニーズ・マフィア、ヤクザの資金洗浄の疑いと言えば、海外の当局も喜んで協力してくれる。マネロンはどこの国も力を入れてるし、国際的にもＦＡＴＦ（金融活動作業部会）が動いているから。ＤＥＡやＡＴＦからも学ぶことは多い〉

「ＤＥＡにＡＴＦ？　アメリカの？」

ＤＥＡは麻薬取締局、ＡＴＦはアルコール・タバコ・火器及び爆発物取締局のことだ。「アルコール・タバコ・火器及び爆発物」は危険物の単なる例示で、ＡＴＦは麻薬事件も取り扱う。両者と関係があるということは、早良の仕事が違法薬物の国際的な取り締まりに関するものであると推測できた。

世界から犯罪者をなくす、という誓いを立てた早良にふさわしい職場だと正範は思った。

〈ＤＥＡは海外の捜査機関との連携を強化していて、警察庁とも情報交換を密にしている〉

「電話して正解だったな。今日の取調べ内容に興味があるかも、と思ったんだけど。富山の地場ヤクザを取り調べたら、面白い話が出てきた」

〈また拷問まがいのことをやったのか。いや、まがいじゃなくて、拷問そのものか〉

早良が笑みを含む声で言った。

犯罪者をなくすという目的に邁進している早良にとっては、暴力団員の一人が拷問で苦しもうと知ったことではない。早良の関心は犯罪者にあり、犯罪そのものにはないからだ。誰かが法を犯しても、それが犯罪者を撲滅するための行為ならば、早良にとって行為者は犯罪者ではない。

そんな早良の考えを知り、正範は急速に早良との距離を縮めた。

父親の虐待が酷かったために幼少のころに養子に出されたと話し、大学を卒業するころには、その実の父が暴力団員で、抗争で殺されたと打ち明けた。

正範がヤクザの息子と知り早良は眉をひそめたが、その父から虐待されていたことや、事情は違えど自分と同じく親が殺されていると聞いて早良は同情を示し、二人の絆は強固になった。

「人聞きが悪いな、ただの取調べだよ。とにかく、その組が扱っているシャブのルートが分かった。ロシアだった」

〈驚くことじゃない。銃器もクスリも、ロシアは中国と並んで一大輸出国だ。富山は、新潟と並んでロシアからの輸入が多い。ロシアの船員を使ってクスリを運んでるんだろ〉

「驚くのはここからだよ、早良くん。ロシアから、南米産のコカインが日本に入ってるらしい」

〈南米のコカが、何でロシアから〉

「ロシアは南米と仲がいいだろう。最近、輸出入量も増加している。ヒト、モノ、カネが動けば犯罪者も動く。南米からコカインがロシアに運ばれ、ロシアから日本に流れるという構図だ」

〈……その富山の地場ヤクザは、どこまで知っている〉

「ロシアのブローカーの名前と、船名。つまり富山向けルートのすべて」

〈欲しいな。そのヤクザ、こっちに欲しい。富山県警はどこまでやるつもりなんだ〉

「組を潰す。そこまでやれとハッパをかけた。指定暴力団が、また一つ無くなる。ただ組がなくなっても、シャブのルートは残るかもしれない」

〈そのルートを、俺に潰させる気だな〉早良が笑う。〈その話、乗った。ヤクザを東京に移送できないか〉

「こっちの裁判が終わった後でなら、富山県警は手放すと思う。営利目的で逮捕したんだけど、自白したご褒美に自己使用目的に落として起訴するから、たぶん一回で結審する。二か月後には動かせるよ。どうするつもり」

〈ＤＥＡに引き渡す。南米からロシアへのコカインルートは興味があるはずだ。ＤＥＡは南米の麻薬組織と戦争しているようなものだから〉

「そして彼は行方不明になる、か」

〈犯罪者が一人減る。いいことづくめだ。ところで、ヤクザにタマを握られているという地元の

友だちは元気か〉

寅のことだ。早良には寅の存在を、寅には早良の存在を、互いにそれとなく知らせている。

「元気だよ。何とかやってるみたい」

取調べ前にかけた寅への電話を思い出しながら、正範は答えた。

〈早く自由になるといいな〉

「うん。だけど彼にはまだやるべきことがある」

〈J県の暴力団壊滅か、大変な仕事だぞ。二つの指定暴力団が、三十年にわたって抗争を続けている。あちらじゃ、今日もまた暴力団員が死んだらしい〉

知っているよ、とはさすがに言えず、正範は沈黙を選んだ。

沈黙の意味を勘違いしたらしく、早良は、

〈悪い、七田の親も抗争の犠牲者だったな。時効にかかったのは残念だった。時効完成前に県警に犯人の目星がついていないか問い合わせたが、芳しい答えは返ってこなかった〉

と申し訳なさそうに言った。

「ありがとう。それじゃ、地場ヤクザの裁判が終わったらまた連絡するよ」

〈ああ、また〉

早良は話し足りなさそうだったが、正範は電話を切った。

正面きって寅に尋ねたことはないが、正範は、種雄を殺したのは寅ではないかと疑っていた。

寅が殺人に対して禁忌の念を抱いていないことは明らかだ。では、そのきっかけが何だったかというと、間違いなく加夜を襲った男を射殺した事件だ。

でも、その一件だけだろうか。

あるときふと思い浮かんだ疑問が、寅が種雄を殺したのではないかという疑念に繋がった。

もし寅が種雄を殺したのならば、それは正範を救うためだ。つまり寅は、加夜と正範を救うために、小学生でありながら二つの殺人を犯したことになる。そしてそれは、彼にとって一点の曇りもない正義の行いだ。寅が殺人をタブー視しなくなったのもうなずける。

誰が種雄を殺したのか、好奇心から来る純粋な興味はあった。しかし寝た子を起こす必要はない。時効が完成して訴追されないとはいえ、県警がキャリアの早良に忖度し、種雄の事件を再捜査して寅に注目が集まるような事態は望ましくなかった。

東の空を見ても、やはり剱岳は姿を見せていない。かつて極楽浄土と見立てられた立山三山とは対照的に、剱岳は地獄における針の山に見立てられた。寅も僕も、ひょっとしたら早良ですらも、ふさわしいのはそちらの世界だ。

欄干から尻を離し、歩き始めようとしたところで、ポケットに入れたばかりの携帯が震え始める。相手の電話番号は画面に表示されていない。先月変えたばかりのこのプリペイド携帯の番号を知る者は少なく、正範は不審に思いながら通話ボタンを押した。

〈加夜です〉

「加夜ちゃん？　久しぶり」

声が裏返った。加夜と最後に電話で話したのは検察庁に入ったときだ。久しく聞いていなかった電話越しの加夜の声は、暗く沈んでいるようだった。

「どこでこの番号を」

〈寅の携帯電話を見た〉

「そげんことしたらいかんよ」

正範はすぐに後悔した。それぐらいのことが分からない女性《ひと》ではない。

「どげんしたと」

加夜に聞こえぬよう静かに深呼吸をしてから尋ねた。

〈寅が、また火薬の臭いをさせていた〉

思いもよらぬ言葉に正範は息を呑む。

〈あの人があの臭いをさせると、必ず人が死ぬ。今日も、こっちの夕方のトップニュースは墓地で暴力団幹部が殺されたというものだった〉

加夜がしゃくりあげ、泣いていると正範は気づいた。

〈マーくんは知っとうちゃろ、寅が何ばしよるのか。何で止めんとね。止められるのはマーくんだけなの、マーくんも分かっとろう！〉

「……ごめん、加夜ちゃんが何ば言いようか分からん」

〈なんでヤクザを辞めさせせんと。二人ともあんなに嫌っとったのに、なんで寅にヤクザさせとうとよ！〉

「ホントごめん、まだ仕事中やけん、電話ば切るね。また休みのときに電話するから」

加夜の返事を聞かず、終話キーを押す。

通話の切れた携帯電話を額に押しつけ、目を閉じたまま、正範はしばらく動くことができずにいた。路上でなければ、しゃがみこんでいただろう。

頬に、ほのかな温かみを感じた。目を開けると夕陽が射している。東の空を仰ぎ見た。

目に映ったのは、急峻さゆえに雪をも寄せつけぬ黒鉄《くろがね》のごとき岩肌の、厳しい剱岳の姿だった。

一八　専従班　平成二六年

最後の一人がボールをカップに沈め、男たちが笑いながらグリーンをあとにする。キャディーにパターを渡し、クラブハウスに歩いてくる。背の低い男が大げさな身振りで何かを話し、他の三人が口を開けてまた笑った。

どこにでもある、長閑なゴルフの風景だ。

クラブハウス二階にあるレストランの窓辺で、久慈《くじ》は四人を見ながら受令イヤホンからの声に耳を傾けていた。

〈コース班から各員、マルタイ、クラブハウスに近づきます〉〈ハウス班、確認しました。監視を引き継ぎます〉との声に続き、〈全員、チェックアウトまで待機やぞ。よかなおめえら、あいつがロッカーキーを返すまで動くなよ〉との係長の濁声が聞こえた。特定抗争指定暴力団・竜造組の二次団体組長を逮捕するとあって、声には緊張の色が隠せない。

男たちがクラブハウスの陰に消えた。この後、カートから降ろされたゴルフバッグの中味を確認し、エアーガンで靴に付いた草や土を飛ばして建物に入ってくる。

久慈は立ちあがり、計画どおり男子ロッカールームへと向かった。

盗犯係の長い久慈にとって、五時間近い張込みは珍しくはない。それでも捜査が大詰めを迎え、興奮でともすれば歩調が速くなるのを意識的に抑える。

久慈のロッカーは、組長の裏側の列だ。扉を開け、ボストンバッグを引っ張りだした。シャツを取りだし、今まで着ていたポロシャツを脱ぐ。通路を人が通る気配がした。不自然に見えぬよう少し顔を上げると、先ほどの四人組のうち三人が通り過ぎた。一人はターゲットの組長だ。

久慈が耳を澄ませていると、組長は同行者と別れて自分のロッカーを開けたようだ。布の擦れる音や物を詰める音が聞こえてくる。

浴場に行くことなく着替えを済ませている。このままチェックアウトして帰宅するつもりだろう。久慈は捜査用のスマートフォンを取りだし、その旨をショートメッセージで係長に伝えた。

組長が通路を通った。一拍置いてベンチから立ちあがり、組長の後につく。

精算カウンターには短い列ができていたが、組長は列に並ばず、精算カウンターの横に立っていた男にロッカーキーを渡した。他のメンバーを笑わせていた背の低い男だ。地場建設会社の社長で、今日の接待役を務めている。

組長は社長と二言、三言会話を交わすと、クラブハウスの出口に向けて歩き始めた。

今、身柄を押さえるべきか。久慈が迷った次の瞬間、「確保！」との声がロビーに響いた。カウンター横の控室から、係長が姿を見せている。

久慈を始め、張込みを続けていた班員が組長の周りを幾重にも取り囲む。

「これはこれは」

組長は驚いていたが、その態度には余裕がある。

「本部の皆さんじゃないか。いったい、どうしました」

「とぼけるんじゃなか、瀬木《せぎ》組長。こんゴルフ場は暴力団員のプレーはお断りだ。そうと知って、つい今の今までゴルフを楽しんどったろう。詐欺罪の現行犯や」

係長が捜査員の囲みに割って入り、組長と向かいあった。

「あなたが責任者かね。どんな詐欺をしたというんだ。私はここに来て、ロッカーキーを彼から預かって、プレーして、またロッカーキーを彼に返しただけだよ。もちろん料金は後から彼と精算するつもりだ。ゴルフ場に対して何もしていない」

「暴力団員であることを隠してプレーしたやろ。それが欺罔《ぎもう》行為たい」

「だから、私は隠していない。誰からも訊かれなかっただけで、訊かれれば正直に答えたさ。任侠団体の長であることを隠すつもりはなかった」

「チェックインするときの受付票に、暴力団員じゃなかことをチェックする欄があるやろうが。そこにチェックせんやったろうが」

「だから何度も言っている。私は受付票を書いていない。書いたのは彼だ」

一般客が遠巻きに、久慈たちを見ている。

まずいな、と久慈は思った。四の五の言わせずに逮捕すればよかったのだ。議論を始めてしまったために、一般客のなかにも、組長に理があると思い始めた者がいるかもしれない。

久慈は係長に加勢した。

「瀬木組長、あなたはクラブハウスの入口から入って、ロッカーを使いましたよね」

なんだ貴様は、と瀬木が久慈を睨む。

「クラブハウスの入口には、暴力団お断り、と書いてあります。ロッカールームの入口にも、暴力団排除の標章が貼ってあります」

「はあ？　そうだったけな。気づかなかったよ。ゴルフ場に来ると、興奮してプレーのことしか考えられなくなってね」

人を小馬鹿にしたような言い草だった。

そのとき、遠巻きに見ていた客のなかから、一人の男が近づいてくるのに久慈は気づいた。クラブハウスに似つかわしくない灰色のスーツを着ている。男は歩きながら言った。

「暴力団排除標章が貼ってあるのは、玄関とロッカールームの入口だけではありません。トイレにも貼ってあるし、レストランや茶屋にも貼ってある。瀬木さん、あなたはプレー中にトイレに行きましたし、レストランでは海鮮丼を食べ、茶屋ではおにぎりを食べましたよね」

「なんや貴様《きさん》！」

班長や久慈に対する態度とは一転、瀬木が大声を出した。

「警察官には猫撫で声で、市民には怒鳴り声ですか。まったくあなたたちときたら」

スーツの男は、組長のすぐ傍まで近寄った。顔は小さく四肢が長い。華奢な体つきは警察官のものではなく、だから瀬木は強気に出たのだろう。

まずいな、と久慈はふたたび思った。暴力団員は、一般市民に軽んじられること、舐められることを極端に嫌う。

「あの、ご助言はありがたいのですが、一般の方はお下がりください」

久慈の言葉に男は頷いたが、なおも喋りつづける。

「暴力団員お断りの表示を幾度となく見ながら、ことさらにこれを無視し、プレーを続けた。これは不作為《ふさくい》による欺罔行為です。さらに、建設会社社長が受付票を記入するのを知っていて、『暴力団員ではありません』とのチェック欄にチェックを入れることも知っていた。これは社長による欺罔行為の共同正犯となります」

軽いざわめきが周囲から起きる。久慈は、この男が一般市民でないと気づいた。

「やかましいわ！　不作為だの共同正犯だの、そんなので現行犯逮捕されてたまるか！」

瀬木が喚き、係長に食ってかかった。

「おい責任者、今の言葉でおれを現逮《げんたい》するつもりか？　こんな訳の分からん奴の言い分で、警察が善良な市民をパクるんか、おい」

「誰が現行犯逮捕だと言いました」

もうやめたほうがいい。久慈は男を瀬木から遠ざけようしたが、そのまえに瀬木が男に大股で近づき、顔を十センチとない距離に近づけた。

「おうこら兄ちゃんよ、察官《さつかん》がいるからって強気になるんじゃねえぞ」

男はその視線を正面から受け止めて言った。

「私が強気なのは、警察官がいるからではありません。法が私の側にあると知っているからです。そしてもうひとつ。あなたに逮捕状が出ているのを知っているからです」

その言葉が合図であったかのようにスーツの集団がクラブハウスへ入ってきた。

係長が、「課長！」と声を上げる。瀬木を囲む捜査員たちが背筋を伸ばし、不動の姿勢をとる。

「現場だ、そのままでいい」先頭の男が言った。「竜造組系瀬木組組長の瀬木みゆきだな。詐欺罪で逮捕状が出ている」

早良警視正が瀬木に告げるのを、久慈は半ば信じられぬ思いで聞いた。逮捕状が出ている事実もさることながら、キャリア警察官の早良がここまで出張《でば》ってきたことへの驚きだった。

早良は今、J県警の南部地区暴力団犯罪捜査課課長というポストにいる。警視正でありながら警察本部の課長というのもおかしな話で、警視正といえば本部の部長クラス、大規模署の署長クラスだ。鍋勢一家と竜造組の壊滅を目指す、警察庁の本気度を示すためだと言われている。普通であれば左遷人事だろうが、早良警視正は自らこのポストを買ってでたという。実際、積極的に摘発計画を策定し、捜査現場にも赴く。

現場の警察官にしてみたら、経験に乏しく体力もないキャリア警察官は役立たず、万が一負傷しようものなら責任問題で、現場に出てこられるのは迷惑千万というのが正直なところだ。

しかし早良警視正は、そんな現場の白い眼に怯むことなく出動し、警視正という肩書に物を言わせて捜査一課や組対課から捜査権を分捕り、卓越した指揮で暴力団員を次々と検挙していった。今では課長を煙たがる空気は県警に存在しない。

早良に付き従っていた藤沢《ふじさわ》管理官が係長に書面を渡した。逮捕状だ。その逮捕状を係長が瀬木に示し、内容を読みあげる。

読みあげられた被疑事実は、まさにいま灰色のスーツの男が述べたとおりの内容だった。

「課長、そちらの方はお知り合いで？」

捜査員が瀬木に手錠を掛ける傍らで、係長が早良に訊いた。他の捜査員も興味津々だ。

「ああ。ちょうどいい、紹介しておこう。つい先日、Ｊ地方検察庁に着任された七田検事だ。当県初めてのゴルフ場利用での暴力団員の摘発があると知り、現場への立会《りっかい》を希望された。捜査を見てもらっていたところ、組長が受付票の記入を他人に任せるのを見て、令状を取ったほうがいいと言われてな。逮捕状申請書の作成を手伝ってもらったうえに、管理官とともに地裁に走ってくださった。それで逮捕状が間に合ったというわけだ」

「そうでしたか……こんな事件でわざわざ」

「こんな事件、という言い方は、ご自身の仕事を軽んじていることになりますよ」

検事が微笑みながら係長に言った。

「ちょうどよい機会ですから、私のスタンスを申し上げておきましょう」

遠巻きにしている市民にも聞こえるようにか、検事が声を張る。

「私はＪ地方検察庁内に設けられた、暴力団犯罪捜査専従班を率いるために着任しました。警察官の皆さんは、どんな微罪であろうと暴力団員を検挙してください。軽犯罪法違反、道交法違反、条例違反など何でも構いません。私が責任を持って、一つ残らず起訴します。無罪を恐れて不起訴にすることはありません。そして私は、暴力団が壊滅するまでこの地を離れません。その覚悟でＪ県に着任しましたし、検察上層部も了承済みです。最後までともに闘います」

ちょっとした演説が終わると、捜査員のなかから自然と拍手が沸き起こった。拍手は捜査員から市民へと伝染し、ロビー全体が拍手に包まれる。

突然、「おどりゃあ、瀬木！」という怒声が響いた。

ゴルフシャツを着た男が、捜査員に挟まれた瀬木に左側面からぶつかっていく。

瀬木を挟む捜査員は反応できない。久慈は手を伸ばしたが、瀬木との間に距離があり、瀬木にも男にも届かなかった。

男が身を離すと、瀬木が膝から崩れ落ちた。左の脇腹が血に染まっている。男の手には光るものが握られていた。

「刺された！　そいつを確保しろ！」久慈は叫んだ。

周囲の捜査員が男の腕や体に飛びついていく。たちまち男は捜査員たちに押さえこまれた。

「救急車！　早く！」係長が言った。

辺りが喧騒に包まれるなか、久慈は、早良課長が七田検事に小声で囁くのを聞いた。

「ようこそ、修羅の国へ」

一九　手打ち　平成二七年

「待った？」正範は訊いた。

「いや、それほどでも。焚火を熾《お》こすのにちょうどいい時間」寅が答える。

山深くにあるキャンプ場で二人は会っていた。

キャンプ場までは車ですれ違うのも難しい山道を一時間近く走らねばならず、尾行は難しい。それでも正範は、回り道をしたり、待避場所で十分近く停車したりして尾行を警戒し、二時間かけてキャンプ場に辿りついた。

管理棟でソロキャンプの受付を済ませると、さらに車を走らせ、他のキャンパーがいない道路の最奥で車を止めた。

正範は、後部座席から取りだした四十リットルのザックを背負い、スマートフォンのＧＰＳで座標を確認しながら歩く。ザックには、テントや寝袋、シュラフマットなどの宿泊に必要な道具と、今日の夜食が入っている。

あらかじめ取り決めておいた座標で寅が焚火をしていた。キャンピングチェアなどは使わず、倒木の上に腰をかけている。

二人は挨拶を交わした後、しばらく炎を見つめた。陽が山の端の陰に隠れ、急速に気温が下がっている。

「泊っていくのか」寅が訊いた。

「うん。寅くんは」

「俺は帰る。忙しくなりそうだ」

「それ、今日の用件の関係？」

「ああ。来週の日曜日、鍋勢一家の西谷《にしたに》総長代行と竜造組長が、U市の高級旅館で会うことになった。手打ちに向けた話し合いだ」

木が爆ぜた。寅は枯枝を使い、火の中の木の位置を調節する。

正範はそれを見ながら、「函南が手打ちを呑むとは思えんちゃけど」と言った。寅が頷く。

「そのとおり。俺に、その席を襲えと言ってきた」

J県最古参の博徒系暴力団・高梨《たかなし》組の組長から、巻紙の書状が鍋勢一家総長の函南に届いたのは一昨日のことだ。手打ちに向けた話し合いの席を用意したいとの内容に、函南は総長代行の西谷組長を呼びだした。

高梨からの書状を見せ、函南が言った。

「悪いが兄弟、その席に行ってくれねえか」

函南と西谷は、ともに先代の鍋勢一家総長・正覚龍一の盃を貰った兄弟分である。正覚が急逝したのち、鍋勢一家は、跡目に函南を押す勢力と、西谷を押す勢力とに分かれた。しかし竜造組との抗争の最中に、内輪で事を荒立てるわけにはいかない。二人を除く鍋勢一家の組長連が集まり、三日三晩話し合った結果は、総長に函南を立て、その代わり、総長代行に西谷を据えるほか組織の中枢を仕切る若頭に西谷組の若頭を当てる、という折衷案だった。

暴力団において実務を取りしきるのは、子分をまとめる若頭である。それを西谷組が押さえるということは、名目上のトップこそ函南であるが、実質的には西谷組が一家を動かすということだ。函南が面白く思うはずがない。

函南が折衷案を受けいれるか組長連は固唾を吞んで見守ったが、案に相違して函南は機嫌よく「非才の身なれどご指名とあらば総長の任、謹んでお引き受けいたします」と述べた。こうして総長・函南、総長代行・西谷というツートップの変則的な体制になった。

「函南親分、これは総長宛に来たものだ。総長のあんたが行かんでどうする」

西谷が不審そうに言うと、函南が苦虫を嚙みつぶしたような顔になった。

総長室には函南と西谷のほか、西谷組出身で鍋勢一家若頭に就任するとともに一家を構えた柴《しば》田《た》組長と、函南組の若頭である松下《まつした》、そして函南組若頭代行の寅がいた。函南組トップの組長は、函南の鍋勢一家総長就任とともに空席となったままだ。

「おれが行ったら、まとまるものも纏《まと》まらねえよ。おれはちょっと、あいつらを殺《や》りすぎた」

西谷が驚いたように目を見開き、やがて小さく頷いた。西谷が驚いたのは、函南が悔いるような言葉を吐いたからだろう。

確かに函南組は派手にやりすぎた。函南自身が襲われて四人を返り討ちにしたのは仕方がないにしても、函南組と対峙した竜造組系列団体だけで二十人は死んでいる。しかも実行犯は一人として捕まっておらず、函南組には「お化け」がいると敵味方双方からおそれられた。抗争においてそれだけの実績を示してきたからこそ、函南は一家の組長たちに認められ、総長にまで昇り詰めることができたのだ。そんな函南組に対する竜造組の怒り、憎しみがどれほどのものか、想像に難《かた》くない。

「自分が行くほうが、話がまとまるか」西谷は呟いた。

「すまねえな、兄弟。全部任せるからさ」

「しかし、手打ちとなればこっちも少しは譲歩せんといかんやろ。そこら辺はどげんすればよかか。全部任せると言われても、そこは決めてもらわんと」

「最終的には理事会に諮ることになるだろうが、おれは、ミナミのビルを幾つかくれてやっても構わないと思ってる」

「函南組のシマをか」

「ああ」

　ちょっと待ってください、と函南組若頭の松下が口を挟んだ。

「オヤジ、あのあたりの風俗ビルは、ワンフロアに三から四のテナントで六階建て、一テナントのみかじめが最低月十万としても、ビル一つで月二百万の売上は固い。年間では二千四百万。それが複数となると、年間五千万円からの売上が吹き飛びます。おまけに組の身内が直接経営しているハコもあり、竜造のシマになればそいつらも退去せざるをえない。損失は年間で億を超えることは確実です。それはちょっと……」

銀縁眼鏡の縁を指で挟んで神経質そうに上げながら、早口に松下が言った。自他とも認める函南組の金庫番だけあって計算が早い。

「おまえは黙ってな。いまは一家の話をしてるんだ。函南組の話を持ちだすな」

函南が睨んだが、松下は眼鏡を指で上下させてなおも不服そうにしている。

「西谷の兄弟、どうだ、行ってくれねえか。先代から続いたこの戦争も、そろそろ潮時だろ。ビルの二つ三つで片付くなら、安いもんだと思わねえか」

西谷は腕を組んだ。悪い話ではなかった。函南組が差しだす土産で手打ちとなれば、西谷組には何の損もない。抗争が終われば西谷組としてもシノギに集中できる。最近、とみに活動を活発化させている犯罪捜査課の奴らの目も緩くなるだろう。おまけに抗争終結の手柄はまるまる自分のものだ。うまく立ち回れば、函南の後の総長が自分のところに転がりこんでくる。

西谷は腹心の柴田の顔を見た。函南に仕える鍋勢一家若頭という立場上、西谷に直接言葉をかけるのを控えているが、その顔は受けるべきだと言っていた。

「何なら、柴田を連れて行けばいい。総長代行と若頭のそろい踏みとなれば、竜造の奴らも文句は言わねえだろ」

二人の様子を見て函南が言い、西谷の腹は決まった。

「よか、行ってくる。何とか、まとめてやるけんな」

「すまねえ、兄弟」

函南が深々と頭を下げた。

「オヤジ、本気ですか。うちは丸損ですよ」

西谷と柴田が部屋を出ていった後、松下が言った。

毛足の長い絨毯の敷かれた総長室は、扉の厚さも十センチ近くある防弾、防音の仕様で、音が外に漏れることはない。室内も週に一回は若衆が盗聴器が仕掛けられていないか点検している。

「高梨は、U市の高級旅館、佐羽屋《さわや》別荘を指定してきてる」

函南は松下に答えることなく言った。

「佐羽屋には名物の離れがあってな。そこには十畳間が九つ、正方形に並んでいる大広間がある。もとは殿様が能なんかを見るために作った大広間らしい。各部屋を襖で仕切ったとき、中央の部屋を、いつのころからか『麒麟《きりん》の間』と呼ぶようになった。四方を別の部屋に囲まれ、それら隣室に玄武《げんぶ》、白虎《びやつこ》、青龍《せいりゆう》、朱雀《すざく》という四神の名を与え、中央におわしますが聖獣の麒麟でござい、というわけだ」

函南は、その日初めて寅に言葉をかけた。

「話し合いは、必ずその麒麟の間で行われる。当日までに下見をしておくんだ、トラ」

松下が息を呑んだ。

「オヤジ、まさか……」

「竜造、西谷、柴田。三人が顔を合わせるんだ、そんな絶好の機会を逃す手はねえ」

「高梨の組長もいるんですよ。義理というものがあります」

「構うもんか、ついでに潰してしまえ。函南組以外の組織なんていらねえよ。任侠団体だの極道だのいうが、おれらは結局すべてを暴力で片付ける暴力団なんだ。義理だの人情だのは綺麗事、自分たちを正当化するための方便にすぎねえ。松下、おまえだって金が欲しい、女とやりてえ、贅沢したい、だから東大やめてウチにきたんだろうが。半端はよくねえぞ」

松下の顔が赤くなった。

大学中退だとは聞いていたが、東大だったのか。寅は意外に思い、銀縁眼鏡の松下の顔をまじまじと見つめた。寅の遠慮のない視線に、松下は顔を強張らせて俯いた。

マーくんと同じ大学に行って今は暴力団の中枢とは。寅は巡り合わせの不思議を思い、金と女、この二つのために身を亡ぼすのは東大生でも一緒かと妙に納得する。

「徹底的にやるなら、ちゃんと計画を立ててやるべきです」顔を上げて松下が言った。

「馬鹿かおまえは」心底呆れたように函南が言う。

「トラに任せときゃいいんだよ。調達役やら見張り役やら、人数が増えれば増えるほど計画は漏れやすくなる。ローンウルフが最強なのさ。おまえはその押さえをしときゃいい」

今度は寅の顔が強張る番だった。

押さえをしときゃいい――。

寅が刃向かわぬよう、函南は保険をかけている。もしおれがおまえに殺されたら、加夜の命もない。寅は函南から面と向かってそう言われていた。

あんたは死んでるのに、どうやって加夜を手にかけるんだ、という問いに、函南は目を細めて、ちゃんと押さえはしてあるんだよ、と告げた。じゃあ俺じゃなく他の奴らにあんたが殺《や》られたら、そのときはどうなるんだ。寅の更なる質問に、函南はカラカラと笑って、そんときはそんときだ、女は関係ねえ、無事だよと言った。

その押さえがこいつか――寅は松下をそれまでとは違った目で見、すぐに視線を外した。

「佐羽屋別荘の周辺地図と平面図、設備図が欲しい」

動揺を悟られまいと寅は函南に要求した。

「用意しよう」函南が鷹揚に応える。

「それだけでいいのか」松下は心配顔だ。

「あとは自分で用意する。オヤジが言ったように、関わる人間はできるだけ少ないほうがいい」

言いながら寅は扉に向かう。

「トラ、彼女は元気か」

函南の声が追いかけてきた。

寅は立ち止った。「会ってない」と短く答えて部屋を出た。


「会っとらんと、加夜ちゃんに」

「会ってないよ。ヤクザの俺が行っても、悲しそうな顔をされるだけだから」

寅が火の中に薪を放った。それまでの慎重な手つきと違って、投げやりな動きだ。焚火が嫌がるように小さくなった。

「手打ちの話だが」

寅が地図を取りだした。

焚火の明るさでは読むことができず、正範はヘッドランプを出して図面を照らす。旅館の周辺地図のようだ。旅館の増改築時に役所に提出された設計図書を写したものらしく、図面の下に設計事務所名が記載されていた。

「ここ」寅が指さしたのは、旅館から三十メートルほど離れた場所だった。地図上には「ホテル嬉多《きた》」とある。

「下見をしたら、ここは工事現場になってる。古くなったホテルを取り壊し、新しいホテルを建てるようだ。そこの工事現場の工程表を見たいんだけど、何とかならないかな。役所には届け出がされているはずだ」

「工事現場の工程表？　分かった、何とかするけん。でも寅くん、堅気の人間を巻き込んだらいかんよ」

寅が首を傾げた。「珍しいね、マーくんが俺の仕事に口を出すなんて」

「口を挟むつもりはなかよ。でも堅気に手をだすと、たぶん寅くんのタガが外れると思う」

「タガ？」

「うん、タガ。外しちゃいけんと思う」

「そうか、俺にもまだタガがあるのか」

寅は嬉しそうに言い、今度は慎重に薪をくべる。

寅は殺人に禁忌の念を抱いていない。しかしこれまで堅気の人間を手にかけたことはない。そこに正範は寅の最後の人間性を見出していた。そう信じたいといってもいい。

殺人を傍観し、あまつさえそれを利用してヤクザを壊滅しようとしている自分に寅の人間性を云々する資格がないことは、正範も分かっている。それでも、寅の人間性の最後のところは守りたいと思っていた。その思いが「タガ」という言葉になって口を衝いて出ていた。

「だったら、もう一つ頼んでいいかな。当日、警察官が旅館に近づかないようにしてほしい。警察が会談を嗅ぎつけるとは思えないし、嗅ぎつけても旅館を取り囲むような事態にはならないだろうけど、現場で警察に邪魔されれば、俺も対抗せざるをえない」

「分かった。そっちも何とかするけん」

会話が途切れ、二人は炎を見つめた。


県警の暴力団犯罪捜査課とＪ地方検察庁専従班の合同会議は、月に二度開催される。

「先週の逮捕者は十人ちょうど。今週は今日までに七人ですから、先週を抜くことは確実です」

藤沢管理官の報告に、課長の早良は満足そうにうなずいた。

「なお、先週の逮捕者のうち、全員について勾留延長が認められました。検察官との協議により、延長満期にやはり全員が起訴される予定です」

捜査員から歓声が上がる。

どんな微罪であっても徹底して起訴する。その約束を検察庁が守っていると知り、捜査員の士気は上がっていた。「俺たちが逮捕しても、検察が起訴してくれない」という不満は遠い過去のものとなり、警察と検察に一体感が生まれている。

「そんなに起訴して、裁判所は対応できるんですか、七田検事」

笑いながら早良が正範に話を振った。

「できないでしょうね。でも、それも目的の一つです」

正範も笑って答える。

「裁判所がパンクし、公判期日が入りにくくなれば、それだけ起訴後勾留が長引くことになります。つまり一度逮捕されれば、なかなかシャバに戻ることができない。留置される構成員が多くなれば、人が減るだけでなく上納金も減り、組織の体力が削がれる。暴力団壊滅への環境が整っていきます」

「おや、それだと勾留の濫用じゃないですか」

きわどい早良の発言だったが、早良と七田が大学の同期であることはすでに捜査員にも知られていた。和やかな笑いが起きる。

「まさか、濫用なんてとんでもない。裁判官が要件を満たすと認めたから勾留が続いているわけです。きちんと法に則ってやってますからご安心を」

正範の答えにまた笑いが起きる。

「他に報告はないか。無いなら解散するが」

頃合いを見計らって管理官が声を出した。

「一ついいですか」

手を挙げたのは、クラブハウスで組長に対峙していた、正範にも見覚えのある捜査員だった。

「なんだ、久慈」

「あやふやなネタなんで最後にしましたが、高梨組が、鍋勢と竜造の抗争の仲裁に立とうという動きがあるような、ないような」

場の空気が引き締まる。全員が久慈に注目していた。

「どれだけ確度のある情報なんだ」

「いやそれが、盗犯時代にネタ元にしていた故買屋からの情報で、高梨組がとある旅館の離れを借り切って、そこに侍《はべ》らす女性を集めているようです。でもその接待相手が暴力団の大親分らしいと聞いて、集まりが悪いとか」

「具体的な日付と旅館名は分かっているのか」

「日付までは。旅館は、佐羽屋別荘じゃないか、という話です」

「あやふやだな」

「言ったじゃないですか、あやふやだって」

「課長、どうします。ネタを追いますか」

管理官の問いに、早良が考えこむように目を瞑った。だが目を瞑る前の一瞬、正範と目を合わせている。きっかり五秒後に目を開け、早良が言った。

「抗争終結に向けた話は、これまでにもなかったわけじゃない。ガセネタかもしれないし、ガセじゃなくてもその場で手打ちになるとは思えない。今回は見送りでいいだろう」

「分かりました。では久慈巡査部長に引き続き追ってもらうということで」

はい、と久慈が腰を下ろそうとしたところで早良がさらに言った。

「いや、久慈部長は貴重な戦力だ。盗犯係が長く暴対課の人間にはできない動きができる。せっかく取ってきてもらったネタだが、ここは放念してもらって別件にあたってもらいたい。いいかな、久慈部長」

課長から言われたら頷くほかない。久慈は「分かりました」と腰を下ろしたが、納得していないことはその顔からして明らかだった。

二〇　クレーン　平成二七年

会談当日、西谷は高梨の部下に案内され、子分どもを従えて和室に入った。

折しも、向いの襖から同じように竜造が部屋に入ってきた。竜造も子分数人を連れている。二人はしばし睨みあった。

「こちらへ、竜造親分。西谷の親分もこちらへ」

屏風の前に座る老人が、睨みあう両者へ声をかけた。この会談を呼びかけた高梨だ。

「高梨の。今日はトップ同士で直談判と聞いとったが、函南でなく西谷親分が来とうのはどういうことやね」

竜造は西谷に視線を据えたまま、高梨に聞いた。

「函南親分は体調を崩されたそうで、そうなると本来は日を改めるべきでしょうが、今日までの段取りを壊すのは惜しいと考え、こうして鍋勢一家総長代行の西谷親分にお越しいただいた次第。もちろん西谷親分は、今日の話合いにおける全権を函南親分から預かっています。竜造親分もご高承のこととは存じますが、西谷親分は、先代総長・正覚親分の子で函南親分の兄弟でございます。そして正覚親分から函南親分への代替わりに際し、一家に連なる組長連の総意により、総長は函南親分に、総長代行に西谷親分が就任したこともまた、竜造親分ならご存じのはず。さらに今日は西谷総長代行に随行して柴田若頭もお越しになっております。格としては充分、今日の話合い相手に不足はありますまい」

　高梨が歌うように口上を続けた。

「この部屋は四方が襖、襖の向こうはそれぞれ別の部屋。つまり縦三横三に並んだ九つの和室の真ん中に位置する部屋でございます。従いまして床の間はなく席の上下もありません。各人の後ろには屏風があるだけでございます。この度は竜造親分の後ろに白虎、西谷親分には青龍、そして僭越ながら仲介を務めます私の後ろには玄武が控えます」

「南の朱雀が足りんと違うか」竜造が言った。

「南を屏風で塞ぐとこの店が揃えた珍味酒肴が出せません。今日お二方に酌するのは粒ぞろいの美女たち、後ほど彼女らを朱雀に見立てて盃を酌み交わそうという趣向。出される膳はそれぞれの屏風に一つ。お連れの方は隣室でお控えなすって。柴田親分には申し訳ございませんが、別室にてお食事くださいますよう」

　二人の親分はそれぞれの連れに向けて顎をしゃくり、子分どもは隣室に下がって襖を閉めた。指定された屏風の前に西谷と竜造が座る。

「朱雀だが何だか知らんが、女と酒は後たい。まずは話をせないかん、高梨の」

　西谷の言葉に高梨が頷く。

「竜造の、ホントに手を打つ気があるとか」

「それはこちらのセリフだ、西谷親分。やりたか放題の鍋勢一家が矛を収めるとは思えん」

　二人はまた睨みあった。

「先に仕掛けてきたのはそっちやろうが。シマ欲しさ、カネ欲しさに」

「なんば言いよる。もともとJ市は、うちのシマとして認められとったものやったろうが。それを、勢龍と鍋縞の合流のゴタゴタで、鍋勢一家が勝手に自分たちのものにしてもうたんやろが」

「おうおう、勝手なことを。言うに事欠き、初代をけなすのか」

二人の間に険悪な空気が漂う。

「お二人とも、互いに言いたいことを言ったところでひとまず落ち着こうじゃありませんか」

「高梨の、今日の席を設けたのはあんただ。これまで中立を保っていたあんたが、どういう風の吹き回しだ」

「鍋勢一家は公称三百人、竜造組は公称百五十人。いずれもJ県では一、二の任侠団体だ。両組織が争いを始めて早三十年、これまでに何人が亡くなったことでしょうか。十や二十ではきかず、世間に知られただけでも三十は超える。闇に葬られた人間を入れれば五十を超えましょう。異常な死者数は全国放送でも取り上げられ、F県北部に並んで修羅の国とも呼ばれるようになり、街は荒れている。挙句、特定抗争指定暴力団に指定されて集会もままならない上に、最近の特捜班の取り締まりで逮捕者が続出し、まともに活動できるのは鍋勢一家でも二百はおらんでしょう。竜造に至っては百を切っとるんじゃなかですか。おまけに両者とも、遺族に払う弔慰金は相当な額になっているはず。三十年もやったのだから、そろそろ矛を収めてもいいんじゃないかと思いましてな」

「三十年やってきたから収まりがつかんともいえるぞ」西谷が呟く。

高梨が芝居がかった仕草で片膝を立て、「だったら言わしてもらおうじゃねえか」と声を張り上げる。

「はっきり言って迷惑なんだよ、お宅らの戦争は。暴力団犯罪捜査課、最近じゃ南部特捜などと呼ばれとるらしいが、奴ら無茶苦茶やりよる。うちの組員も、車を運転しながら携帯で話しとっただけで逮捕された。おまけに起訴までされて、まだ留置場のなかだ。警察も検察も本気、そりゃ高梨組は組員五十の団体、お宅らから見れば吹けば飛ぶような組かもしれんが、ここらで手打ちしないと、うちもお宅らも、J県の任侠団体丸ごと警察に潰されるのは目に見えとろうが！」

「仲裁人のくせに、俺らを脅すんか！」西谷が言う。

「脅しじゃないことは分かるはず」

高梨は膝を直して正座になった。

「お願いしとるんだ。私らも生き残るために、手打ちをしてもらいたい。このとおりだ」

膝の前に両こぶしをつけ、高梨は深々と頭を下げた。その様子を二人の親分は黙然と見守る。

「シマはどうなる」竜造が呟いた。

高梨が顔を上げる。「竜造の、そげなことをまだ言いよるんか」

「こちらは三十人からの人間が死んでるんだ、シマがとれなければそいつらは犬死だろう。大義名分なしでどうして手打ちができる。少しでもいいからシマが欲しい」

「シマはやれん。分かっとうはずだ」西谷がぴしゃりと言う。

まあ待ちなさい、と高梨がとりなした。

「西谷親分、ここが考えどころだ。竜造組に渡せるところはなかかね」

西谷は目を瞑った。こうなることは分かっていた。何も渡さずに竜造組が引き下がるはずはない。函南がシマを引き渡すと言わなければ、自分だって交渉役は引き受けなかった。

「……ビル二つ。ミナミだ」

「竜造の、どうだ。ミナミといえば歓楽街だ、そこのビルなら悪い話じゃない」

「大きさと、入っているテナントの業種は」

「四階建てで、飲食店だ」

「六階建て以上で、風俗店が入っているビルだ」

店舗が暴力団に払うみかじめ料は、飲食店より風俗店のほうが金額が高い。

「調子に乗んじゃなか」西谷が唸るように言った。

「待て、西谷親分。抗争が終わるんだ。手打ちができさえすれば、後から幾らでも回収のしようがあるでしょうが」

「……よかろう」

もとより函南のシマだ。西谷は心のなかでほくそ笑んだ。

「あと一つ。函南の首を渡せ」竜造が言った。

「何を……」高梨が絶句する。

対して、西谷は眉をひそめただけだ。

「函南の首だ。あいつは殺しすぎとう。そちらの組内にもあいつに殺された人間がいるやろう」

竜造の発言を止めようと高梨が身を乗りだしたが、西谷が軽く手を上げて制する。

「それで反感を買い、だからこそ代替わりにもかかわらず、組長連の総意であんたが総長代行となった。本来なら、兄弟分であるあんたはせいぜい舎弟頭や。それが総長代行となったのは、組長連のなかに、あんたこそが本当の跡目で、函南をいつでも排除できるようにしたい、という思惑があったからや。違うか」

「函南が、身内の人間を殺したという証拠はあるとやろうな」

「証拠なんてなかさ。あの函南が証拠を残すもんか。お化けを飼っとうと噂されるぐらいや、実行犯すら分からん。しかしあいつがやったんは間違いない。函南が身内のライバルを殺しまくったというのは、この業界じゃ知らん者がおらん。高梨の親分、あんただって噂ぐらい聞いたことはあるだろ」

高梨が言葉に詰まる。

「あとな西谷親分、言っとくが、井田の親分と元相撲取りが墓場で殺されたのは、断じて俺たちじゃなかぞ」

「竜造親分、どこの世界に総長を差しだす総長代行がおるか」

総長を差しだせといわれた西谷よりも、高梨のほうが怒っていた。

「高梨の親分はちょっと黙っといてくれ。部外者が口を挟むとややこしい。切った張ったをしてきた相手やけん分かることもある。西谷親分、あんただって函南の異常性には気づいとうはずや。あいつはいずれ、あんただって殺す」

西谷は、膳の酒器を取り上げ、漆の盃になみなみと満たして一気に呷った。口の端から酒が一滴、零れた。ぐいと着物の袖で拭い、竜造を見据えて西谷は言った。

「お膳立てはする。処分は、そっちでやっとくれ」

「西谷親分……」高梨は呆然としている。

竜造も自分の盃に酒を満たし、高々と掲げた。西谷もまた盃を満たし、竜造に倣う。

「手打ちだ」

二人が腹の底からの声を出して盃に口をつけたとき、天井が抜けた。


クレーンの先端で宙吊りの寅は、ユンボが真下に落ちていくのを見守った。

ユンボは解体工事現場で使用される十トンのものだ。クレーンはラフタークレーンと呼ばれる四軸タイヤが付いた機種で、七十トンの吊り上げ荷重能力があり、最大で六十メートルの高さまで吊り上げられる。ホテル解体のこの現場では、解体するフロアにユンボを吊り上げるのに使われていた。会談が行われるこの日、解体工事の騒音が障りになってはいけないと、高梨組の圧力で現場は休みになっている。

寅はクレーンの先端にある二つのフックのうち、サブフックに掛けたロープに腰のハーネスでぶら下がっている。ロープの余りは肩に回して束ねてあった。

メインフックには自動玉掛け外し装置が取り付けられている。リモコン操作でフックが開く装置で、荷重がかかっているときには作動しない安全機構を備えているが、寅によって解除されていた。そして今、リモコンからの指示に従い、吊り下げていたユンボを空中に解放した。

ユンボは、寅の見守るなか、ゆっくりと落ちていき、純和風建物の屋根の瓦を四散させながら吸いこまれるように建物のなかへと消えていった。

数瞬遅れて、雷が落ちたような轟音があたりに響きわたる。同時にもうもうと煙が巻き上がり、その高さはクレーンの先端にまで達し、建物を覆いつくした。

煙は火災のそれではなく、数百年に渡り屋根裏や壁裏に溜まっていた埃が、ユンボ落下の衝撃で粉じんとなって一斉に巻き上げられたのだ。

間を置かず、寅は束ねてあったロープを投げおろし、懸垂下降を開始した。粉じんを吸わぬよう、覆面を兼ねたマスクを装着している。損壊し原型をとどめぬユンボの上に降り立ち、下降器に繋がるカラビナをハーネスから外した。

建物内部は、舞い上がる埃で視界が全く利かない。曇天とはいえ陽の光があるはずなのに、灰色の煙に完全に遮られていた。

寅は、頭に載せていたゴーグルタイプのサーモグラフィカメラを引き下ろした。スイッチを入れると、足元に倒れている三つの人影が、オレンジの光となってレンズに浮かび上がる。

寅はそれぞれの頭部に、減音器付きブローニングハイパワーの銃弾を一発ずつ撃ちこんだ。

ユンボの残骸が散らばり、床が抜けたところもあるが、ゴーグルに浮かび上がる輪郭と野性的な勘に従って、寅は慎重に隣室を歩いて回った。

周囲の部屋は直撃を免れたとはいえ、ユンボ落下の衝撃は凄まじく、誰も起き上がれずに床を這いまわっている。寅は、ブローニングで止《とど》めをさして回った。

会談中、麒麟の間とその隣室にいるのはヤクザだけだ。そこで交わされる会話は極秘のもので、外部に漏れることは許されない。必然的に、案内から膳の上げ下げまで信用できる組内の者で固め、一般人は遠ざけることになる。こういったときのために若い者を部屋住みさせ、礼儀を叩きこむのだ。

逆にいえば、仲居や酌婦に被害を出さないためには、会談が終わり宴席が始まる前に仕事を終える必要がある。そのために寅は、解体中のホテルから西谷と竜造たちが離れに入るのを見届け、会談が始まりクレーンを動かすべきタイミングを見計らった。

「親分、どこです！」「親分、大丈夫ですか！」

赤い人影が三つ、口々に叫びながら、覚束ない足取りでやってくる。

寅は容赦なくその頭を撃ち抜く。一瞬、寅には血煙が見えた気がしたが、むろん錯覚だ。

遠くに新しい赤い影が現れ、寅は銃口を向けた。

「誰かいますか！　ケガ人は？」

声の感じからして宿の人間のようだ。潮時だ、と寅は思った。

麒麟の間に戻り、床が抜けている箇所から床下に潜りこむ。腕につけたコンパスで方角を確認し、北の縁側まで、冷たく固い土の地面を這って進んだ。

背負っていたザックを下ろし、ハーネスと、着ていたツナギの作業服を脱いだ。作業服の下は下見の宿泊時にくすねた佐羽屋別荘の浴衣だ。更にその下にTシャツとジーンズを着ている。汚れ防止のカバーをザックから外し、作業服と装備一式を拳銃とともに突っこむ。

周囲に人の気配がないことを確かめて床下から這いだした。辺りはまだ粉じんが舞っており、視界は悪い。寅はわざとらしく咳をしながら、車回しを兼ねた前庭を目指した。

途中、組員らしい風体の男たちとすれ違ったが、みんな埃が入らぬよう細めた目でクレーンを見上げ、怒鳴り声を上げている。浴衣姿でザックを手に持った寅を気にかける者はいなかった。

前庭には宿泊客や仲居たちが避難していた。タオルを口元に当て、やはりクレーンを見上げている者が多い。

「こっちです！」

声のほうを向くと、宿の法被をきた従業員に案内され、背広姿の若者が離れに向かって走っていく。刑事だと寅は直感し、背を向けた。通報を受けて駆けつけたにしては早く、しかも制服警官ではなく私服刑事だ。そのことの意味を考え、寅は鳥肌が立った。

佐羽屋別荘の門を通り抜ける。一刻も早く離れたほうがいい、と勘が告げていた。

ところが足がふらついた。脱出時に埃を吸いすぎたのか、呼吸が苦しい。佐羽屋別荘の外塀に手をつく。激しく咳こんだ。

後ろで、一台の車が停まった。

「乗って」

正範の声だ。振り向くと、助手席の窓を下ろし、サングラスとマスクをつけた顔でこちらを見ている。なぜここに、の疑問が浮かんだが、体は自然とドアを引いて助手席に乗りこんでいた。車にはほかに誰も乗っていない。

「シートベルトよろしく。そんなんで警察の目を引きとうはないけん」

「何でこんな危険な真似を。この車は誰の」

シートベルトをしながら寅は訊いた。

「僕の車。寅くんを早く逃がすには、これしか方法がなかった」

「どういうこと」

「さっき佐羽屋別荘に駆けこんでいった人を見た？　あれは南部特捜の久慈刑事。警察の協力者から、彼が一人で旅館に聞き込みに行ったと連絡が入った」

「警察は、マーくんが何とかするんじゃなかったっけ」声に非難の調子が混じる。

「ホントごめん。でも僕は検事やけん、警察幹部と違って刑事全員を押さえることはできんとよ。だけん、協力者から聞いて自分の車を飛ばしてきた。でも、久慈刑事に車ば見られた」

「そうか……ごめん」

寅は深呼吸をして気持ちと呼吸を整えた。マーくんは俺のために危険を冒している。この車は久慈刑事に目撃された。きっと県警本部に照会されて、所有者がマーくんであることが明らかになるだろう。

「大丈夫、県警の追及は躱せる。寅くんがこの車に乗るところは見られとらん」

寅の心を読んだように正範が言った。

「県警の協力者には、そんぐらいの力はある。このまま隣の県まで行って、特急の停車駅で下ろすけん、そこから家に帰ったほうがよか。駅まで寝とって」

分かった、と答えて寅は目を閉じ、たちまち眠りについた。

二一　久慈　平成二七年

「次席、お呼びでしょうか」

正範は次席部屋に足を踏み入れた。

次席は地方検察庁トップの検事正の次の席に座る者の意で、警察署の副署長にあたるポジションだ。実務や広報などの一切を取りしきり、個々の事件の決裁もまずは次席が目をとおす。正範にとって直接の上司だ。

「あいつら、また派手にやったようだな」

次席は読んでいた新聞を机の上に放った。

今日の朝刊だ。『真昼の惨劇』という黒抜きの一面見出しの下に、『空から重機』『九名死亡』『全員暴力団員か』の小見出しが踊っている。

正範もコンビニで購入し、全紙に目を通している。現場から立ち去った寅のことについて触れた記事はなかった。

「互いに殺しあってくれるのなら、こちらの手間が省けます」

ふむ、と次席は背もたれに体を預けた。

「七田、県警はどう動く」

「どう、とは」

「九人が死んでいる。これは大量殺人事件だ。その犯人検挙を優先させるのか、それとも暴力団壊滅を優先させるのか」

正範は言葉に詰まった。昨日の事件が大量殺人事件だという発想が抜けていたのだ。

「県警の動きは分かりません。ただ、私自身は暴力団犯罪対策専従班なので、暴力団壊滅を優先させたいと思います。おそらく、南部特捜も同様かと」

「今回の殺人事件は後回しだと？　九人も死んでいるのに」

次席は机に身を乗りだした。肘をつき、両手を神経質そうに擦りあわせる。

「七田よ。亡くなったのは全員ヤクザかもしれんが、みな生活があり家族のあった、生きた人間なんだ。夫を亡くした妻子の悲しみ、子を亡くした親の悲痛は、普通の市民と何ら変わらない。ヤクザだろうが、被害者として遇することは、検察官としての基本ではないかね」

「お言葉ですが次席、これは殺人事件ではなく抗争事件です。まだ未確認の情報ですが、竜造組の組長が死んだとの情報もあります」

「何？」次席の顔色が変わった。

「死体の損傷が激しくＤＮＡ型鑑定の結果待ちですが、おそらく間違いないと、早良課長が」

「だとすれば竜造組は潰れる。抗争も終わるぞ」

「そうです。いま竜造組を叩けば、次席は、抗争を終わらせた検察官として転任できます」

「抗争を終わらせた次席となるか。この俺が。そうか」

次席は脱力したように椅子にもたれた。

「ここの次席に決まったときには、果てのない抗争で、泥を掻くような仕事だと同期に笑われた。だが、俺はその泥を掻ききるんだな」

「栄転間違いなしです」

「徹底してやれ。竜造組を潰せ、抗争を終わらせろ」

これほど精力的な次席の声を、正範は聞いたことがなかった。

「係長、例の照会、どうなりました」

久慈は訊いた。

「ん、何の話だ？」

係長が怪訝そうな顔をする。

捜査四課から分離独立した南部地区暴力団犯罪捜査課、通称南部特捜の部屋は、取り急ぎ会議室に置かれていた。

事件の翌朝、部屋にはどこか浮足立った雰囲気が漂っている。抗争終結に向けた重大な局面を迎えていると、みんな勘づいていた。

久慈は最初に臨場した刑事として現場の状況を捜査幹部に報告し、深夜までかかって詳細な報告書を書いた。凄惨な現場を見た興奮もあり、昨夜はほとんど眠れなかった。

「事件直後に現場を通行したヴィッツの照会です。さっき交通課に照会したら、係長に訊いてくれって」

　ああ、と係長は首を回した。「あの車は気にせんでよか」

　えっ、と一言発して、久慈は係長の次の言葉を待った。

「あれは七田検事の車たい。手打ちのネタをおまえが報告したとき、検事も部屋にいたろ。それで検事も気になっとって、たまに佐羽屋の周りを車で回っとったらしい。事件が起きたとき近くにおったらしいが、事件には気づかずにそのままドライブしたと。あの人も暢気なもんたい」

　違う。久慈は強烈な違和感を覚えた。あのときヴィッツは、市外から旅館に向けて走ってきていた。旅館の周辺は大変な埃が舞っていて、火災の黒煙と見まがうばかりの煙幕が掛かっていたのだ。近くを走行していて、あの事件に気づかなかったはずがない。

「係長はその話、誰に聞きました」

「早良課長直々にだよ。交通企画課長から早良課長に話があったらしい」

「係長、失礼します！」

「おい、もうすぐ会議だぞ」

　係長の声を背に久慈は部屋を飛びだした。階段を駆け下り、交通企画課のフロアへと走る。額には汗が浮いていた。久しくかいたことのない脂汗とも冷汗ともつかない汗だ。

　交通企画課の課長代理は派出所時代の先輩で、「すみません先輩、ちょっとこっちへ」と廊下へと連れだした。

「なんだよ相変わらず強引だな、だから刑事になれたんだろうが。今は中央署だっけか」

お人好しでのんびり屋という、警察官としてはおよそ信じがたい性格の課長代理は、久しぶりに会う後輩に引っ張られても怒ることはなかった。

「今は本部勤めですよ。先輩、今朝、そちらからうちの課長に何かご注進しましたか」

「うちの課長？」

「キャリアの早良警視正」

「なんだ南部特捜にいるのか。大変だな」

「どうなんです。今朝、そちらの課長が早良警視正に注進しましたか」

「注進だなんて、時代劇じゃあるまいし。そりゃ同じ課長でも、うちの課長と早良警視正じゃ、格は明らかにあちらが上だけど」

「どうなんです！」

焦れったくなり久慈は思わず大きな声を出した。廊下を行き来する職員が視線を向けてくる。久慈は深呼吸をした。

「あったよ、早良警視正から、問い合わせ。課長ったら、ぺこぺこして答えてたなあ」

「問い合わせがあった？　交通課から連絡したのではなく」

「うちからじゃない、早良警視正からだよ。ちなみに今朝ではなく、昨日ね。何、どうしたの、顔が真っ青だよ」

早良警視正は、昨日のうちに七田検事の車について照会があることを知っていた。

二人は大学の同期だ。七田検事がいち早く早良警視正に連絡をとったのだろう。しかしそれは、七田検事が自分の車が照会を受けると知っていたことを意味する。つまり七田検事は事件に気づいていたばかりか、自分の車が警察官に目撃されたと知っていたことになる。

落ち着け、と自分に言い聞かせる。たまたまラジオか何かで事件を知り、現場の傍を走行していたことに気づいて早良警視正に連絡をとっただけかもしれない。そして早良警視正は、大学の同期にあらぬ疑いがかからぬよう、交通企画課と係長に手を回しただけかもしれない。そちらの可能性のほうがはるかに大きいではないか。

だが一度芽生えた疑問は消えない。はるかに大きいと考えた時点で、比較対象となる、ある結論に達している。そして見まいとするものを見てしまうように、久慈はその結論を認識した。

――七田検事は犯人を知っている。

久慈は一笑に付そうとして、逆に恐怖に慄《おのの》いた。

「おい久慈、どうした。大丈夫かおまえ」

「先輩、この人の情報、免許センターから牽《ひ》けますか。後生ですから誰にも言わないでください」

久慈は胸ポケットからメモ帳を取りだし、「七田正範」と書いて渡した。

「後生だなんて大袈裟な。よほど大事なことなんだな？　待ってろ、いま調べてきてやる」

課長代理にはのんびりと部屋へと歩いていき、思いのほか早く戻ってきた。

「ほら。生年月日と本籍地、住所に免許証番号。書いといたぞ」

「ありがとうございます、先輩。後生ですから……」

「分かってるって、誰にも言わんさ。おまえも大変だな。仕事は体壊さん程度にな」

久慈は県警本部の建物を出てタクシーを拾った。

会議に出る気には到底なれない。早良警視正も共犯の可能性があるのだ。キャリア警察官の不祥事に触れただけで、いやその疑惑を云々するだけで、ノンキャリア警察官の未来は終わる。下手をすれば県警そのものが敵に回るかもしれない。本部の建物から一刻も早く遠ざかりたかった。

どうする、何をするという考えも浮かばぬまま、久慈は駅に向かうよう運転手に言った。先輩から受けとったメモ用紙に目を落とす。住所は検察官の官舎で、情報としての価値はない。免許証番号もそうだ。残るは生年月日と本籍地だ。本籍地は隣県で、県境にある山間部。ＪＲ線が近くまで走っている。行ってみよう、と久慈は思った。

特急とローカル線を乗り継ぎ、さらにタクシーを使って辿りついた本籍地の建物には、「七田」ではない他人の表札が掲げられていた。インターホンを押してみても反応はない。家人は留守のようだった。

久慈は、タクシーの中から目をつけた食料品店へと歩いて引き返した。

山間部の集落では、食料品店がスーパーやコンビニの代わりを果たし、かつ、住人の憩いの場となっていることが多い。

久慈は「那須《なす》商店」と書かれた店の引き戸を開け、レジカウンターの中にいた高齢の女性に、七田家を知っているか尋ねた。

「七田さん？　知っとる知っとる。校長先生ばされよった方じゃろ」

女性は皺の寄った手で補聴器を調整しながら、久慈の質問に答えた。この店主然とした老婆が那須さんなのだろうと久慈は思った。

「今もここらへんに住んでますか」

「うんにゃあ、娘さんが病気とかで、病院の近くに越したはずじゃ」

「どこの病院ですか」

「うんにゃあ、知らんがよ」那須老婆は、改めて久慈を見る。「どちらさんじゃろか」

久慈は逡巡した。隣県でJ県警の警察バッジを示すことは躊躇われた。

「校長先生に会いに来た、昔の教え子です」苦し紛れの嘘をつく。

「そげんたいね、七田さんはもうおらんよ。残念やったね」

「七田さんのところに、正範くんという子供はいませんでしたか」

「七田さんに息子げな、おったかいな」

「息子か孫かは分かりませんが、東大に行った男の子です」

「東大！」皺に埋もれていた那須の目が、大きく開いた。

「そげん子がおったら、村中の評判になっとうよ。そげな話、聞いたことない。うんにゃあ、おらんかった」

「いなかった。間違いないですか」

久慈は念を押そうとしたが、那須の不審を買っただけのようだった。

「あんた、校長先生の教え子が、どしてそげなことば気にするの」

「いえ、校長先生のご家族のことなので」

「怪しかばい、物ば買わんのなら帰らんね」

久慈は慌ててレジカウンター前のワゴンにあった果物を二つばかり買い、なおも話を聞きだそうとしたが、老婆はそれ以上の話には乗ってこなかった。


寅は懸垂器具のバーから手を離し、震えているスマホを手にとった。画面には「那須商店」の表示がある。

寅は単身者向けアパートの二階に住んでいた。六畳一間に申し訳程度のキッチン、バストイレ一体のユニットバスという造りだ。部屋にはトレーニング機器と布団、ラジオしかない。冷蔵庫も洗濯機も置いておらず、食事は外食、洗濯はコインランドリーで済ませていた。

寅はウエイトトレーニング用のベンチに座り、通話ボタンを押した。

〈那須商店の者じゃけど〉

「ああ、婆さんか」寅は声を低くした。「現れたのか」

寅は十五年以上の昔から、「店で七田家のことを尋ねる者がいたら連絡をする」という約束で、那須商店の老婆に毎年十万円を現金書留で送っていた。かつて河原の小屋が、鍋勢一家の息がかかった食料品店に監視されていたことを参考にしたものだ。

那須商店の老婆のように、寅は正範が関係する場所の幾つかに協力者を置いていた。正範の過去を詮索する者が現れたときに素早く察知するための警報装置だ。正範には伝えていない。正範のために寅ができることは少なく、ならばせめて正範の秘密を守ろうと考えてのことだ。正範の出自の秘密を守ることは、とりもなおさず今の正範を守ることに繋がる。

〈そう。たった今。若い男で、七田さんの昔の教え子とか言いよったが、あれは嘘じゃね。七田さんが引っ越したことも知らんかった。あれこれ七田さんちのことば訊いてきよったよ〉

「どんなことを訊かれた」

〈だから、今もこの村に住んでるのかとか。あとはそう、男の子のこととか〉

「男の子？」

〈東大ば行った子供知らんかって〉

寅は息を吞んだ。

「何と答えた」

〈そげな子がおったら村中の評判になっとる、おらんよ、と〉

「分かった。連絡サンキューな」

〈それで、あの……〉

「カネだろ。もちろんボーナスの十万を払う。それより婆さん、写メは使えるか」

〈当たり前じゃ。孫とはスマホのスカイプで話しとる〉

「だったら話が早い。店に防犯カメラはあるか」

〈当たり前じゃ〉老婆は繰り返した。〈悪いもんがおるのは都会だけじゃなか〉

「その男の映像を写メしてくれ。もう十万払うから」

早々に老婆から送られてきた画像を開き、寅は呻き声を上げる。

——最悪だ。

画面に表示されたのは、粗くてもはっきりと分かる、あの時の刑事の顔だった。

二二　タガ　平成二七年

七田検事はここの出身ではない、と久慈はバスを待ちながら考えた。

本籍地は必ずしも出身地を示すものではない。親子関係や婚姻といった身分記録と、どこに住民票を置いているかという住所記録を集約するための記号のようなものであり、その気になれば皇居を本籍地にすることだって出来ることは久慈も知っている。

一方で、出身地を本籍地としている者は多い。実際に七田家も本籍地に住んでいた。それなのに、七田検事の痕跡がない。

東大に行くような子がいれば村の噂になる、という那須老婆の言葉には重みがあり、七田検事に対する疑惑は深まるばかりだ。

警察権限で役所に問い合わせようか。久慈は思ったが、七田検事の住民票や除票を取り寄せるには、課長の決裁が必要だ。早良警視正が決裁を下ろすとは思えない。

思い返せば、早良警視正は、佐羽屋別荘での手打ちの話を半ば無視し、久慈の捜査を差し止めた。当時も違和感を覚えたが、改めて振り返ってみるといかにも怪しい。

七田検事に対する調査を早良警視正に知られるのは危険だと思い、そもそも七田検事の調査を続けるべきだろうかと久慈は迷った。衝動的に本部を飛び出してここまで来たが、七田検事に対する疑惑は情況証拠があるだけで、上司に、それもキャリアの上司に睨まれるような真似は避けたほうがいい。

理性でそう考える一方、七田への疑いは本物だと刑事としての勘と経験が囁いていた。

ようやく来たバスに乗りこみ、最後部の席で揺られながら、久慈は自らのなかで落としどころを見つけようと懸命に考え続ける。

上司に知られない範囲で調べる分には構わないだろう。通常の内偵だって、いちいち課長や係長の許可をとっているわけではない。刑事にはそれぞれの情報源がいて、持ちこまれたネタを自らの足で調査し、検挙に至る可能性がありそうだとか、検挙に至らずとも捜査員の間で共有すべきだとか判断した時点で、情報を上司に上げる。七田検事のネタだって、それと変わらない。

そう結論付けたときには、バスはＪＲの駅に到着していた。


「竜造組を徹底して取り締まる」

早良が言った。竜造組長と西谷総長代行が殺された翌日の会議でのことだ。

「奴らは特定抗争指定暴力団として、五人以上の集会を禁じられている。組長が死のうとそれは変わらない」

「葬儀をやらせないということですか」捜査員から声が飛ぶ。「それはあんまりでは」

「あんまり、だと？」

早良が答える前に、怒気を含んだ声を張り上げたのは、捜査一課からきた係長だ。

「法を曲げて葬儀を認める必要がどこにある」

南部特捜にいる捜査一課と四課の人間は少し色合いが違う。

後者はこれまで暴力団を取り締まるなかで、「顔を立てる、立てない」といった付き合いが生じており、時として暴力団員の面子に配慮する傾向があった。

これに対し、殺人や強盗といった犯罪を相手にしてきた捜査一課出身者は、そんなことをする必要はない。家宅捜索も逮捕も容赦なく行ない、徹底して取り締まる。

早良は、暴力団に斟酌を一切しない捜査一課からの人間を重宝していた。

「均衡がとれないだろう。鍋勢一家はどうするんだ」

四課出身の係長が一課の係長に反論する。

「鍋勢一家は葬儀を行わない」早良が割りこむ。

「課長、それはどこから」

司会役の藤沢管理官が訊いた。

「所轄署に遺体を引きとりに来た鍋勢一家の幹部からだ。総長の意向だそうだ」

「それでは死んだ西谷と柴田の組の連中が黙ってはいない」

「だから、さ。函南は、わざと事を荒立てるつもりだ」

「まさか……」四課出身の係長は唖然としている。

「函南は、西谷組と柴田組を潰す気ですか」

「そういうわけで鍋勢一家はしばらく内紛で忙しい。今は竜造組の取り締まりに注力し、一気に壊滅に追いこむ。暴対法の活用はいうまでもないが、それ以外の取締法規もどんどん使って欲しい。七田検事、お願いします」

早良は正範にうながした。

「具体的には、軽犯罪法、道交法などが考えられます。例えば、大声を出したり立ちションしたりしたらすぐに軽犯罪法で検挙してください。皆さんもご存じのとおり、軽犯罪法は住居不定か出頭拒否の場合しか逮捕できませんので、まずは任意同行を求め、拒否するそぶりを見せたら逮捕してください。警察署までおとなしくついてきたら、すぐに帰し、翌日にまた呼び出しをかけてください。それを繰り返せばいつかは出頭を拒否しますので、その時点で逮捕します」

ただの嫌がらせじゃないか、という声が捜査員から漏れた。

「嫌がらせだと？　立派な作戦の一部だ。何をおいてもシャバにいる組員の数を減らす。文句があるなら特捜から外れろ。もっとも、二度と本部には戻ってこれないと思え」

早良のひと言で会議室が静まり返る。「続けてください、七田検事」

「道交法も同様です。速度超過はもちろん横断歩道における歩行者妨害、運転中の携帯電話使用も厳格に摘発し、逃亡のおそれがあるとして交通反則制度を適用せずに刑事手続にもちこんでください。検察庁はすべて起訴します」

「竜造組は組長が死んで人の行き来が激しくなっている。道交法は有効だ。ガンガンやれ」

藤沢が正範の後を受けて発破をかける。

「あとは家族への適用だ」早良が言った。

「具体的には妻と子だ。家族に対する摘発も強化しろ」

「家族ですか……でも、彼ら自体は組員ではないわけで」四課出身の係長が弱々しく言う。

「その考えは捨てろ。組員の妻は、夫と別れることができる。組員の子は、親と絶縁できる。それをしない以上、組員の家族は暴力団と一体だ。何も遠慮することはない」

「しかし未成年だとそうもいかんでしょう。ヤクザの子は何の責任もない」

「子供だってヤクザを辞めてくれと親に言えるはずだ」

言えるわけがない。言えば拳固が飛んでくる程度では済まず、生死にかかわる事態になるだろう。それでも正範は、家族を取り締まるという方法に賛成だった。

種雄に隷属していた母親。種雄が死んだ後、函南に飼われていた母親。明美が幸せだったとは口が裂けても言えない。ならば警察の取り締まりで刑務所に入っていたほうが幸せだったようにも思う。

「家族にも人権が……」

「暴力団を壊滅する気はないのか、おまえら！」

捜査一課出身の係長が怒鳴った。早良が締めくくる。

「警察が甘い態度をとっているから、今日この事態に至っている。この抗争の責任の一端は警察にあることをもっと自覚しろ」

久慈はバスを下りながら、まずは出身高校を突きとめようと考えた。東大に問い合わせても、教えてはくれないだろう。きっぷ売り場の上に表示されている路線図を見て、久慈の頭に黒木《くろき》副検事の顔が浮かんだ。J県のはずれにある区検にいる。

副検事は、検察庁に事務官として就職した者が実務経験を積んだのちに選考試験に合格して検察官となった者をいい、主に区検察庁（区検）で捜査や公判に従事する。

区検は簡易裁判所が管轄する刑事事件を扱い、簡易裁判所は窃盗事件などを管轄する。つまり副検事は窃盗事件を多く担当し、必然、盗犯係の刑事と顔見知りになる機会も多い。刑事からすれば、司法試験に合格した法曹エリートの正検事に比べて打ち解けやすい。

久慈は黒木を訪ねようと最寄り駅までの切符を買った。ホームから区検に電話をかけると、黒木は取調べ中だという。

ご相談がありお伺いしたい、と久慈は伝言を頼んだ。強引かとも思ったが、過去にも同じように押しかけたことがある。黒木は気にしないはずだ。

区検との電話を終え、久慈は携帯電話を片手に、係長に電話しようかと迷った。

昨日の事件を受け、今後の捜査方針が課長から伝えられているはずだ。久慈が勝手に持ち場を離れたことに腹を立てているに違いない。しかし久慈は携帯電話をポケットに戻し、電車に乗りこんだ。

「ご無沙汰しています」

黒木には笑顔で迎えられた。

「久しぶりやね、久慈さん。えーと、五年前かね、一緒に仕事したのは」

「そうです」

久慈は勧められた椅子に座る。

「久慈さんは今、どこの盗犯係」

「盗犯係は外れました。今は南部地区暴力団犯罪捜査課にいます」

「なんね、南部特捜ね、また物騒なところに。昨日も大変やったちゃないと」

「ええ」久慈は苦笑した。「なぜか現着が一番で、おかげで昨夜は一晩中、報告書を作成していました」

「現場に行ったとね」黒木が興味を惹かれた顔になる。「どげん様子やった」

久慈は現場の状況を語って聞かせた。

黒木は担当検事ではないので厳密にいえば守秘義務違反になるが、七田の経歴を訊くつもりできたのだ。こちらからもそれなりの情報を与えてやらねばならない。

「そうね、頭に一発ずつ。とてもじゃないが素人の仕業じゃなかね」

黒木が唸った。

「でも竜造組の組長と鍋勢一家の総長代行が一緒に殺《や》られたとなると、抗争とは関係なかかもしれん。本州の組織が出張《でば》ってきたとか。向こうには暗殺部隊を抱えとる組織もあるらしいけん」

「可能性はありますね。陸自のレンジャー出身者を指揮官に据えた部隊もあると聞きます。そんな人間なら、今回の事件も可能でしょう」

久慈は話を合わせる。

「しかし鍋勢一家は、トップが生き残っています」

「函南やね。したたかな男と聞いとる」

「はい、頭のいい人間です。そして函南と、今回殺された総長代行の間には、総長の座を巡り鞘当てが有ったとか」

黒木が驚いた。

「まさか、総長が総長代行を」

「可能性の話ですよ。でも仮にそうであっても、私は驚きません」

だからこそ七田への疑惑は深刻なのだ。場合によっては七田が函南に繋がることになる。

「函南というのは、そこまでする男かね」

「ええ、やると思います」

ふうむと黒木は腕を組んだ。頃合いと見て、久慈は本題を持ちだす。

「南部特捜に対応する検察庁の専従班があるのはご存じですか」

「うん、七田検事の班やろう。三席の七田検事を主任にして、その下に正検事一人、副検事二人が付いとう。もっと人員を増やせという七田検事の要望で、近いうちに副検事一人が追加されるらしい」

「七田検事、遣り手ですよね。頭がよいのはもちろん、度胸がある」

「富山で指定暴力団を潰した実績を引っさげてこっちに来たらしか。本人の希望もあって、検察庁は最後までやらせるつもりらしい」

「最後というと?」

「鍋勢と竜造が壊滅するまで。二つの組が無くなるとは信じられんけどな」

「七田検事、こっちの出身なんですよね。確か隣県の出身とか」

黒木は首を捻った。

「そげん話は聞かんけどねえ。そうなの? 関東のほうかと思っとったけど」

「検察庁内ではそんな話になってるんですか? 東大卒で、うちの早良課長と同期だというのは知ってますが。高校がどこかって話までは流れてこないので」

「高校か、気になるね」

黒木が顔を上げた。

視線の先を久慈がたどると、部屋の壁に支部長の在室表示盤があった。縦長のランプの表面に支部長と書かれ、支部長が自室にいる時は点灯する。そして今、ランプは点灯していた。

「ちょっと待っとって」

黒木は久慈を置いて部屋を出ていった。支部長検事に七田検事の出身高校を訊きに行ったのだろうと久慈は見当をつけた。

すぐに戻ってくるかと思ったが、思いのほか黒木は長く部屋を空け、戻ってきたのはたっぷり二十分が過ぎてからだった。

「J県だってさ」黒木は興奮していた。「まさか、ここの出身とはねえ」

黒木が七田の出身校を告げた。県下では進学校として有名な公立高校だ。しかし久慈は、黒木の興奮した様子に戸惑っていた。

「まさかってことは、検察庁では珍しいんですか」

「正検事が出身県に異動するのは珍しかよ」

「すみません、よく分かりません。警察官は地元出身が多いですから」

久慈は不思議に思って訊いた。

「そうやった。警視以下の警察官は地方公務員やったね。私ら副検事を含め、検察官は国家公務員だからいちおう全国に異動がある。まあ副検事はたいてい出身県に近いとこに異動するけど、正検事は本当に全国を異動するけん、わざわざ地元に戻すことは普通はせんよ。癒着を防ぐとか何とかで」

「では、七田検事がJ地方検察庁に赴任したのは珍しいと」

「そげん思う。やけん、七田検事はあまり出身高校を言わんちゃないかな」

久慈は腕時計を見た。今から出れば出身校で話を聞く時間はあるだろう。興奮している黒木に相槌を打ちながら、不自然に思われないようタイミングを見計らい、久慈は「長居をしてしまい、申し訳ありません」と話を切り上げた。

駅前までの一キロを走り、運よくホームに滑りこんできた特急列車に飛び乗る。

四十分後、久慈は高校の応接室にいた。向かいには、校長が座っている。

「お電話で伺った卒業生ですが」

五十絡みの、校長にしてはまだ若い女性がいった。

「七田正範という生徒はおりませんでした」

「いない？」

「はい。しかし、おっしゃられていた卒業年度に東大へ進学した生徒に臼佐正範という子がいます。これがその子の写真です」

校長が卒業アルバムを開き、一人の生徒の顔写真を指さす。

学生服姿の男の子が写っていた。他の生徒に比べ表情に固さが目立つが、目元にはどこか達観した雰囲気が漂っている。七田検事だった。

「この生徒です。卒業時の住所は分かりますか。あと、当時の担任か、彼を知っている教師の方とお話ししたいのですが」

「捜査の内容は教えていただけないんでしょうか」

「申し訳ありません」

「しかしこちらも生徒の個人情報を提供するわけですから」

「同じ公務員として、捜査にご協力いただければと思います。個人情報を気になさっておられるのであれば、警察の捜査は、法律上、情報提供が許される場合に当たります」

校長はため息をついた。

「お待ちください、誰か、彼を知っている者がいないか探してきます。卒業時の住所は、そのアルバムの最後に載っていますよ」

校長が部屋を出て行くと久慈はアルバムを捲り、名簿一覧から臼佐正範の住所を書き写した。

「臼佐ですよね、覚えてますよ、もちろん」

校長が連れてきた豊かな白髪の男は、懐かしそうに目を細めながら言った。同校で長年英語を教えているという。

「そんなに？」

「抜群に頭のいい子でしたから。私が教えたなかでも三本の指に入るんじゃないかな」

校長が驚きの表情を浮かべる。英語教師はうなずいた。

「模試でずっと東大Ａ判定でしたから。ここは優秀な子が集まってますが、それでもあのレベルは珍しい。東大受験で安心して見ていられたのは、あの子くらいです」

「きっと、クラスでも目立っていたんでしょうね」

久慈が言うと教師は苦笑を浮かべた。

「ところが、そうでもないんですよ。家庭事情もあってでしょうが、おとなしい生徒でした」

「家庭事情とは」

「母子家庭……今でいうひとり親家庭で、その母親に問題があった。おかげで貧しくて、一時は大学進学もできないんじゃないかと心配したほどでした」

「母親の問題とは、具体的にはどういう」

教師は隣に座る校長を見た。校長が許可を与えるようにうなずく。

「入退院を繰り返していたんですよ。薬物中毒で」

「薬物中毒」久慈はオウム返しに言い、「シャブですか」と訊いた。

教師はゆっくりと首を縦に振った。

「何でも彼が中学生のときに酷かったようで、後遺症というのですか、それの治療が大変だったようです。入退院の手続から世話まで高校生の彼がずっとやっていました。部活もできないし友達と遊ぶ時間すらなく、だからクラスでは影が薄かった」

「じゃあ親しい友人などは」

「いなかったでしょうね、きっと。同じ東大に行った生徒に臼佐のことを訊いても、知らないという返事ばかりです」

当てが外れた。七田の近況を知っていそうな友人を訊きだして訪ねようと久慈は思っていた。

母親の名前を追加で尋ね、礼を言って高校を出た久慈は、その足で卒業時の住所に向かった。

川の土手の傍に、プロパンガスのボンベが玄関脇に置かれた、小さな正方形の木造平屋が身を寄せ合うようにして建っている。低所得者向けの公営住宅だと一目で知れた。

久慈は、住所の建物の呼び鈴を押した。

「なんだあ?」

眠そうな声で扉を開けたのは、道で見かけたら職務質問を行うような、目つきの悪いパンチパーマの男だった。

「兄ちゃん、何ね」

久慈の頬が緩む。肩の凝るエリート高校での聞き込みより、こういった手合いを相手にするほうがよほど楽だ。懐から警察手帳を出す。

「ちょっと話を聞かせてくれるかい」

男が怯む。「ガサかね？　令状《フダ》は」

「話を聞かせてくれって言ったろ、ただの聞き込みだよ。それとも、ガサかけられて困るもんでもあるのか」

久慈は男の肩越しに部屋の中を覗きこんだ。薄暗い室内には、洋服やら布団やらが乱雑に散らかっている。

「何もねえって」男が体を動かし、久慈の視線を遮る。

「何ね、訊きたいことって」

「あなたの名前は」

「増岡《ますおか》」

「増岡さんはいつからここに住んでる」

「五年前。その前は知り合いが住んでた」

期待で胸が膨らむ。「その知り合いは、臼佐という名前？」

「臼佐？　誰ね？　知り合いは水野という名前たい」

期待は萎《しぼ》んだが、質問を続ける。

「その知り合いは、ここに何年くらい住んでいた」

「さあねえ」

「水野さんと知り合ったのは何年前だ」

「ええと」増岡の目が泳いだ。「十年前ぐらいやったかな」

「知り合ったとき、水野さんはここに住んでいたのか」

「わからん」

「臼佐という名前を、水野さんから聞いたことは」

「ないね。その臼佐という人を探しようと？」

「二十年くらい前にここに住んでいたらしいんだが」

増岡が噴きだすように笑った。

「二十年前？　そげん昔ね」

「水野さんはどうだろう。十年前ここに住んでいた可能性がある。二十年前のことを知っていてもおかしくはない」

「水野さんは……」増岡が言い淀む。「連絡がとれん」

「本当か。何か怪しいな」

「本当に連絡がとれんとって」

増岡が体の前で手を振った。

「ちょっと上げてもらおうか。中でゆっくり話そう」

久慈は部屋に向けて顎をしゃくった。

「ちょ……それはまずいって」

「連絡先を思い出すまで、中で待つよ。住所録がないか、一緒に探してもいい」

久慈は沓脱に入ろうと一歩踏み出した。それを増岡が体で遮る。

「見られて困るもんがあるのか」

「ないって、そんなもん」

強引に入ろうとする久慈の体を、増岡が手のひらで押し返した。

「俺の体に触れたな。公務執行妨害だ」

「ちょっと待てよ！」増岡が甲高い声をだした。

「分かった、勘弁してくれ。水野さんに電話するけん、外で待っとってよ」

「いいだろう。刑事がちょっと会いたがってるって言え。話さえ聞かせてくれれば、あんたにも水野さんにも迷惑はかけない。それは約束する」

増岡がうなずいた。

「ちょっと周りに聞き込んでくる。あとで寄るから」


〈刑事が来ました〉

増岡の声は緊張していた。原因は刑事の聞き込みか、それとも俺の素性を察してのことか。その両方だろうと寅は思った。

増岡は、函南組の下っ端を通じて用意した男だ。寅はこれまでに三人の男を、正範が東京に出るときに解約した市営住宅に住まわせていた。

家賃と光熱費を払う代わり、昔の住人を訪ねてくる者がいれば「自分の前には水野という男が住んでいた」と嘘の説明をし、指定された番号に連絡する。寅が用意した警報装置の一つだ。

「水野」という名前は適当につけた。

増岡には電話する相手が誰か知らされていない。しかし下っ端から、くれぐれも粗相のないように、ぐらいは言われているのだろう。

「そいつは何を訊いてきた」

〈臼佐、という人間を知らないかと〉

寅はスマートフォンを握りしめた。

あの刑事の動きは信じられないほど早い。早すぎる。臼佐の名前を突きとめたのであれば、明王に辿りつくのは時間の問題だ。

正範が鍋勢一家に関係していると知れば、昨日、現場付近で正範の車を見たことの意味を改めて考え、事件と正範が繋がっていると結論づけてもおかしくはない。

——放っておけない。

寅は覚悟を決め、刑事を呼びだすにふさわしい場所を考えた。

二三　告白　平成二七年

佐羽屋別荘の事件から三日後、函南と函南組若頭の松下とともに、寅は西谷が住んでいたマンションに赴いた。

霧雨が降っている。車から降りた函南に護衛の組員が傘をさし、その後ろを、傘をささずに松下と寅がついて歩く。エントランスまでは、敷地と歩道を挟んで数メートルの距離だ。

その男は、腰だめに短刀を構え、無言で函南へと突っこんできた。

「オヤジ！」

松下が叫んだ。しかし身を呈そうとはしない。傘をさしている護衛も反応が遅れた。

寅は松下を突き飛ばした。松下が驚愕の表情を浮かべて函南に倒れかかる。松下と函南の体《たい》が入れ替わり、男は松下にぶつかった。

男が飛びあがるように短刀を突きあげる。必殺の動きに、寅は、松下は助からないと思った。

男が短刀を引き抜き、倒れた函南に目を遣る。

短刀を逆手に持ちかえ、振りあげる。持ちかえた分だけ、間があった。その隙に寅は、呆然と腹を押さえている松下の襟首を摑み、盾にしながら函南の上に倒れこんだ。

短刀が松下の首を貫き、右手に刺さるのを感じる。

ようやく護衛の組員たちが動き始めた。「ざけんなコラア！」などと口々に叫びながら男を松下から引きはがす。だが短刀は刺さったままだ。

男が抵抗しないのをいいことに、組員たちは男に殴る蹴るの激しい暴行を加える。

寅は松下の体を足で押しのけた。ずるりと刃が手から抜ける。声が漏れそうになるのを歯を食いしばって耐えた。

「松下はダメか？」

水溜りに手をついて身を起こしながら、函南が訊いた。寅は首を振る。

「お前ら！」函南が怒鳴った。

男に暴行を加えていた組員たちが動きを止め、函南を見る。

「そいつは殺すな。サツに引き渡すんだ」

「カシラが襲われたんですよ！　俺たちにも面子があります」

組員の一人が食ってかかる。普段なら函南に反論するなど考えられない。それだけ興奮しているのだろうと寅は思った。

「その割には、誰も松下を介抱してねえじゃねえか。おまえらの間で松下が不人気なのは知ってるよ。だから函南組の組長につけずに空席にしてるんだ」

函南は、袋叩きにされ路上にのびている男の髪を摑んだ。

「こいつの顔を知っているやつはいるか」

男の顔を引きあげて、函南は組員たちに訊いた。

「竜造のとこのやつです」

一人が答えると、函南は「そうか」と言って男の顔を道路に叩きつけた。

「馬鹿なやつだ。組長の仇を取ろうとしたんだろうが、殺人の共謀で竜造組の上層部はごっそりサツに持っていかれる。これで竜造組は本当に終わったな」

函南は髪を摑んだ手をハンカチで拭いた。

「おれと忠義はここを離脱する。二人だけ残って男をサツに引き渡せ」

組員たちは目配せで誰が残るかを決め、動きだした。

「このまま松下を残していくのか」

車に戻りながら、寅は他の組員に聞こえぬよう小声で言った。

「これで函南組も若頭が殺され、痛みを被ったってことになる。松下はいい時に死んでくれた」

函南は同じく小声で答えた。その声には笑みが含まれている。寅は函南を見た。

「あんた変わったな。冷酷なだけでなく、薄情になった。松下はあんたの右腕だろう」

「使い古されたセリフだが、俺の右腕はここだよ」函南は左手で右腕を叩いた。「おれは元からこうさ、変わってない。おれが薄情に見えるならおまえが変わったんだ。何かあったのか」

逆に訊かれて寅は言葉に詰まり、「何もない」とだけ答えた。

正範が座標に近づくと、いつもどおり寅が焚火をしていた。

辺りは闇に包まれている。

「寅くん」正範は寅の背中に呼びかけた。

「マーくん」寅が振り返った。

「走ってきたのか。珍しく息が切れてる」

寅の右手にはギプスが嵌まっていた。それを見ながら、正範は言った。

「終わった！」

「何が」

「終わったとよ、抗争が。先ほど、竜造組から南部特捜に解散届が出た」

「そうか……」

正範は寅の隣に腰を下ろし、炎に照らされる寅の横顔を見つめた。

「あまり驚いとらんね」

寅が苦笑いを浮かべた。

「そりゃあね。あれだけ厳しくやられたら、先はないと誰でもわかる」

南部特捜は、松下殺しで竜造組幹部を逮捕するとともに、寅—正範—早良のラインで流される情報をもとにして竜造組の関係者を大量に摘発した。正範を主任とする地検専従班が起訴した人数は五十人を超える。

「函南からの情報が役に立った。賭場や禁制品の場所が分かればガサは簡単やけん」

ほかにも、みかじめ料を払っている店がどこか、竜造組に繋がる企業はどこかといった情報をもとに、警察官が店や企業を回り、竜造組と手を切るように説得を続けた。人と資金源、この二つを失った竜造組が瓦解するのは早く、ついに解散届が出たのだ。

「あとは鍋勢一家やけん」

　正範は寅を見つめたまま言った。

「鍋勢一家はなくなる」

「なくなる？」

「函南組に名前を変えるんだ。実質的に、二次団体だった函南組が一次団体の鍋勢一家を食うことになる。当然組長は函南。若頭はおれ」

「寅くんが表にでる……」

　浮かれた気分が一転、正範は暗澹たる気分になる。寅がナンバー2の若頭になれば、寅を逮捕しないかぎり函南組を壊滅させることはできない。

「足抜けは出来んとよね」

　正範の言葉に、寅はふっと笑った。

「無理なことはマーくんも分かってるだろう。それに、俺は逮捕されるべきなんだ。今までに何人殺してきたと思う」

「しかし相手は全員ヤクザやけん、責められるべきことじゃなか」

「ヤクザだけじゃない」

　炎が小さくなり、寅の顔の陰影が濃くなった。

「堅気を殺してしまった」

沈黙が落ちる。遠くでミミズクが鳴いていた。寅が薪をくべる。

「……佐羽屋の事件の翌日から、久慈刑事の行方が分からんくなっとう」

正範も薪の束から一本摑み、炎に放りこんだ。焚火のなかの木々が崩れ、火の粉が舞い、一時的に炎が大きくなる。

「僕のため？」

寅は正範を一瞥し、すぐに炎に視線を移した。左手で摑んだ枝で、正範が崩した薪の位置を整える。火勢が安定した。

「俺のタガは外れた。こんなやつがシャバにいちゃいけない」

「タガと言ったのは物の喩えだよ。寅くんは何があっても寅くんだ。それに僕だって寅くんが何ばしようか知っとったんやから、共犯だ」

「それは違う。俺は一度だってマーくんに殺しを指示されたことはないし、計画を事前に伝えたこともない。俺自身、ヤクザを殺すのが楽しくてやってたんだ。共犯だなんて二度と言わないでくれ」

静かな口調だった。寅の頑さを感じ、今は何を言っても無駄だろうと正範は口を噤む。

寅がギプスの嵌まった右手を炎にかざした。

「この手はもう前のようには動かないらしい。函南を庇って刺されたときに、腱が切られたんだと。拳銃使いの寅は廃業だ。ここが潮時だってことさ」

自嘲気味の笑みが浮かぶ。

「あーあ、あのとき函南を庇わなきゃ、あいつも死んで、右手は無事で、万々歳だったのに」

「何で庇ったの」

正範は聞かずにはいられなかった。

「何でだろうな」

寅は自問するふうだったが、やがて、

「人間、二十年も役を演じてると、その役が自分になってしまうみたいだ。俺はもう、暴力団員の鎌切忠義だよ」

と寂しそうに呟いた。

「寅くん……」

寅は右手を下ろした。

「マーくんに函南を逮捕させる。俺と一緒に」

寅を逮捕することなど自分には出来そうにはない。しかし正範は、とりあえず話を合わせた。

「いくつか問題がある。まず、函南を逮捕できるような証拠があるか。次に、逮捕されれば函南は僕との関係をばらすかも。あと、寅くんの裏切りと分かれば加夜ちゃんの身が危ない。そこらへんはどげんするつもり」

正範の疑問に、寅は、まず一つめは、と説明を始める。

「函南は慎重な男だ。殺しの指示を下すのは常に密室、口頭で、紙やメールといった証拠は残さない。過去の事件で挙げるのは無理だ。だから函南を逮捕でき、極刑に出来るような事件を起こす。抗争が終わって油断している今がチャンスだ」

「だけど、あの函南がしっぽを出すやろか」

「当てはある。佐淵《さぶち》と鈴木って覚えてるか」

「鈴木は分かる。竹刀で僕を叩いたやつ。でも佐淵ってのは」

「組内では、サブで通ってる」

正範は目眩に襲われた。切り落とされた小指の断面にのぞく白い骨。あれは現実だったかそれとも幻だったか。

「マーくん、大丈夫？」

寅が心配そうに正範を見た。

「大丈夫」正範は寅に笑ってみせる。

「それで、その二人がどげんしたと」

「サブは函南の弟分だけど、うだつが上がらず函南も持て余している。鈴木は函南を嫌っていて、そのことを函南も知っている。二人を使えば何とかなる」

「サブと鈴木……」

正範にとって二人は憎しみの対象だ。二人は加夜を攫った。それだけでも憎むに足りるし、二人が加夜を攫ったりしなければ寅が函南組に入ることもなかった。

あと二つの問題は、と寅は言葉を継いだ。

「函南は、逮捕されたぐらいではマーくんとの関係をばらしたりしない。むしろ検察官のマーくんが最後の頼みの綱だと思っている節がある。加夜のことだって、俺が裏切ったと函南が気付かなければいい。だから俺も一緒に捕まる」

「寅くんが函南を裏切れば、松下が加夜ちゃんを襲うはずやったっちゃろ。その松下が死んだっちゃけん、加夜ちゃんは安全になったんじゃない」

「確かに松下が死んで、俺が知ってる『押さえ役』はいなくなった。でも、新しい押さえ役がいると思う。それが誰か分からない」

「函南が寅くんを信用して、押さえ役を置いとらん可能性もある」

まさか、という顔に寅はなった。

「あの函南が、俺を信用しているとは思えない」

「でも寅くんが函南に付いてから、二十年以上経っとう。信用するには充分な時間だ」

「充分な時間、か」

寅は考えこんだが、やがて諦めたように言った。

「俺には分からない。ともかく、押さえ役を捜す。マーくんは加夜に会って欲しい」

「僕が？　なぜ」

「俺が刑務所に入れば、マーくんが頼りだ。言っておくけど、俺と加夜の間に肉体関係はない」

思わぬ告白に正範は戸惑う。

「でも二人は、好きあっとろ。ちょっと信じられんばい」

冷ややかな口調になるのはやむをえなかった。

「俺が初めて銃を撃った理由を、マーくんは忘れたのか」

寅が、正範を上回る冷ややかさで応じた。寅が最初に殺した相手は、小学生の加夜を強姦しようとした男だ。

「それに加夜は、幼いころから母親のセックスを見ている。俺が体に触れようとしたら泣かれた。そう、俺にはその気があったよ。でも加夜は無理だった」

「何も知らんかった。ごめん」

正範は己の浅はかさを恥じ、唇を嚙む。

「深刻になってもしょうがない」寅が明るく言った。

「マーくんが何とかしてやらんと、あいつ処女のまま死んじまうぜ」

「下品。まるでヤクザだ」

寅の明るさに救われた思いで正範がふざけて返すと、寅は屈託なく言った。

「おれはヤクザだよ、正真正銘の」

二四　寄付者　平成二七年

加夜は養護教諭の資格をとった後、児童養護施設を運営する社会福祉法人に勤め、中学生のころに自らが住んでいた施設の専任職員として働いている。

正範は検察官になってから、毎年、その社会福祉法人に寄付を行なっていた。加夜が働いているというのも理由だが、身寄りのない、あるいは自分のように親を頼ることのできない子供たちの力になりたいという思いがあった。

もっとも、これまでに社会福祉法人を訪問したことはなく、ましてや加夜の施設に足を運んだことはない。加夜とは高校卒業時に会ったきりだ。

正範はこれまで何人かの女性と一夜を共にした経験はあるが、長く付き合ったことはない。その一因が加夜にあることは、正範も自覚している。三十半ばの男がセンチメンタルなことを、と自分を嗤うほかない。

そして今、施設の応接室で加夜を待ちながら、正範は何度も唾を飲みこんでいる。法廷に初めて一人で立ったとき以来の緊張感だ。

ドアがノックされ、正範が応える前に加夜が入ってきた。立ちあがって正範は加夜を迎える。

三十過ぎの加夜に正範は見とれた。気丈さを窺わせる瞳が特に印象的だ。

「マーくん、久しぶり」

笑みを浮かべ、はきはきとした声で加夜が言った。スラックスにジャケットという格好で、ジャケットの下は襟のない丸首シャツだ。施設職員として実用的な服を選びつつ、来客があるときにジャケットを羽織るのだろうと正範は思った。寄付者に毎年送られる収支報告書と施設便りを見るかぎり、ホームは非正規雇用者がほとんどで、加夜は数少ない正社員として施設長の役割も担っているのかもしれない。

「加夜ちゃん、変わってないね」

考えていた言葉を忘れ、自然と出たのはそんな言葉だった。

「マーくんは背が伸びたね。高校生のころは私のほうが高かったのに、今は私と変わらない。でもちょっと痩せすぎじゃない？　男前なのに頬がこけてる。もっと食べなさい」

その言い方が子供に対するようで、正範は笑った。

「ここの子供たちが羨ましい。加夜ちゃんに面倒を見てもらえるなんて」

「なに言ってるの」ぴしゃりと加夜が言った。

「本当の親に面倒を見てもらうのが一番よ」

「もちろん。でも親がいても幸せとは限らない。僕たちはそれを知っている」

加夜がうなずいた。

「座って」

二人は向かい合って腰を下ろした。

「今日は、寄付者の七田正範さんの見学と聞いていたんだけど。やっぱりマーくんだったのね。

毎年の寄付者名簿で正範という名前をみて、そうじゃないかと思ってた」

「母方の祖父母の養子に入ったんだ。報告するようなことでもないと思って」

「過去と縁を切りたかったんでしょう。だから姓が変わったと誰にも告げなかった。違う？」

図星をつかれ、正範は「厳しいな、加夜ちゃんは」と笑ってごまかした。

加夜は身を引いて、正範の全身を眺めた。

「今日は方言じゃないのね」

「仕事では標準語だから」

弁解するように言った。

「忙しそうね。仕事は検察官でしょう。トラとは正反対ね」

切りつけるような加夜の口調だった。正範はようやく加夜が怒っているらしいことに気づき、富山で受けた電話を思い出した。正範の脳裡に、電話を切った後に遠く望んだ黒鉄のごとき剱岳の姿が甦る。

「寅くんに会って」

駆け引きは無用と、正範は本題に入った。

「そう、僕は検察官だ。いずれ寅くんを逮捕する。刑務所に入れば、加夜ちゃんは面会できないかもしれない。だから会っておいて欲しいんだ」

寅が、加夜と正範の交際を望んで「加夜に会って欲しい」と言ったことは正範も理解していた。しかし正範の想いは別にある。寅は、加夜を守るために函南組に身を投じ、暗殺者となり、そして逮捕されようとしている。その寅を差しおいて加夜と付き合うことなんてできない。だから正範は、寅と加夜の仲を取りもとうと足を運んでいた。

加夜は驚きの表情を浮かべたが、やがて「ははあ」と目を細めて笑った。

「あの人に言われて来たんでしょう」

これには正範が驚いた。「なぜ」

「そうじゃなきゃ、いきなりあなたが訪ねてくるはずがない。私を避けていたのに」

「避けていたわけじゃない」

加夜が笑みを消し、厳しい表情になった。

「二人で何を企んでるの。また人が死ぬのね。やめなさい。トラを止めて」

「ごめん、言ってる意味が分からない」

正範は胸が絞め付けられる思いで言った。

「僕の用件はただ、寅くんに会って欲しい、それだけだよ。それ以上でもそれ以下でもない」

加夜の顔にはっきりとした怒りが浮かぶ。そんな加夜を綺麗だと正範は思った。

「あなたたちの思いどおりにはなるもんですか。私には私の道がある」

「寅くんを放っておくの」

「勝手なこと言わないで！　私は前に電話で言ったわ、なんでトラにヤクザをさせてるのかって。マーくん、いえ正範さんならあの人を暴力団から救うことができたはずよ。放っているのはあなたのほうでしょう。それも、ワザと。正範、あんたは何がしたいとね！」

「あの、大丈夫でしょうか」

男の職員が、ノックもなしに扉を開けて顔を覗かせた。

「廊下まで声が聞こえたもので」

「何でもない。お客様がお帰りです」

加夜が立ちあがった。仕方なく正範も従う。

「もう来なくていい。でも寄付はよろしく」

二五　逮捕　平成二八年

「どういうことだ」

姿を現すなり函南が言った。

「おれたちを逮捕するだと」

函南は護衛も連れず、焚火の明かりのなかに入ってきた。寅と会うときに使うキャンプ場で、一人で車を走らせてきたはずはなく、運転手とタマヨケは車に残してきたに違いない。

焚火の前にはいつものように倒木を椅子にして寅が座っている。その隣に座っていた正範は立ちあがった。ディレクターズチェアを用意していたが、函南は座るつもりはなさそうだ。

「何のためにお前を飼ってると思ってる」

正範は「竜造組を潰して差し上げましたよ」と言い返した。

「それに今回の被疑事実は、あなたの組の内紛に絡んでる。私にはどうしようもない」

「内紛だと」

「佐淵と鈴木、二人を寅を使って殺したでしょう。おまけにその場に居合わせるなんて。一次団体のトップにしては、軽率に過ぎやしませんか」

函南は言葉に詰まり、寅を見た。いつの間にか立ちあがっていた寅は、深刻な顔でうなずいた。

函南は地面の落ち葉を腹立たしげに蹴り、チェアに腰を下ろした。

「あいつらの件か……」

函南は呟いてから、寅に「ビールはないのか」と訊いた。

寅がクーラーボックスから缶を取りだし、函南に放る。

組長に対する若頭の態度としては不遜きわまりないが、函南は両手で受けとると、蓋を開けて勢いよく飲んだ。

「あいつらの最期だけは見届けたかった。二人とも、おれが組に入ったときから一緒にいた人間だ。それが揃いも揃って足を引っ張りやがる」

「可愛さ余って憎さ百倍というやつですか」

「そんなんじゃない。そんなんじゃないが……」

函南にしては珍しく歯切れが悪い。きっと函南自身も己の気持ちが分からぬまま、二人の殺害に立ち会ったのだろう。寅が裏で手引きしたのもあるが、やはりそこには二人に対する近親憎悪があったとみるのが自然だ。

正範は「どうします」と訊いた。

「どうする、とは」

函南に訊き返され、「警察を止めることはできません」と答える。

「おまえが起訴しなければいいだけだ」

「ご冗談を。三十年にわたる抗争に勝った、いま全国でもっとも注目を浴びている函南組の組長を逮捕しようというんです。その起訴となれば、私ごときじゃなく地検検事正、いや高検検事長の決裁事項で、最高検の検事総長にも報告がいくはずです。専従班主任とはいえ、私の一存で不起訴にできるものじゃない」

函南がふんと鼻を鳴らした。

「役立たずめ。無能で地位が低いのを言い訳にするつもりか」

函南は立て続けにビールを呷った。

「海外にでも逃げるか」

「それもいいでしょう。ありったけの財産を持って逃げるんです。死ぬよりかはいい」

函南が海外に逃亡しようとしても、寅からの情報で身柄を押さえることはできる。

「有罪になれば死刑か」

「まず間違いなく」

森が静寂に包まれ、暗闇の中で焚火だけが明るい。

「誰がしゃべった」

やがて函南が口を開いた。缶が握りしめられ音を立てる。

「あのとき、おれたちは証拠を残さなかった。誰かがしゃべった。そうだろう」

「与田《よだ》という男です」

正範が言うと、函南の顔に戸惑いの表情が浮かんだ。

「誰だ、それ。組内の者《もん》か」

「寅のところ、つまり鎌切組の人間です。犯行に立ち会っていました」

「寅、貴様」函南が寅を睨む。「何でそんな奴を連れてきた」

「ちょっと待ってください、オヤジ」

寅は呆れ顔を装った。

「若頭だからって無理やり俺の組を作って、そこに与田を入れたのはオヤジですよ」

「何だと」今度ははっきりとした当惑の色が函南の顔に浮かぶ。

「与田は、もとは松下組の人間です。松下が死んで、俺の組に入れたのはオヤジだ」

「……それにしてもお前、サツにしゃべるような奴を連れてくるなんてのは」

「あの日、三人部下を用意しろと言われて、入れざるをえなかったんですよ。うちは急ごしらえの組だから、頼りないのが多い。松下組の者なら間違いなかろうと思って」

嘘だった。

与田を組に受け入れるとき、寅は正範から警察が集めた与田の情報をもらっている。与田はかねてから足を洗いたがっており、南部特捜の刑事とたびたび会っていた。

鎖は一番弱い環《わ》から切れる。寅は与田という弱い環を、あえて人間二人を殺害するという凄惨な場に立ち会わせたのだ。

寅からの連絡で、正範は、どんな微罪でもいいから与田を逮捕するようにと早良に連絡を入れた。案の定、弱い環は切れ、与田は函南と寅を警察に売った。

「海外には逃げねえよ。死刑になるような罪なら、一度出国すればもう帰って来れねえ。逃亡先の組織に借りを作りながら一生過ごすなんてのはまっぴらだ。この国でおれがハッピーに生きてく方法を考えろ」

「考えろって言われてもですねえ」

　正範が頬を掻く。

「正範、何のためにおまえの高い学費払ったと思ってるんだ。寅、てめえもてめえだ、いくら元が松下組の人間だからって、今はおまえの手下なんだ。落とし前をつけろ」

「落とし前をつけろって、そりゃ殺しに行けるなら行きますが、あいつは警察署の中です」

「……今は警察署の中ですが、いずれは拘置施設に送られる」

　正範が言うと、函南の目が光った。

　拘置施設は地域によっては刑務所内に設けられており、J県でも刑務所内に拘置施設がある。

「警察署の留置施設は独房で、おまけに南部特捜が目を光らせていて手が出せない。しかし刑務所の拘置施設は法務省の管轄だから、警察は監視できないし、他の懲役囚や被告人が接近するのも簡単でしょう」

「俺が鍛えた人間が何人か逮捕されています。今いる警察署はばらばらだが、いずれあいつらも拘置所に移される」

「鍛えた、とは？」正範が寅に訊く。

「指がこうなってから」

　寅は右腕を上げて、手を開け閉めした。人差し指と親指の動作が遅れる。襲撃された函南を庇って右手を刺されたことで、指に後遺症が残った。

「銃は扱えなくなった。そこで、これまで培ってきたテクニックを何人かに教えたんだ。シューティング、ステルス、サバイバル。そいつらが、最近の南部特捜の取り締まりで逮捕されている。罪名はちっぽけなもんだが」

　竜造組の解散で、それまで竜造組に向けられていた南部特捜の矛先は鍋勢一家改め函南組に向けられている。徹底した検挙と起訴、という方針は変わらずに貫かれていた。

「暗殺テクニックか」正範は眉をひそめた。

「物騒だな。だけど、うん、確かにそいつらも拘置施設に送られるだろうね」

「よしよし」

　初めて、函南の顔に笑みが浮かんだ。

「拘置所には、昔から息のかかった職員がいる。そいつらにもっと金をバラまいておこう。裏切り者がおれたちの裁判で証言する前に、拘置所内で寅の手下が近づけるよう段取りする」

「言っときますが、同じ法務省といっても刑務所は矯正局の管轄ですから、検察官は何もできませんよ」

「そんなことは分かってる、拘置所にはこっちで手を回す。買収はおれたちの十八番《おはこ》だ」

　それより、と函南は笑みを消した。

「与田をバラすことができても、供述調書はどうするんだ。警察も検察も、おれが現場にいたという与田の調書は当然作ってるんだろ」

　証言予定者が死亡や病気などで法廷で証言することができなくなった場合、供述調書が証拠として採用されることがある。さすがに指定暴力団のトップだけあって、そこらあたりの知識は抜かりない。

「供述調書ですか……」正範は顎を撫でた。

「仕方ない、私が捜査段階の取調べで、与田を何発か殴っておきましょう。それで信用性も任意性もとぶ」

　供述調書が証拠として認められるには、その供述が任意でされたもの、つまり強制されたものでないことが前提となる。強制された供述の典型が、拷問や脅迫で得られた自白だ。そこまでいかなくとも、例えば手錠を付けたまま取り調べをしたり、あるいは取調官が暴行をふるったりすれば、その供述には任意性、信用性が認められず、証拠として採用されない。

　函南がまた笑みを浮かべた。

「そうか、おまえは暴力検事として有名だったな。クビになってないのが不思議なくらいだ」

「暴力なんて振るってませんよ。ちょっと『挨拶』をするだけで」

　正範も笑顔で答えてから、真顔に戻る。

「これまで私の取調べに苦情を申し立てたのは暴力団員だけで、だから裁判所は相手にしなかった。ですが死刑事件ともなると、そうはいかない。弁護団は激しく攻めてくるでしょうし、場合によっては、私は辞職せざるをえなくなるかもしれません」

「構わねえよ。おれのためにクビになったら、ちゃんと面倒は見てやる。心配するな」

　函南がからからと笑った。

「逮捕されると聞いたときはどうしてやろうかと思ったが、やっぱりおまえに投資していてよかった。いいだろう、逮捕されてやるよ。そして無罪判決で大手をふってシャバに戻ってきてやる。南部特捜のやつらの歯噛みする顔が楽しみだ」

二六　自白　令和元年

〈与田がやられた〉早良が慌ただしく言った。

「何だって」正範は驚いてみせる。

「言ってる意味が分からない」

〈だから与田が死んだんだ。殺された〉

「与田は拘置施設にいるんだ。殺されるわけがない」

〈本当なんだ。さっき所轄から連絡があった。今、一課と検視官が向かっている〉

「ふざけるなよ！　警備体制はどうなってたんだ！」

〈落ち着け、七田〉

　正範の芝居に、早良が焦る。

〈拘置施設は法務省矯正局が管理している。警察ではどうしようもないことくらい、分かってるだろう〉

「それにしたって、頂上作戦の最重要証人なんだよ。警察だって警備のしようがあったはずだ」

〈刑務所側には厳重警備を申し入れていたし、周辺の警らも増やしていた。第一報では犯人は被収容者、凶器は歯ブラシの柄。拘置施設内での犯行となると、警察にはどうしようもない〉

　この程度でいいだろうと正範は力を抜いた。

「ごめん、カッとなった。早良くんに文句を言うのは筋違いだ。むしろ法務省内部の問題だ」

〈分かってくれたか〉

早良の安堵の声に、正範はほんの少し申し訳なさを感じた。

〈だが証人尋問期日は今日だ。どうする？　期日の取り消しを裁判所に申請するか〉

「そうだね……」

正範は逡巡するふりをする。

「上とも相談するけど、期日はそのままで、与田の供述調書の証拠調べを求めるのがいいと思う。与田が死んだんなら、『公判期日において供述することができないとき』に該当し、調書を証拠請求できる。かえってよかったのかもしれない」

〈二号書面を請求するんだな〉

証言予定者が法廷で証言することができなくなった場合に、検察官の作成した供述調書を証拠とすることができるという規定が、刑事訴訟法の第三二一条一項二号に規定されている。このことから法律家の間では二号書面と呼ばれる。

〈期日で証拠調べまでいくかな〉

「それは難しいだろうね。弁護人は二号書面の採用に間違いなく異議を申し立ててくる。採用をめぐって、何回か期日が開かれることになると思う」

〈そうか……メイン料理はお預けか〉

正範は、かつて早良との会話のなかで、与田の証人尋問を函南と寅の裁判におけるメイン料理だと喩えたことを思い出した。

〈与田のやつ、勝手に殺されやがって。これだからヤクザは使えない〉

そうだね、と相槌を打ち、続報が入り次第連絡を貰うことを約束して電話を終えた。

正範は、袖机の引き出しから聖書を取りだした。明美が使っていたものではなく、大学生のときに買い求めた中型Ｂ６判のものだ。机に置き、その上に手を載せる。手が震えていた。震えは手から腕に、腕から上半身へと広がり、やがて全身が震えだした。

すべてが計画どおりに進んでいる。

祈りたいと思った。だが正範にキリスト教の信仰はなく、いかなる神も信じてはいない。ただ聖書の上に手を置いて、震えに耐えるしかなかった。

「それでは開廷します」

裁判長が宣言する。

「検察官、本日は証人尋問の予定でしたが、証人予定者が亡くなったとお聞きしました」

与田の死亡はまだ報道機関に発表されていないが、裁判所と弁護人には伝えていた。ただし死因については捜査中であるとして、事故か他殺かも含めて教えていない。

傍聴席がざわめきに包まれる。与田の死について一報を入れようと、記者の何人かが席を立って出ていく。

傍聴席には今日も加夜が座っていた。後方には早良の姿もある。

ざわめきが収まらないうちに、正範は立ちあがる。

「本日証言予定だった与田証人は、刑務所の拘置施設において死亡が確認されました。このため、与田証人の供述調書について三二一条一項二号での採用を求めます」

「二号書面での請求ですね。弁護人、ご意見は」

異議あり、と函南と寅の主任弁護人が声を揃えた。函南の主任弁護人が立ちあがる。

「信用性、特信情況を争う。弁護人は与田の取調べ状況について徹底的に争うつもりだ。裁判所には、証拠と主張を整理するため、本件を期日間整理手続に付すよう求める」

期日間整理手続ですか、と裁判長は眉間に皺を寄せた。

「本件は裁判員裁判ではありませんし、そこまでしなくても」

期日間整理手続は争点と証拠の整理を非公開で行う手続だ。裁判の過程で新しい争点が出てきた場合に採用されることがあるが、期日指定や期日調書の作成、被告人の呼び出しなどの実務手続が煩雑なため、裁判所は期日間整理手続に消極的なことが多い。

「何を言ってるんだ裁判長、本件は被告人にとって極めて重大な事件だ。証拠をきちんと整理すべきなのは当たり前だろう」

主任弁護人が怒ったように言った。裁判官たちが座る法壇に向けて体を乗り出している。その迫力に気圧されたのか、裁判長が「とりあえず、検察官のご意見は」と正範に質問をふった。

「仮に信用性や特信情況に争いがあるとしても、新たに取り調べるべき証拠が多いとは考えられず、期日間整理手続に付す必要があるとは思えません」

正範の言葉に、裁判長が軽くうなずく。それを見た主任弁護人が、正範を睨みつける。

「新たな証拠が多いとは考えられない、だと。与田さんが取調べで検察官に暴行を受けていたという情報もあるんだ。七田検事、あんたも証人として出廷してもらう」

裁判長が眉をひそめ、腕を組んだ。

右陪席の裁判官が、裁判長の耳に顔を近づけて何かを囁く。「ここはいったん閉廷し、弁護人に期日間整理の請求書を出してもらってから考えましょう」とでも提案しているのだろう。

やるなら、このタイミング——正範は祈るような気持ちで寅を見た。

これまでの集大成となる瞬間だ。しかし、「やってくれ」と願ったのか、それとも「やめてくれ」と願ったのか、正範は分からなかった。

果たして寅が立ちあがる。あまりに突然かつ自然に立ちあがったため、両脇に座る刑務官は制止できなかった。

「もういいですよ、裁判長。認めます。俺がやったんです。オヤジもその場にいました」

法廷に寅の言葉が響き渡った。

二七　計画　平成二七年

「与田が吐いた。完落ちだ。これで函南を逮捕できる」

焚火に近づきながら、正範は言った。

「あいつは落ちるって言ったじゃないか。信用してなかったのか」

寅が苦笑しながら、火に薪をくべる。

「信用しとったよ。だから今か今かと待っとったちゃない。内輪の殺しとはいえ二件あれば死刑やけん。ようやくこの土地からヤクザが無くなる」

「なあマーくん、函南を有罪にできる証拠は、あいつの証言だけなんだろ」

「うん」

「あいつが死ねばどうなる」

「死んでも供述調書がある」

「それで死刑になるか」

冷や水を浴びせられた。寅の言わんとするところに気づき、浮かれた気持ちが霧散する。正範は首を振った。

「信用性の争いになるやろうし、供述調書だけで死刑というのは、裁判官は躊躇するやろうね。やっぱり目の前で証人が話すのと、警察官や検察官の手が加わった供述調書を読むのとでは心証が違う。与田の調書だけで死刑にするのは厳しかかもしれん」

寅はうなずいた。火勢を強めようと、枯れ枝で薪を動かす。

「間違いなく与田は殺される。もとより裏切り者を生かしておくほど函南は甘い男じゃない。それが自分の死刑判決を左右するとなれば、なおさらだ」

「でも与田は留置施設にいる。殺すのは簡単なことじゃなか」

「それでも函南はやるだろう。警察官や刑務官の買収は難しいことじゃない」

「買収された公務員が与田を殺す？」

「いいや、それはさすがにハードルが高い。やるのは組の者《もん》さ。汚職公務員に頼むのは、与田に囚人が近づくのを妨害しない、というだけ。それなら心理的な抵抗は少ないし、過失ということで懲戒処分も軽い」

「組の人間が施設で待ち構えとう、と？」

寅がまたうなずく。

「確かに防ぎようがなかね」

正範は空を仰いだ。人家の灯りのない山奥だが、月明かりが眩しい。あたりには枯れ葉の匂いが立ちこめている。

「俺が証言する」

正範は空から地に視線を戻した。しばし寅を見つめる。

「法廷で自白するってこと？」

「与田にはできるだけ注目を引きつけてもらう。その日その時まで、俺は決して自白しない」

「寅くんが自白すれば、加夜ちゃんが危なか」

「押さえ役はずっと松下だった。その松下が死んでから、誰が次の押さえ役なのか探してきた。でも、それらしい奴が見つからない。前にマーくんが、押さえ役を置いていない可能性がある、と言っただろ。加夜が一人暮らしを始めたときから、毎月一回、黒のクラウンが家を見張っていたらしい」

「押さえ役の監視？」

「そうだと思う。しかし、松下が死んでからそれが無くなった」

「じゃあ本当に、押さえ役がいなくなったてこと」

「分からない。でもその可能性はある」

「そんな可能性に、加夜ちゃんの命をかけるつもりじゃなかろうね」

「まさか、そんなつもりはない。最後の日に、俺がきっちりと訊きだす」

二八　攻防　令和元年

決して大きな声ではなかったが、寅の自白の言葉は、その場にいた全員の耳に届いた。

函南の主任弁護人は立ったまま「何をっ！」と絶句した。函南本人は口を開けて寅を眺めている。寅の隣に座っていた刑務官は、寅を着席させようと肩を押さえる。傍聴席に残っていた記者たちは腰を浮かし、本社に知らせるべきか、それとも事態の推移を見守るべきか迷う。一般の傍聴人は「え、今のどげん意味？」「自白」「認めた」と口々に呟く。

正範と寅以外の全員が混乱していた。

早良も、傍聴席後方で呆気にとられていた。

しかし、鎌切が刑務官に肩を押さえられつつも笑みを浮かべ、対照的に正範が苦渋の表情で目を瞑るのを見て、すべてを悟った。正範が言っていた、函南組から抜けだせなくなっている友人かつ協力者とは、あろうことか若頭の鎌切忠義こと蒲田寅だったのだ。

――見事。

早良は感嘆した。この裁判自体が、いや、裁判の元となる佐淵、鈴木の殺し自体すらも、二人の描いた絵図だったと気づいた。捜査責任者として怒りを覚えるべきところかもしれないが、賞賛の気持ちが込みあげるのを抑えられない。

正範が目を開け、

「裁判長、今の発言、調書に残してください！」

と声を張りあげた。

その声に主任弁護人が我に返り、「調書には残すな！」と怒鳴る。

「静粛に！　静粛に！」裁判長が珍しく大声を出した。

「傍聴人、不規則発言を禁じます。立ちあがってる方は、座るか外に出てください」

記者たちは成り行きを見届けようと全員が腰を下ろした。法廷に秩序が戻る。

「蒲田被告人の発言は不規則発言に該当しますが、発言がなされた以上、裁判所としては調書に残さざるをえません」

函南の主任弁護人が悔しそうに唇を噛む。

「蒲田被告人に警告します。あなたがこの法廷で述べたことは、あなたの有利にも不利にも働きます。弁護人とよく協議の上、発言するようにしてください」

「裁判長、蒲田被告人の供述を求めます」正範が言った。「検察官には、蒲田被告人自身が供述をしたがっているように見えます」

裁判長の顔に逡巡の色が浮かぶ。

被告人の防御権という観点からはこのまま被告人にしゃべらせるのは問題がありそうだが、一方でその被告人自身がしゃべりたがっている。迷いが生じるのは当然だった。

「蒲田被告人に訊きます。本当にこの場で供述したいのですか」

「はい」

「ここで話したことは、そのまま証拠になるのですよ」

「分かっています」

「裁判長」

函南の主任弁護人の隣に座っていた、寅の主任弁護人が立ちあがる。

「被告人は精神的に動揺しているようです。閉廷して別の日にするか、せめて休廷にして弁護人との打合せ時間をください」

しかし、彼らが守るべき被告人自身が、「無用」と言い放った。

「先生方には感謝しているよ。だがこれは俺の人生の問題なんだ。今日ここで閉廷すると、俺も与田のように殺されるかもしれない。このまま喋らせてくれ」

与田のように殺される、という発言にみたび傍聴席がどよめいた。

「検察官、与田証人の死は、他殺ですか」

裁判長が訊いた。驚きと怒りが混じりあった口調だ。与田の死が審理妨害を目的としたものであると気づき、自らの法廷が侮辱されたような怒りを覚えているのだろう。

「まだ公表されていませんが、おそらく間違いないものと」

裁判長が左右の陪席裁判官とうなずき合う。

「被告人がこの場において任意に供述したいという意思は、極めて強いと判断します。また、自白を決意した被告人に対する加害のおそれもあります。本公判期日での検察官による被告人質問を認めます」

「茶番だ！」

　函南が立ちあがって叫ぶ。

「寅、正範、きさまら謀ったな。茶番だ、こんなもん！　寅、きさま、女がどうなっても……」

「親分、そりゃまずい！」

　函南の主任弁護人が、脅迫文言を口にしようとする函南に飛びついた。函南を取り押さえようとした刑務官もろとも函南と床に倒れる。

「函南被告人は不規則発言を控えるように！」裁判長が叫ぶ。

　寅が函南を見下ろした。

「オヤジ。いや、函南さん。俺もあんたも好き勝手やってきた。ここいらが年貢の納め時ってやつだ。もとより俺もあんたも十三階段。独りでは行かせないから、安心しろ」


　函南とその弁護団が退席した法廷で、正範は、サブと鈴木を殺害した状況を細かく寅に尋問していった。

　函南たちが退席したのは、寅に対する証人審問権を理由に、函南の弁護団が裁判手続の分離を申し立てたためだ。今まで二人一緒に審理されていたが、今後は別々に審理されることになる。

「本当に、函南氏もその場にいたんですか」

　正範による主質問が終わり、反対質問で寅の弁護人が訊いた。

寅の弁護団も、函南たちとともに退席しようとした。弁護人がいなければ審理をすることができないという規定を逆手にとり、審理を妨害しようとしたのだ。

だが裁判所から在廷命令を出され、退席は許されなかった。弁護人は函南組から報酬を受けとっている。結果、自らの依頼人を糾弾する反対質問をせざるをえない立場に追いやられた。

間違いなく函南もいたという寅の答えに、「しかし、函南氏がその場にいたという証拠は、あなたの供述以外に何もないですよね」と弁護人は質問を重ねる。

「証拠ですか。ああ、パイプ椅子なんかはどうです」

寅が答える。

「パイプ椅子？」

「パイプ椅子ですよ。言ったでしょう、オヤジがサブにパイプ椅子を投げつけ、俺が防いだって。その椅子にはオヤジの指紋が付いてる。持って帰ったから、うちの事務所にまだあるはずだ」

自分の質問が致命傷になったと気づき、弁護人が蒼褪める。それでも弁護人は反撃を試みた。

「指紋が付いていても、事件のときではなく、別の機会に付いたものかもしれないじゃないか。親分子分なんだから、函南氏があなたの事務所に行ってもおかしくはない」

「あのねえ」寅は大袈裟にため息をついた。

「どこの世界に、事務所にお越しになった親分にパイプ椅子をすすめる子分がいるんです」

これには法壇の裁判長もうなずいた。

「それに、オヤジが投げた椅子の脚は、俺の顔に当たって」

寅はこめかみを右手で触った。

「ここらあたりが切れたんです。だから、その椅子の脚には俺の血が付いていますよ。そんな椅子がこの世に二つあってたまるか」

刑事らしき男が、傍聴席から飛びだしていく。

正範が顔を向けると、指示を出したらしい早良と目が合い、正範に向かって大きくうなずいた。すぐさま押収するに違いない。

弁護人は質問を諦め、「反対質問を終わります」と力なく告げた。

答えの分からない質問をしてはならない——反対尋問における鉄則の一つだ。

正範は、鉄則を破った報いを受け、打ちひしがれる弁護人を冷やかに見た。

閉廷後、早良は、右腕とたのむ藤沢管理官としゃべりながら検察官待合室へと向かった。

「函南と鎌切、二人の押送はいつも一緒の車か」

「はい」

「今日は別にしろ。鎌切の命が狙われるかもしれん。別々に動かしたほうがいい。押送車が二台あれば、襲撃者もどちらを狙っていいか分からなくなる」

「はっ、しかしヘリは一機しか飛ばしていません。車列が二つだとどちらかの支援が難しくなります」

「押送車を十分おきに発車させ、ヘリの高度を上げさせろ。そうすれば両方の車列がヘリの視野に入る」

「了解です」

「機動隊特殊急襲班を出動させろ。県警のメンツにかけて、鎌切を刑務所まで送り届けるんだ」

「はっ」

スマートフォンで電話をかける藤沢を残し、早良は検察官待合室の扉を開けて中に入った。壁際に机が置かれているだけの質素な部屋だ。灰色の事務用回転椅子に正範が座っていて、ほかには誰もいない。

「七田、すごい仕込みだったな」

高揚した気分のまま早良は正範に近づいた。

「まさか協力者が鎌切だったとは、思いもしなかった」

「何のこと」正範がとぼける。

「まあいい。でも鎌切の身が危ない。何人か目が血走ったのが傍聴席から出ていった。いつ襲われても不思議はない」

「それより、今朝頼んだことは」

「女性の警護だな。警備課の腕利きを付けてある。何者なんだ」

「幼馴染なんだ」

誰の、とは言わなかった。

「彼女を人質にされ、彼は言いなりにならざるをえなかった」

早良は少し考えてから、「その女性が希望すれば、県警で保護するぞ」と提案した。

「希望しないよ、彼女は。それに寅がいなくなれば、誰も彼女には手を出さない」

「寅……鎌切のことか。いなくなるとは、どういう意味だ」

「彼は襲われない。彼は常に襲う側だ。今このときも」

「七田、まさか……」

「裁判官の目の前で罪を認め、犯行を具体的に供述した。今日の供述内容は、裁判所の作成する調書にすべて記載される。それは裁判官面前調書として、どんな法廷のどんな裁判官にも通用する証拠となる。もう函南も、函南組も終わりだよ」

だから、と正範は言葉を継いだ。

「寅くんも、自由になっていいころだ」

正範が椅子を回転させ、壁に顔を向けた。目を固く閉ざし、苦渋の表情を浮かべている。

「鎌切は友達なんだろう。それでいいのか」

「どんなことをしても彼を守る、とむかし僕は決めた。だから、彼が望むなら、僕にはこれしかできない」

二九　疾走　令和元年

「法廷で俺が吐いてビックリしたろ」

　裁判所の職員専用通路を歩きながら、斜め前を歩く刑務官に寅は声をかけた。

　職員用通路は書記官室や裁判官室と法廷を結ぶ通路で、庁舎の外窓に面している。一般来庁者が使う内廊下とはそれらの部屋で隔《へだ》てられ、人目につかないため被疑者、被告人を押送室から法廷へ連れていく通路としても利用されている。

「黙って歩け。私語は禁止だ」

　振り返りもせずに刑務官が答えた。

　刑務官は被告人を法廷に連行するときも、拳銃の携行は許されていない。基本的に丸腰で、ただ警備隊に属する刑務官だけが警棒と催涙スプレーを所持している。寅が話しかけた刑務官は、特殊警棒を腰に付けていた。

「勘弁してくれよ、俺だって興奮してるんだ。少しぐらいいいだろ。それに何だか疲れた」

「黙れ」

「あんた、警備隊だろ。柔剣道の有段者が多いんだってな。でも拳銃を持ってないのは問題だと思うぞ。今襲われたら、どうやって俺を守ってくれんだ」

「黙れ。急ぐぞ」

「ちょっと待ってくれよ。本当に疲れたんだ。今だって立ち眩みが」

「おい歩け」

「本当に、立ち眩みが。あれ、膝に力が入らない」

寅はその場に片膝をついた。

警備隊員がため息をつきながら振り返る。

「立て。もうすぐ押送室だ、そこで休ませてやるから」

寅はもう片方の膝もつき、警備隊員の両足に取りすがった。

「おまえ……大丈夫か」警備隊員が前かがみになる。

寅は顔を上げた。目が合う。警備隊員がしまったという表情をしたがもう遅い。

寅は両足首を持ち、右肩を太腿にぶつけた。たまらず警備隊員は後ろ向きに倒れ、後頭部を床にしたたかに打ちつける。

腰縄を持つ右後ろの刑務官が、縄に引かれてつんのめる。寅はその喉に両手で作った手刀を叩きこみ、返す刀で左後ろの刑務官の襟を摑んで払い腰をかけ、床で警笛を吹こうとしていた警備隊員の上に落とした。

なおも警備隊員が笛を吹こうとしたので顎を蹴とばす。ようやく警備隊員は気を失ったが、今度は払い腰を受けた刑務官が笛に手を伸ばしたので、その喉にまた手刀を振り下ろした。

刑務官全員の動きが止まる。

寅は警備隊員の腰に手を伸ばし、手錠の鍵を摑んだ。手錠を外して立ち去ろうとしたところでふと心配になり、三人の息を確かめる。気を失っているが、呼吸には確かなリズムが感じられる。寅は立ちあがった。

擦りガラスの窓の向こうで灰色の物体が動くのが見えた。マイクロバスを改造した押送車だ。

――函南を先に連れ帰っている！

寅は焦った。これまでどおり一緒に押送されるものと思い、自分が法廷から戻るまで函南は押送室で待つものと思っていた。

何としてでもあの押送車に追いつかねばならない。寅は通路を走った。

職員用通路は屋上へ抜ける避難路としても使われる、と正範から聞いている。寅は階段を駆けあがり、屋上に出た。

押送車が裁判所の正門を通過した。警察車両がその後に続く。

――今追いつかなければ、間に合わない。

裁判所は南に正門があり、東側は来庁者用の駐車場、裏手に当たる北側に押送車用の車庫がある。そして西側には、昔ながらの建物らしく、高さのあるコンクリート製受水槽があった。

――ええい、ままよ！

寅は屋上から受水槽めがけて飛び降りた。受水槽の上で受け身をとって回転し、さらに飛び降りる。

アスファルトの地面で受け身を取ろうとしたが体側《たいそく》を打ちつけ、息が詰まる。激しい痛みが走るが、すぐに起き上がり正門に向けて駆けだした。足の骨は折れていない。

建物の角を曲がると、車列の最後尾、覆面パトカーと思しきスズキのキザシが正門に差しかかったところだった。公道に進入する前に一時停止する。寅は全力疾走のまま右後方から屋根に飛びのった。

勢いのついた体は屋根からフロントガラスへと転がり、ボンネットを通って道路に落ちた。乗っていた人間には空から人が降ってきたように見えたに違いない。すぐに運転席と助手席のドアが開いた。

寅は運転席ドアに体をぶつけた。背広姿の運転手がドアと車体に挟まれ、崩れ落ちる。背広の内側にホルスターが見えた。寅は運転席に乗りこみつつ、ホルスターから拳銃を抜きだす。ＳＩＧ社のオートマチックで、幸いなことにランヤードは付いていない。銃を奪われまいと運転手が弱々しく腕を摑んできたが、肘鉄を食らわせ気絶させる。

「おいっ！」

助手席の男が車の前を回ってきた。伸ばされた腕が届く前に運転席ドアを閉め、助手席ドアが開いたままアクセルを踏み、サイドブレーキを下ろす。

キザシが公道に飛びだし、走ってきたトラックと右バンパーが衝突する。寅はさらにアクセルを踏みこんで車を操り、トラックの前に出た。

前方に押送車のマイクロバスが見えた。およそ百メートル先の信号を左折しようとしている。寅の車との間には、護送の警察車両だけではなく、一般車両も並んでいる。

寅はハンドルを左にきって脇道に入り、スピードを上げた。二百メートルほど走って今度は右にきると、護送車列の先頭が大通りを走っていくのが見えた。南無三とばかりにアクセルを踏む。大通りに突っこむ際には歩行者がいませんようにと祈った。

寅の車は時速八十キロの鉄塊と化し、押送車の脇腹に突き刺さった。

マイクロバスは横転こそ免れたものの、キザシに押されて左の前後輪が浮いた状態で停止する。

寅はすぐに上半身を起こそうとしたが、右腕に激しい痛みが走り、折れていると分かった。悲鳴を奥歯で嚙み殺しながら、フロントガラスの隙間からボンネットの上に這いだした。

辺りは静かだった。

銃声で皆、車の陰に隠れたのだろう。

寅はボンネットの上から押送車を見た。被収容者の乗降口であるスライドドアには、外側から二つの閂が掛けられている。しかし今は二つとも弾けとび、ドアには三十センチほどの隙間が空いていた。寅は左腕と両足を使い、そちらへ這っていった。

「そこの男、動くな！」車列から声が飛ぶ。

寅は空に向けて一発放った。多くの人間が一斉に伏せる気配を感じた。

寅はボンネットから落ちるようにしてスライドドアをくぐった。左足に体重を乗せ、左腕で床を押して立ちあがる。右腕は肘の関節が歪な方向に曲がっていた。

巨躰の刑務官が、足元をふらつかせながらも摑みかかってきた。その太腿を寅は撃ち抜く。もんどりうって男が倒れた。

「動かないでくれ。左手でもこの距離で外すことはない。誰も死なせたくはないんだ」

寅は警告したが、車内の様子を確かめて無意味だったと悟った。

刑務官は全部で四人いたが、摑みかかってきた者以外は、衝突のダメージで座席や床で呻いている。函南も同様だ。最後部の座席から投げだされたらしく、通路に倒れている。寅は刑務官に注意を払いながら近づいた。

「オヤジ、生きてますか。これくらいで死ぬあんたじゃないでしょう」

寅は函南の襟を摑んで引き起こし、近くの席に座らせた。

両手の手錠を、近くに転がる刑務官の腰から取った鍵で外してやる。それでもまだ意識がはっきりしないようなので、寅は軽くその頰を叩いた。

「オヤジ、寝ている暇はないですよ。すぐにやつらが来ます。逃げるなら早くしたほうがいい」

「寅、てめえ」

函南の目が寅の顔で焦点を結ぶ。

「よくもノコノコと顔を出せたな。何だ、その……今日の法廷は」

寅は呆れた。

「今、そんなことを言ってる場合じゃないでしょう。周りを見てくださいよ」

函南は辺りを見渡し、ようやく状況を把握したようだ。

「てめえ、何をやった」

「はたから見れば、若頭が組長を助けにきたってところでしょう」

「バカヤロウ、そんなわけがあるか。おれを殺《や》りにきたのか」

「まさか」寅は笑った。

「あんたを殺《や》ってそれで終わりなら、裁判なんてまどろこっしい真似はしない。何度かそうしようと思ったけれど、それだとあんた一人が死ぬだけで、ヤクザはなくならない」

「言ってる意味が分からねえ」

「あんたには、ヤクザの滅亡を体現してもらわないといけないんだ。死刑になってもらうことでね。ヤクザの時代が終わる象徴だ」

函南の頬がふっと緩んだ。意識がはっきりしてきたらしく、表情には余裕さえ窺える。

「そんなにヤクザが憎いか」

「憎いね。ヤクザはカスさ。どんなに偉いやつでも」

函南が声を立てて笑った。

「おまえのそんなところを見こんで手下《てか》にしたんだが、ひでえめにあったぜ」

楽しくて仕方がないといった様子だ。

「どうだ、おれのおかげで充実した人生だったろ」

「ふざけんなよ。クソみたいなヤクザに囲まれて生きてきたんだ。おまえの手下になったとき、俺の人生は終わった」

「違うな。おれが命じるたび、おまえは嬉々として出かけていった。今だってそうだ、銃を楽しそうに振り回してる」

函南は近くに転がる刑務官の頭を爪先で蹴った。刑務官が呻く。

「なあおっさん、聞いてくれよ。こいつが殺した数は十や二十じゃねえんだぞ」

はは、と声を立ててもう一度笑い、函南は寅に言った。

「ヤクザがカスなら、そんなカスを銃で殺しまわったおまえはそれ以下だ。お似合いの人生だったってことだ」

寅は、函南の頭上を撃った。函南の笑みは変わらない。

外では、押送車に近づこうとしていた警察官たちが一斉に身を伏せたことだろう。

「時間がない」

寅は銃を函南に突きつけた。

「最後の頼みだ。押さえ役は誰だ。誰が加夜を狙う。教えてくれ」

函南がゆっくりと右手を持ちあげ、銃を払いのけた。

「バカかてめえは」ほうっとため息をつく。「結局、この無茶も女のためか」

寅は答えずに待った。

「いねえよ。松下だけだ。あいつが死んでからは、誰も女を狙っちゃいねえ。おまえに女がいることすら誰も知らんだろう」

寅は全身から力が抜けるのを感じた。銃を取り落しそうになったが、改めて力をこめる。まだ終わったわけではなかった。最後の仕事が残っている。函南に言った。

「ここから出るか、出ないか決めろ。あんたの死刑は俺の証言で決まった。みすみす死刑になるより、ここで派手に死にたいなら、付き合うよ。それもまた終焉の象徴になるだろ」

「ふざけるな、控訴審も上告審もあるんだ。命を捨てる馬鹿がいるか」

吐き捨てるように言ってから、函南が興味深そうに訊いた。

「何を考えてるんだ」

「函南組若頭としての死に様を見せてやる」

函南が苦笑する。

「バカにしやがって。おまえが派手に暴れれば暴れるほど、もっと厳しくヤクザを取り締まれという声が大きくなる。肩書を悪用しやがって」

「どうする？　一緒にやるか」

「逝《い》くなら一人で逝け」

「そうか。じゃあな」

寅は押送車のドアから無造作に出た。押送車の側面に沿って近づいてきていた私服刑事たちが驚いた顔を向ける。

先頭の男が抗弾ベストを着ているのを確かめ、その腹に一発放った。

男はその場にうずくまり、後ろに並んだ男が銃を寅に向ける。

——遅い。

撃てば男の頭を吹きとばすことができたろう。しかし寅は撃たずに射線から身を躱した。寅は誰も殺すつもりはなかった。刑事も発砲することなく、腹を押さえてうずくまる同僚を引きずって後退する。

寅は道路上で全身を晒した。

パトカーの横で拳銃を構える、抗弾ベストを着た制服警官の腹を撃つ。隣にいる女性警察官にも銃口を向けたが、着ているのが抗弾ではない防刃ベストのようだったので、パトカーの窓を撃った。傍《はた》からは乱射しているように見えるだろう。

――さあ、凶悪犯を撃て。


「機動隊特殊班が発砲許可を求めています。本部長、管区機動隊長その他権限者承認済み、現場執行は課長判断です」

藤沢管理官が上擦った声でいう。耳にスマートフォンをあて、額には汗が光っている。

早良は藤沢の報告を聞きながら、県警ヘリコプターから送られてくる映像を専用のＰＤＡで見ていた。鎌切が銃を乱射し、すでに二人が撃たれている。

県警の機動隊特殊班はＳＡＴ（警視庁特殊急襲部隊）のような実戦経験こそないが、陸上自衛隊との共同訓練で練度は高いと聞く。

「殺さないように撃てるか」

藤沢が早良の言葉を中継する。

「キルショットをためらうと戦闘力を完全に奪えず、犠牲者が増える可能性があると」

早良が見つめる映像のなかで、また一人警官が倒れた。早良は目の前の正範を見る。先ほどから目を瞑ったまま、微動だにしない。

僕にはこれしかできない——その言葉には強固な覚悟があった。

「いいんだな」

正範が、目を閉じたままうなずいた。

早良は、先ほどまでの自分の高揚を呪わしく思った。

「特殊班を残し全員退避。規制線を広げて報道関係者を排除。完了後、発砲を許可する」


車の陰に隠れていた警察官たちが退いていくのが見えた。代わって禍々しい気配を纏った、黒のフルフェイスシールドにボディアーマーという一団が散開する。手にしているのは防弾シールドではなくアサルトライフルだ。

寅は残弾数を考えた。まだ二、三発は残っているだろうが、決して多くはない。確実に仕留めてもらうには次の一発がカギとなる。寅は本能のままに、もっとも地位が高そうな黒ずくめに狙いを定めて引鉄を絞った。

フルフェイスシールドの眉間のやや上、シールドとヘルメットが重なる強固な部分に弾が喰い込み、衝撃でどうと黒ずくめが倒れる。

——生涯のベストショットだ。

一瞬の静寂があり、「やれ！」という怒声が響く。
寅は無数の銃弾に貫かれながら、してやったりと笑みを浮かべた。

三〇　克服　令和二年

「被告人を死刑に処する」

裁判長の声が法廷に響き渡った。通常は冒頭に言い渡す主文を後回しにしたことから、死刑が予想されたとはいえ、傍聴席がざわめく。

函南の表情は変わらない。微かに口の両端を上げ、目を細め、笑みを浮かべているように見える。アルカイックなその表情は、寅が死んだあとから浮かぶようになった。

諦観なのか達観なのか。

表情の変化に気づいた敏感な記者のなかには、その内心を推し測ろうと正範に質問をぶつけてくる者もいた。押送車襲撃事件後に函南と接したのは、弁護人と拘置施設職員、それに捜査にあたった警察官と検察官だけだからだ。

捜査といっても寅の単独犯行であることは明らかで、函南が逮捕されることはなかった。

事件は暴力団の凶悪さを改めて世間に印象づけた。手錠腰縄で束縛されていた組員が警察車両と拳銃を奪って逃走し、（世間の目から見れば）組長を助けようと厳重に警備されていたはずの押送車を襲い、あまつさえ組長との接触に成功したのだ。犯人以外に死者が出なかったのは単なる幸運にすぎないとして、暴力団の徹底した取り締まりを求める声が全国的に高まった。

寅を射殺した警察への非難の声も一部の識者から上がるには上がったが、それが広まることはなかった。

寅が刑務官や警察官をあえて殺さなかったと知るのは正範しかいない。

押送車に乗っていた刑務官は脳震盪や打撲を負いこそすれ、骨折などの重傷を負った者はいなかった。彼らが聞いた寅と函南の会話をまとめた報告書は警察上層部に届けられ、読んだ全員が顔をしかめた。

――「あんたには、ヤクザの滅亡を体現してもらわないといけない」

――「そんなにヤクザが憎いか」

――「憎いね。ヤクザはカスさ。どんなに偉いやつでも」

という会話からは寅が函南の破滅を望んでいたことが窺える。また、

――「最後の頼みだ。押さえ役は誰だ。誰が加夜を狙う。教えてくれ」

という言葉からは、寅が「加夜」という女性を人質に取られており、函南にすすんで従っていたわけではないとも考えられた。

これらの事情は、捜査機関の持論である「暴力団という、特殊なピラミッド型の支配構造を有する犯罪組織においては、下位者は上位者に忠誠を尽くし、その命令に絶対的に服従する」という定説に重大な疑問を呈するものだ。

抗争事件や殺人事件において、上位者である組長は絶対であるという理屈、ひいては下位者である組員は上位者の承諾なしには重大犯罪を行わないという理屈を根拠に、組長の関与を認定した刑事判決は枚挙に暇がない。この絶対性理論が崩れることは、捜査機関として何としてでも防

がなければならなかった。

更に、

――「こいつが殺した数は十や二十じゃねえ」

との函南の言葉も聞き捨てならないものであった。

南部特捜の寅に対する見方は、函南の小姓、せいぜい腰巾着といったところで、函南組若頭の地位も、東大中退でインテリヤクザの代表格だった松下の不慮の死によって棚ボタで転がりこんだと受け止められていた。

その寅が実は大量殺人犯だったということになれば、数多くの事件でまるで見当違いの捜査をしていたことになる。警察にとって到底容認できる事態ではない。

警察上層部が出した結論は、報告書にある二人の会話内容は信用できず、検討にも値しないというものだった。

法廷で自白した直後に脱走を図り、押送車を襲うという暴挙の挙句に射殺された人間が、およそ正常な精神状態だったはずがない。寅は錯乱しており、函南は錯乱した寅に調子を合わせ、その場しのぎの受け答えをしたにすぎない。報告書は陽の目をみることはなく、押送車襲撃事件は被疑者死亡として蓋をされた。

同時に、寅を被告人とする殺人被告事件も、被告人死亡で公訴棄却の決定がなされて終了し、函南に対する裁判のみが残った。

正範は、寅の法廷での供述調書を函南の裁判で提出し、函南の弁護団はその証拠能力と信用性を激しく争った。

だが裁判官の面前での供述を書記官がまとめた調書は、検察官が作成した供述調書――二号書面――などに比べて格段に信用性が高い。

加えて、公判が分離されても裁判官が変わるわけではなく、函南を裁くのは、寅の供述を直接聞いた裁判官たちなのだ。端から勝負はついている。

こうして函南に死刑判決が言い渡された。

「栄転おめでとう。本庁の長官官房だって？　一気に出世レースのトップだね」

正範が差しだした手を、早良は握った。

「俺も驚いたが、ここの暴力団壊滅で培ったノウハウを全国に広めるように、とのお達しだ。ついでに諸外国の組織犯罪対策のカウンターパートも受け持てと。人使いが荒いよ、まったく」

早良は、異動に伴う挨拶回りで検事正に会い、その帰りに正範の執務室に立ち寄っていた。

「早良くんがいなくなるんで、南部特捜のみんなは寂しがっているでしょ」

「お飾りのキャリア課長がいなくなって、せいせいしたと思ってるんじゃないか」

「冗談を。早良くんが先頭に立ってきたことはみんなが知っている。お飾りだなんて誰も考えてないよ、絶対」

早良は照れ隠しに湯呑みをとった。

「七田は異動しないのか」

「まだ何も。それに、異動するにしても高検への引き継ぎが終わらないと」

「専従班は解散か」

「うん。ひとまず地検がやるべきことは終わったからね。あとは控訴に対する答弁書を作成するぐらいだし」

函南の弁護団は死刑判決当日に控訴し、審理の舞台は高等裁判所へと移った。いずれ控訴の理由を記載した控訴趣意書が弁護側から提出され、それに対する反論を記した答弁書を高等検察庁が提出することになる。その答弁書の原案は、第一審公判を担当していた地方検察庁が作成するのが通例だ。

「審理は続く、か。控訴審は大丈夫なんだろうな」

「心配はしてないよ。控訴審は第一審判決に不合理な点がないか確認するだけの事後審だし、今の高裁の裁判長はみんな事無かれ主義で、ヤクザの組長に対する有罪判決をひっくり返す度胸のある人はいない。最高裁も世論を気にするから、暴力団壊滅の声が高まっているこの状況なら大丈夫」

「それを聞いて安心した」

茶をすする。正範も湯呑みに手を伸ばした。

「それでな、七田。鎌切のことなんだが」

早良は周りをはばかりながら、低い声で言った。

「結局どういう人間だったんだ。骨はあの女性が持って行ったようだが」

「どういう、とは」

「やつは犯罪者だったのか」

正範が湯呑みを持つ手を宙で止めて、早良を見た。

早良は大学生のとき、「この世から犯罪者をなくす」と正範に宣言した。そのことは正範も覚えているはずだ。

「犯罪者だよ、間違いなく」

「ひょっとして七田、俺に気を遣ってる？」

「なんで」

「なんでって、そりゃあ」早良は言い淀んだ。

「俺が発砲許可を出したから」

機動隊特殊班に自動小銃で撃たれ、鎌切は即死だった。やむをえない処置だったが、自分の命令で人が死んだという事実は早良にとって愉快なものではなかった。

「考えすぎだよ」

「そうか、ならいいんだ」

早良は茶を飲み干すと、「邪魔した」と立ちあがった。

正範も立ちあがる。「引っ越しの日は見送りに行くよ」

「ありがとう。日にちが決まったらまた連絡する」

早良が東京に発ってから一週間後、事務官が慌てた様子で正範に話しかけてきた。

「検事のことがネットニュースに出てます。高検の知り合いから連絡がありました」

「僕のことが？　どのサイト？」

事務官がメディア名を告げる。総会屋系のネットニュースだった。

来たな、と正範は思った。

函南が仕掛けたに違いない。内容も想像がついた。おおかた、正範が学生時代に函南から資金援助を受けていて、検察官になってからも捜査情報を函南に流していたというものだろう。ひょっとしたら、父親が鍋勢一家の組員で函南の弟分だったことも書かれているかもしれない。

そんな検察官が関与した訴訟手続は適正ではないとして、控訴の理由にするつもりだ。そのためには控訴趣意書に添付する証拠が必要であり、ネット記事を証拠として使おうと、繋がりのある総会屋に情報を流したに違いない。

正範はパソコンでサイトを開いた。

三日前の更新ニュースで、『検察官は組員の息子、総長の死刑判決　恩を仇で返す人非人』との見出しがあった。予想どおりの記事が載っている。総会屋系の雑誌にありがちな、記者の主観が前面に押しだされた稚拙な文体で、正範の父親が刺殺されたことまで書いてあった。

そのなかで、次の文章が正範の注意を引いた。

「驚くべきことに七田検事の母親は、父親が刺殺されたのちに函南総長の愛人に納まったのである。愛人関係は母親が病を得るまで続き、その間、七田検事は函南総長が払う妾料で養われていたことになる。そして、さらに驚くべきことが記者の取材で明らかになった。なんと七田検事の母親は、結婚するまで函南総長と交際していたのだ。父親の死後、母親が函南総長の愛人に納まったのは、そんな過去があったからだ。つまり函南総長は、路頭に迷いかけていた元恋人と、その息子を助けたのだ。ところがその息子は、大学卒業まで面倒を見てもらいながら、その恩人を死刑判決に追いやる非道ぶり。これを人非人といわずして何と言おう」

――母親は、結婚するまで函南と付き合っていた。

正範のなかで古い記憶が呼び起こされる。

種雄の死後、函南が自宅に訪れたときのことだ。正範は函南に一万円を渡され、半ば無理やり家から追いだされた。窓から覗いていると、函南は母親に、「また昔みたいにやろうや」と言い寄っていた。あれは、かつて母親が函南の恋人だったことを意味していたのだ。

「検事、検事正がお呼びです」

パソコンを睨む正範に、事務官がおそるおそる声をかける。手には受話器を握っている。正範は内線電話がかかってきたことにも気づかなかった。

「すぐに行くと伝えてください」

笑顔を作って正範は答え、机を離れた。

検事正室は三階で、秘書役の事務官が詰める小部屋の奥にある。正範は事務官にうなずき、扉をノックした。

「失礼します」

庁舎のなかで、この部屋だけ絨毯が敷いてある。検事正は執務机で書類を読んでいた。色褪せた臙脂の絨毯を踏んで机へと近づく。

机の前に正範が立つと、検事正は書類から目を離さずに、「ネットに名前が出ているな」と言った。

「はい。不徳の致すところです」

「事実なのか」

「情報を漏洩したことは断じてありません」

正範は言いきった。

函南との情報交換はすべて寅を通じて行っていた。唯一、逮捕に関して協議したときだけ山中のキャンプ場で直接言葉を交わしたが、函南が録音していないことは寅に確認している。

函南が、正範の情報漏洩を証明する手段はない。

「そうか」

検事正が顔を上げた。口元は引き締められているが、目には部下を労わる優しさがある。質問は高等検察庁から指示を受けたもので、検事正も不本意なのだろうと思い、肩の力を抜いた。

「出自についてはどうだ」

「私の父親は、養父だけです。それ以外の者を父親と思ったことはありません」

「なるほど。母親が函南の愛人だったというのは」

「事実です。母親は函南のせいで薬物中毒となり、しまいには依存症が悪化して入院し、今はグループホーム施設にいます。一生、病院と施設の往復でしょう」

「きみが函南から大学の資金援助を受けていたというのは」

「事実ではありません」

　金銭のやりとりもすべて寅を通していた。寅が亡くなった今、やはり函南に証明する手段はない。寅くんすまない、ありがとう、と心のなかで正範は感謝した。

「よしいいだろう。高検から事実確認を求められたが、いま聞いたことをそのまま答えておく」

「お手数をおかけし申し訳ありません」正範は頭を下げた。

「気にするな。総会屋まがいの記者が書いたゴシップ記事を真に受けて、事実確認を求めてくるほうがどうかしている。だいたい出自がどうであろうが、今の七田くんには微塵も関係ない話だ。高検には厳しく言っておくから、安心しろ」

　ありがとうございます、とまた一礼する。

「で、実際のところはどうなんだ」

　正範が頭を上げると好奇に満ちた検事正の目があった。

「あいつらの傍で育ったから分かるんです。ヤクザはカスです。どんなに偉いやつでも。その一念でこれまでやってきました。死刑判決を取れたのも、そのお陰だと思っています」

　検事正は我が意を得たりとばかりに大きくうなずいた。

「検察庁はいい人材を得た。きみほど暴力団を憎んでいる検察官はいないだろう」

検事正は何度もうなずきながら言った。

「次の異動先だが、大阪地検がきみを欲しいと言ってきている。捜査部の主任検事だ。何を求められているかは分かるな」

大阪には、日本最大の暴力団組織がある。

「年次的には早すぎる職だが、きみが受けるならば私と大阪地検が最高検に掛けあう。どうだ、やってみるか」

大阪地検はかつて勤務したことがあり、暴力団捜査のイロハを教わった場所でもある。小規模庁の三席検事から大阪地検の主任検事への異動は大抜擢といっていい。迷うまでもなかった。

「拝命します」

正範の即答に、検事正は満足そうに笑った。

検事正室を出た正範は、階段を下りながら周囲に誰もいないことを確かめる。

踊り場で右の拳を握る。気分が昂《たかぶ》っていた。

——やったぞ。ヤクザの子であることを、ヤクザを潰して乗り越えた！

他人の足音が聞こえるまで、正範は動かなかった。

三一　遺骨　令和二年

「こんなところに呼びだして」加夜が文句を言う。

「しかも、トラの骨壺を持ってきてほしいなんて」

「家に行っても上げてくれんけんさ。ここなら寅くんと一緒に来てくれると思った」

　かつてプレハブ小屋が建っていた場所だ。小屋は火事で焼け落ちたが、すでに焦げ痕などはない。辺りは葦が立ち枯れているものの、草刈りがされているらしく、小屋があった場所は開けている。川面から吹く風が枯草を撫でて通り過ぎるが、空き地にいる二人には届かない。

「そうね」

　加夜は周りを見渡した。懐かしそうに目を細める。

「ここじゃなければ、来なかった」

「寅くんを連れて来てくれた？」

　加夜は肩から下げていたボストンバッグを地面に下ろし、中から風呂敷包みを取りだした。包みを解くと、滑らかな光沢をもった白い壺が現れる。加夜はそれを胸のあたりに抱きしめるように持った。

「ありがとう、加夜ちゃん。寅くん、久しぶり」

　正範は骨壺に向かって手を合わせた。押送車襲撃事件以来、寅とは久々の対面だ。

寅の葬式は、一次団体若頭とは思えぬほど質素だったという。全国の耳目を集めた凶悪犯として死んだこと以上に、斯界では、渡世上の親である函南の犯罪を法廷で供述したことが重大な裏切りとされた。函南と寅の逮捕以来、二人に代わり組を率いる幹部会は直ちに寅を絶縁処分とし、組関係者には遺骨の引きとりすら許さなかった。加夜が引きとらなければ、寅は無縁墓地に埋葬されていただろう。

検察官という立場上、正範は加夜の出した通夜葬式には足を運ばなかった。

初七日が明け、四十九日が過ぎてマスコミの関心も薄れたところで、弔問したいと加夜に電話したが、けんもほろろに断られた。それでも加夜の自宅を訪ねてみたものの、加夜が正範を家に上げることはなかった。

「ここは、鍋勢一家がカタに押さえて塩漬けになっとったのを、寅くんが買いとったらしか」

「じゃあ草刈りは」

「寅くんが依頼してやっとったんやろうね」

その寅がいなくなった今、ここはいずれ草に覆われる。そして三人の思い出も、時の経過とともに記憶の奥底へと沈んでいく。それは加夜にとっても、自分にとっても、ひょっとしたら良いことなのかもしれない。

だが、正範はそれを許すわけにはいかなかった。袋から軍手と剣先ショベルを取りだし、目星をつけておいた場所を掘り始める。

「何してるの」

「ちょっと待っとって。すぐ済むけん」

慎重に掘り進む。やがてビニールの端が姿を現した。ショベルを園芸用スコップに持ち替え、優しく土を払いながら掘りだす。

土で汚れたビニールには大手パンメーカーのロゴが印刷されている。食パンを入れる袋だ。中には黒光りする物が入っている。

「覚えとう？　このパン、加夜ちゃんが買ったやつ」

正範は、パン袋を加夜に見せた。加夜がうなずく。

五年生のとき、三人一緒に小屋で一夜を過ごした。その晩、加夜が食料品店で買ったものだ。

「トラが、六年生に殴られたときよね」

「七人相手にはさすがに勝てんかったって、寅くんが悔しがっとった」

正範が言うと、加夜の顔に笑みが浮かんだ。この日初めての笑みだった。

――やっぱり寅くんには勝てないや。

すとんと正範の胸に諦めが落ちた。同時に加夜に対する恋慕の気持ちが消え、清々しい気持ちになる。

「中身はなに」

「拳銃」

加夜は目を見開き、骨壺を抱いたまま一歩後ずさった。

「弾は入っとらんよ。これはね加夜ちゃん、加夜ちゃんと一緒に暮らしとった男を寅くんが撃った銃なんだ」

　この銃からすべて始まった。この銃を撃たなければ、寅は銃の魅力にとりつかれることはなく、ひいては函南に殺しの才能を見出されることもなかっただろう。

「寅くんの指紋と、僕の指紋が付いとう。あの事件で使われたものであることは、旋条痕を調べれば分かる」

　だから、と正範は言葉を続けた。

「これを警察に持って行けば、僕のキャリアは終わる。いくら時効になっとうとはいえ、殺人事件やけん検察官を辞めざるをえない。マスコミに持ちこむという手もある」

「何で私に見せるのよ」

「これを加夜ちゃんに委ねたい。すぐに持っていってもよか。でも、できれば時間が欲しい」

「どういうこと」

「寅くんと僕は、ヤクザを潰すと決めた。僕たちみたいな子どもを出さんため、と言えば聞こえがよかかもしれんけど、本当は復讐たい。クソみたいな子ども時代の。そのためには手段を選ばんと、二人で誓った」

「復讐は終わったでしょ。トラを利用して！」

「利用……」加夜の言葉が正範にはこたえた。

「あなたは彼を利用するだけ利用して捨てたのよ」

「加夜ちゃん……」

「彼が殺し屋になったと知っていたでしょう。相手はヤクザだけというけど、ヤクザも誰かの子で、誰かの親。愛し愛される人がいて、死んで悼む人がたくさんいる。トラは、そんな人たちを殺して回ったのよ。指示をしたのは函南かもしれないけど、あなたも止めはしなかった。その挙句にトラを逮捕し、彼を死へと追いやった」

糾弾は正しい。このまま口を噤《つぐ》むこともできた。しかし、それは寅の望むところではないような気がする。加夜には本当のことを話すべきだと正範は思った。

「加夜ちゃん、逮捕は寅くん自身が望んだことなんだ。寅くんは、堅気の人間を手にかけたことを悔やみ、単なる殺人鬼になるんじゃないかと自分自身を恐れた。だから自分から逮捕を言いだしたんだ」

信じない、と加夜の目が言っている。

正範は、慎重に言葉を選びながら話を続けた。

「久慈、という刑事がいた。彼は僕の素性に疑問を持ち、寅くんと僕の関係に辿りつきそうになった。だから、寅くんが」

「刑事を殺したって言うの！」加夜が叫ぶ。

「殺すのはヤクザだけ。それが寅くんのなかでの歯止めだった。それを破った寅くんは、自分を抑えられなくなるのを、本当の殺人鬼になるのを恐れて、逮捕される道を選んだ」

「あんなに殺してきたのに、今さら」

「それだけ寅くんにとってヤクザを殺すことと堅気を殺すことの意味が違ったんだ。加夜ちゃん、さっき、復讐が終わったと言ったでしょ？　まだやけん」

　正範はパン袋を差しだして加夜を見据えた。

「まだ終わっとらん。日本にはまだヤクザがおる」

「ぜんぶ潰すつもりなの」

　加夜は唖然としている。

「それが寅くんとの約束やけん」

「そんなことできるわけない」

「やってみな分からんし、寅くんなら、やる」

「バカじゃないの……」

「かもね。だけど、それを見とって欲しい。というより、寅くんとの約束から僕が逃げ出さんごと見張っておいて欲しい。もし僕が出世とか金儲けとか考え始めたら、この拳銃を使って僕を破滅させて」

「時間が欲しいというのはそういう意味？　いやよ、私を巻きこまんで！」

　加夜が激しく首を振る。

「ごめん。でも加夜ちゃんしかおらん」

　正範は加夜の胸に抱かれた寅の骨壺を指さした。

「寅くんの始まりは、加夜ちゃんと僕。加夜ちゃんと暮らしとった男を撃ち、僕の父親を刺し殺した。僕たちを助けるために。だったら寅くんの想いを見届けるのは、加夜ちゃんと僕がやるべきじゃなかやろか」

「そんなこと、私は頼んでなか！」

「本当に？　あの夜の加夜ちゃんの叫びは、心の底からのものやった」

——殺せるなら、殺してよ！

幼い加夜がむせび泣く姿を、正範は思い出していた。

「でも確かに、フェアじゃなかね。加夜ちゃんも、まさか本当に寅くんが殺すとは思ってなかったやろうし」

正範は、骨壺に向けた手を開いた。

「どうしても嫌なら、それを渡して」

加夜が恐ろしいものを見るように、正範を見る。

「寅くんの骨を僕に渡して。そして加夜ちゃんは、寅くんと僕のことを忘れたらよか」

「忘れられるわけないじゃない……」

正範は両手を下ろし、加夜に背を向けた。

「拳銃はこのまま埋めておくけん。必要になったら、僕が寅くんとの約束を忘れたと思ったら、掘り出して使って」

袋をふたたび穴の底に入れ、ショベルで土をかける。

「さっきはああ言ったけど、寅くんを殺し屋にしたのは僕だ。僕はずっと父親が死ねばいいと思っとった。やけん寅くんは種雄を刺し殺し、後に退けなくなった」

「違う」

背後から加夜の声が聞こえた。正範は「違わんよ」と答える。

「そうじゃない。違うの。あなたの父親を殺したのは、トラじゃない」

正範は手を止めて振り向いた。

「寅くんじゃない？」

「そう。トラがあの男を殺したと私に告白したとき、明王も俺が殺したかった、と言ったの。あの言葉が嘘だったとは思えない」

「明王も俺が殺したかった……」

背中の刺青から、正範の父は明王と綽名されていた。殺したかったということは、つまり寅は殺していないということだ。

「じゃあ誰が」

「知らないわ。トラがあなたのためにヤクザを殺すようになったなんて、二度と思わないで！彼は私のために函南の言いなりになったのよ。それを忘れないで」

加夜は骨壺をバッグに戻し、立ちつくす正範からショベルを奪いとって穴に土を乱暴にかけ、地面を叩いて固めた。

「いいわ、あなたがどう生きるか、見届けてあげる。少しでもトラを失望させるようなことをしたら、遠慮なくこの銃を使うから」

三二　ヤクザ　令和二年

寅ではなかった——。

正範は加夜と別れて官舎に戻ると、震える手で早良に電話をかけた。義理で異動後の近況を聞いたあと、正範は尋ねた。

「父の事件だけど、昔、早良くんが県警に問い合わせてくれたと言ってたね。覚えてる？」

〈もちろん〉

「そのとき応対した人を紹介して欲しいんだけど」

〈わかった。明日、警電で地検に連絡するよう言っておく〉

電話は翌朝九時きっかりにかかってきた。八木《やぎ》と名乗った男は、声からして初老絡みと思われた。今は県警本部で技能指導員をしているという。

〈早良警視正の依頼で連絡しとります。検事には、うちの南部特捜が大変お世話になったとか〉

八木は固い声だ。これでは四角四面の答えに終始し、聞きたいことが訊きだせないおそれがある。正範は打ち解けた声で言った。

「八木さん、ありがとうございます。早良警視正からどこまでお聞きになっているのか分かりませんが、僕がお願いしたのは、遺族として当時のことをちょっと知りたいと思いまして」

〈遺族として、ですか〉怪訝な声だ。

「僕はあの事件の被害者の息子なんです」

八木の絶句した様子が電話線越しに伝わってくる。ネットニュースの情報は八木には入っていないようだ。年齢的にネットニュースを見る世代ではないのかもしれない。

〈何と、あの第一発見者の子どもかいね。いやはや南部特捜専従の検事さんが曰佐の息子とは〉

「事件後、僕は曰佐の戸籍を離れ、養子として母方の籍に入りました」

〈ああそれで七田姓なんね。安心しました。いくら何でも、曰佐の子のままで南部特捜の検事になれるはずがなかけん〉

「私がかつて曰佐の息子だったことは、ごく一部の人間しか知りません。どうぞご内密に」

正範は自分の秘密を積極的に明かした。秘密の共有は即席の信頼関係を作るとともに、相手の弱みを握ったと思わせることで人の口を軽くする。実際、八木の口調が柔らかく親近感のあるものに変わった。

「それで、事件のことなんですが」

〈おお、何ば訊きたかとですか〉

「小中学生の子どもが犯人ではないか、という話は捜査本部で出ませんでしたか」

電話の向こうで沈黙があった。図星かと正範が思い始めたところで八木の笑い声が聞こえ思い違いだと分かる。

〈ないない、なかよそんな話は〉笑いながら八木が言った。

〈子供じゃなかよ。傷の高さが合わんですから〉

しかし刺青の不動明王の腹のあたりに傷があった。そのことを指摘すると、正範が真剣だと分かったようで、笑い声が消えた。

〈ふむ。確かに刺創は、腰骨と右の肩甲骨の間の、やや下方側にできとりました。背中に彫られた不動明王像の下腹部あたりなのは、検事さんの仰るとおり。だが創洞《そうどう》は創口からやや斜め上に向かって形成され、創底は肝臓に達しとる。これは成人が包丁を腰だめに構えた高さと考えて矛盾しません。もし子供が包丁を持って振り下ろしたなら、創洞は下方に向かうはずでしょう。子供というのはちょっと考えられんばい〉

「警察は事件直後は抗争事件と見ていたのに、すぐに捜査方針を変えましたよね。竜造組が関与を否定したからですか」

〈まさか、ヤクザの言うことをまともに聞くわけなかです。それは関係なか〉

「じゃあなぜ捜査方針の転換を」

八木が躊躇った。〈捜査上の秘密に関することなんやが〉

公表されていない事実に関することだと正範は気づいた。

悪戯や捜査妨害目的で出頭する者を見分けるため、現場の具体的な状況など犯人しか知りえない事実の公表を伏せ、その事実を供述できるかで真犯人かを確認する。警察の常套手段だ。

〈検事さん、被害者を見たとき、何かおかしかとは思わんかったね〉

八木に言われて、正範は過去の記憶を反芻した。

不動明王像の腹が裂けていて——。

そこで正範はようやく気づいた。なぜ不動明王像が見えていた？

床に倒れている男が父親だと分かったのは、背中の不動明王像の刺青が目に入ったからだ。左手に持つ羂索も見えていた。

「服を着ていなかった……」

〈そういうこつです。現場検証と司法解剖の結果、刺されたときに被害者が裸だったことが確定した。抗争相手に服は脱がんでしょ。遠山の金さんじゃあるまいし。あそこでコトに及んだか及ぼうとしたか、とにかく裸のときに刺された。それで犯人は女だろうということになった。捜査で被害者があの辺りでシャブをさばきよったことが分かったし、現場にはパケの燃えカスも落ちとったから、女の客に刺されたと捜査本部は考えたとです〉

なぜ今まであいつが裸だったことに気を留めなかったのか。

正範は半ば呆然として八木に礼を言い、警電の受話器を置いた。

八木との電話を終えた正範は、すぐに函南のいる拘置施設へと向かった。検察庁を発つ前に拘置施設に電話をかけ、数十年前の殺人事件に関して函南を取り調べたい旨を伝えている。

函南は刑事裁判中の身であり、取調べに応じる義務はない。取調べ受忍義務は、取調べの対象である事件について逮捕、勾留されたときにのみ生じるのだ。従って函南は取調べを拒否することができるが、実務上は「自分で取調べを拒否すると取調官に言ってくれ」と、刑務官は被告人を房から取調室まで連れてくるのが普通だ。

だから函南は、少なくとも取調室までは足を運ばざるをえない。そこからどのように話を聞きだすか、正範は思案しつつ拘置施設へと急いだ。

「ずいぶんご無沙汰だったじゃねえか。このままツラも見せねえつもりかと思ってたよ」

　案に相違して、函南は上機嫌にも見える様子で取調室に入ってきた。

「元気そうですね」と答えつつ、連れてきた刑務官に退室を促す。

　正範は事務官を伴っておらず、刑務官が退出すれば二人きりだ。正範の安全を理由に刑務官は退出を渋ったが、正範に強く言われてしぶしぶと部屋を出た。

「ふざけたことを抜かすんじゃねえ。十三階段を言い渡されたんだぞ。てめえらに対する怒りで、はらわたが煮えくり返りそうだ」

　言葉とは裏腹に笑みを浮かべている。諦めなのか悟りなのか、記者からも問われたあの笑みだ。

「とてもそうは見えません。あなたの表情について私が取材を受けたこともあるんですよ」

「表情？」

「寅くんが死んだ後、あなたは法廷で不思議な笑みを浮かべていた。それはなぜなのかということです」

「なんだそりゃ。おれがどんな笑みを浮かべてるってんだ」

「その笑みですよ」

「おれは笑ってねえよ。あの日から一度たりともな」

　そうすると、この目の前にある、笑みに見える口の歪みは諦観でも達観でもなく、あまりに大きい怒りの発露であるということか。正範は首を振りつつ、「訊きたいことがあります」と話を変えた。

「あなたの弟分だった臼佐のことです」

「臼佐？　てめえの親父のことか」

「あいつを父親と思ったことはありません。ともかく臼佐が殺されたとき、鍋勢一家が報復に動いた気配はない。最初から抗争で殺された可能性を排除していたように見える。なぜですか」

「そりゃ、クスリに絡んで殺されたからよ」函南はすぐに答えた。

「おれは臼佐に、あの日攫った女の口を割るように言った。それにゃシャブを使ったほうが早い。女をシャブ漬けにして突っこめば何でも喋るようになる」

　正範は嫌悪を顔に出さぬよう気をつけながら函南に先を促した。

「それで臼佐は家にシャブを取りに帰ったんだ」

「家に帰った？　あいつがですか」

　初めて聞く話だった。確かに函南が「臼佐も行って、クスリを使って洗いざらい吐かせてこい」と命じるのを、小学生だった正範も聞いている。覚せい剤が家宅捜索で見つかれば組長まで共同所持で逮捕されかねず、事務所に置いておくはずはない。覚せい剤を取りに明王が家に帰ったというのは充分に考えられた。

「おおかた、家に帰ったら女の客がいて、そいつを連れて小屋にしけこんだんだろう。おれは女の口を割れと言ったんだぜ？　それを無視しやがって。まあ、あいつはスケベ根性の塊みたいなやつだったからな」

　違う、家にいたのは――。

「おい、この話、もう時効だよな」

　函南に言われ、正範は我に返る。

「そんなことを気にしてどうするんです。もう死刑判決を受けている身でしょう。他の余罪なんて、誰も気にしませんよ」

　ふん、と函南は笑った。

「おれはまだ諦めてないんだよ。見てろ、控訴審でひっくり返してやる」

「それでネットニュースに私の悪口ですか」

「おれは事実しか言ってねえ」

「あいにくですが、私には何の影響もありません。大阪への異動が決まりました」

　函南が目を細めた。

「あそこを相手にするつもりか。今のてめえにゃトラの助けはないんだぞ」

「寅くんは生きています。僕のなかで」

「救いがたいバカだよ、てめえは。いいや、てめえらは、か」

　正範は腕を組んだ。どのみちこの取調べは記録に残すことはできないし、残すつもりもない。

「バカといえば、加夜って女は大したもんだ。あの女、トラがおれの言いなりになってるのは自分のためだと知ってたくせに、関係ないかのように一人暮らしを始めて、自分の好きなように生きてるってのはヤクザ以上の性悪じゃねえか。トラはその女のために鈴木とサブを殺した。二人が女の母親を攫った復讐のつもりだろ。てめえだってそうだ、少年時代のうっ憤を晴らすためだけに動いてやがる。復讐、恨み、そんな一銭の得にもならないことに人生を費やすなんてのはバカのやることだ」

「恨み復讐はヤクザの十八番《おはこ》でしょう」

「ちげえよ。おれらの恨み復讐は金を産む。金を産まねえ復讐は、復讐じゃねえ。そこをてめえらは分かってない」

「すべては金のため、ですか」

「おおよ、金さ。金は権力を産み、権力は金を産む。おれらの暴力はそのサイクルを回すための装置にすぎない」

函南は顔の前で手を合わせ、指先を正範に向けた。

「いいことを教えてやろうか。人間がなあ金と権力に執着するかぎり、おれたちが消えることはねえ。ヤクザを無くしたければ、人の心を変えろ」

合掌を解いた函南は椅子の背にもたれた。

「まあ、そんなことができるのは仏だけだろうがな」

正範も腕組みを解き、刑務官を呼ぶために立ちあがった。

「仏の心を説きますか、この地を修羅の国にしたあなたがたが」

ふん、と函南が鼻を鳴らす。

「いいか、修羅とは阿修羅のことで阿修羅道とは仏教にいう六道の一つだ。天、人と地獄、餓鬼、畜生の間にあり、阿修羅は絶えず闘争を好むという。金でもなく権力でもなく、ただ恨み復讐のために友を使って人を殺しまくり、法を悪用しておれを死刑にし、それでも飽き足らずになお闘争に身を置こうとする」

函南は座ったまま胸を逸らして顎を上げ、見下すように嘲りの笑みを浮かべる。

「修羅はおまえだよ」

三三　修羅　令和二年

「今日は調子が良いようだ。朝からずっと笑っている」

祖父が、車椅子に乗った母を居室から食堂に連れてくる。

昼食後の時間帯、グループホームの食堂はレクリエーション・ルームに変わり、患者は思い思いの場所に座って遊んだり会話したりしている。

薬物依存で脳機能が低下した患者は表情が乏しいといわれるが、祖父の言うとおり、母親は穏やかな笑みを浮かべていた。覚せい剤と違法薬物の後遺症で脳が萎縮し、記憶、見当識の障害と、そこから来る認知症を患っている。ごくまれに会話が成立することがあるが、ほとんどの時間を夢の世界で暮らしていた。

「かあさんが駅に着くようだ。迎えに行ってくるから、明美を頼む」祖父が言った。

グループホームは、母が入院していた精神障害の医療を専門とする国立病院の近くにある。J市から高速道路を使って三十分ほどの山里にあり、最寄駅から車で十分はかかる。

今日、祖母は県外で用事がありグループホームに来る予定はなかったが、正範が来たとの連絡を祖父から受け、用事を早めに済ませて戻ってきたらしい。

祖父を見送り、正範は車椅子を押して母を食堂の窓辺に連れていった。

窓からは県境をなす山々が見える。

近くのテーブルから椅子を一脚拝借し、車椅子の隣に座る。テーブルでは半纏を来た老人が、白い画用紙に黒いクレヨンでぐるぐると円を描いていた。

レクリエーションの時間が終わるまでにクレヨンは無くなるな、と正範は思った。話を聞かれる心配はない。

「母さん」正範は呼びかけた。

母の瞳は窓の外に向けられている。果たして山々が見えているのか、それとも何も見えていないのか、正範に知る術《すべ》はない。

「母さんがあいつを殺したの」

反応はなかった。それでも正範は、標準語でゆっくりと、幼子に聞かせるように語り続けた。

「嫌なことを思い出させるかもしれないけれど、教えてほしいんだ。

あの日、僕と一緒に母さんも、函南があいつに『クスリを使ってでも吐かせてこい』と命じるのを聞いていた。あいつはクスリを取りに家に帰ってくる。母さんは、そのときにあいつを殺そうと思った。ただ、一つ問題があった。どこかに出かけた僕が、いつ家に帰ってくるか分からない。コトに及んでいるときに帰ってきたら大変だ。家でやるわけにはいかない。

そこで母さんは、あの日僕が行きそうにない場所が一つだけあることに気づいた。河原の小屋だ。小屋で僕はあいつに拉致され、事務所に連れていかれたから、同じその日に僕があそこに行くはずがないと考えた。母さんは家にあったクスリ全部と、包丁を持って小屋に行った。あいつへの書き置きを残して。

あいつは怒り狂って小屋に来ただろう。母さんは必死に謝りながら服を脱ぎ、あいつを誘った。函南にスケベ根性の塊と言われる男だ、ここぞとばかりに母さんを襲う。行為が終わったあいつが立ちあがる。油断しているその背中を、母さんは背後から包丁で刺した」

正範は母親の手をとった。手はかさつき、指は枯れ枝のようだ。

「あの日、母さんは帰りのタクシーのなかで、ずっと僕に謝り続けていたよね。あいつの僕への暴力は、度を越していた。小さいながらに不思議に思っていた。なぜこの男はこんなに僕を殴るのだろうと」

ただの粗暴な男で、理由なんてなかったのかもしれないけれど、と前置きして正範は続けた。

「母さんはあいつと一緒になる前、函南と付き合っていた。じゃあ、あいつが兄貴分である函南から母さんを奪った？　そんなことはありえない。函南が、母さんをあいつに与えたんだ」

ヤクザ特有の行動傾向として、女性をあたかも物のように扱うことがある。函南は、不用になった家電や家具を譲るように母を種雄に与えたのだ。

祖父は「ヤクザ者に唆されて身を持ち崩し、行きついた先があの男だった」と言っていた。そして女性を誑かすのは女衒の役目だ。函南のような。

「函南はなぜ母さんをあいつに譲ったのか。改めて戸籍を見たら、あいつと結婚したとき、母さんはすでに僕を身籠っていた計算になる」

手をさすり続けても、母親が答えることはない。

「身籠った母さんを函南は厭い、弟分に押しつけた。あいつが母さんの妊娠に気づいていたかは分からない。でも本当に自分の子だろうかという疑問は持っていたんだと思う。僕はあいつとはまるで似てなかったから。それが僕に対する折檻に繋がったというのは、考えすぎかな」

高く尾を引く鳥の声に、窓の外を見た。遠くで雲雀が飛んでいた。ここらでは珍しい鳥ではない。高く舞い上がる雲雀を見ながら、正範は母に問うた。

「僕は函南の子ですか。僕は、実の父親を死刑にしたのですか」

施設に着いた祖母と談笑したあと、駅まで送るという祖父の申し出を「散歩がてらゆっくりと歩いて行くから」と固辞し、正範は駅への道を歩き始めた。肩には普段使いのリュックを掛けている。

山裾まで田畑が広がり、そのなかを国道の幹線道路が伸びている。農業用の水路、クリークが点在しているのもこの地域の特徴だ。水路といってもため池に近く、水が濁り底が見えないものも多い。

国道沿いを歩きながら、雲雀が飛んでいたあたりで道を外れた。

水のない田の畦道を歩く。大きなクリークのほとりに来たとき、澄んだ音が空から降ってきた。陽光に目を細めながら見上げると、雲雀が小さな点になって飛んでいる。

正範は、リュックから聖書を取りだした。中型Ｂ６判のそれは、小口は黒ずみ、背は割れ、角は禿《ち》びている。

正範にキリスト教の信仰はない。それでも事あるごとにこの本を開いて、神を知り人を知ろうと努め、普遍の叡智を求めてきた。だが聖書は子殺しを重要な主題として扱いこそすれ、父殺しを題材とするものは見つからなかった。そこでは、父は神を表す言葉でもある。

――修羅はおまえだ、か。

函南の言葉が耳に甦る。

正範は大きく振りかぶり、聖書をクリークへと投げこんだ。

〈謝辞・参考文献〉

執筆にあたり多くの方々から助言をいただきました。特に美奈川成章弁護士、船木誠一郎弁護士からは、法律関係のみならず矛盾箇所の指摘や方言指導に至るまで貴重な提言を寄せてもらいました。ご両名をはじめ皆様に深くお礼申しあげます。本書になお誤りがあれば、その責はすべて私ひとりに帰するものです。また様々な文献やホームページを参照し、なかでも次の書籍は大いに参考にさせていただきました。

溝口敦『暴力団』新潮新書
鈴木智彦『ヤクザ2000人に会いました！』宝島社
石井光太『ヤクザ・チルドレン』大洋図書
藪正孝『暴力団捜査極秘ファイル』彩図社

最後に、『小説推理』連載中のみならず連載後も辛抱強く的確なご示唆をいただいた双葉社編集部の佐野健二氏に心よりの感謝を捧げます。